Waslala

Seix Barral

Gioconda Belli
Waslala

Memorial del futuro

Primera edición: junio 2006

© Gioconda Belli, 1996
c/o Guillermo Schavelzon, Agencia Literaria
info@schavelzon.com

www.giocondabelli.com

Derechos exclusivos de edición
en español reservados
para todo el mundo:
© EDITORIAL SEIX BARRAL, S. A., 2006
Avda. Diagonal, 662-664 - 08034 Barcelona
www.seix-barral.es

ISBN-13: 978-84-322-9678-9
ISBN-10: 84-322-9678-3
Depósito legal: M. 21.482 - 2006
Impreso en España

A Humberto y Gloria, mis padres.
En memoria de José Coronel y María Kautz.
A Camilo y Adriana.

UTOPÍA: Palabra creada por Tomás Moro, del prefijo griego: «ou»: no y «topos»: lugar. Literalmente: «lugar que no es».

Come, my friends.
'Tis not too late to seek a newer world.
Push off, and sitting well in order smite
The sounding furrows; for my purpose holds
To sail beyond the sunset, and the baths
Of all the western stars, until I die.
It may be that the gulfs will wash us down;
It may be we shall touch the Happy Isles,
*   and see the great Achilles, whom we knew.*
Tho' much is taken, much abides; and tho'
We are not now the strength which in old days
Moved earth and heaven, that which we are, we are,
—One equal temper of heroic hearts,
Made weak by time and fate, but strong in will
To strive, to seek, to find and not to yield.

Ulysses,
Lord Alfred Tennyson, 1833; 1842

Hay quienes quieren llegar a la luna, mientras nosotros aún estamos tratando de llegar a la aldea.

JULIUS NYERERE
Presidente de Tanzania, 1964-1985

9

VIAJEROS EN EL RÍO

CAPÍTULO 1

Era una lástima saber que cuando se fuera no podría llevarse el río anudado a la garganta como una estola de agua. Le era difícil imaginar la vida sin aquel caudal cuya tumultuosidad o mansedumbre marcaba las estaciones, el decurso del tiempo.

Echó la cabeza hacia atrás, alzó los brazos y, sentada sobre el muelle, se desperezó arqueando el cuerpo. Recorrió con la mirada el trecho que era su paisaje, las aguas aún un poco turbias por la resaca del invierno. Frente a la hacienda el río era ancho. En medio de la corriente, islotes cubiertos de vegetación, de palmeras, arbustos y carrizales daban la impresión de un camino que los árboles abrieran para pasarse a saltos desde el otro lado. La vegetación de manglares espesos, follaje, troncos, tallos multitudinarios, estaba envuelta, a esa hora de la mañana, en un aire blancuzco y misterioso de cielo bajado a la tierra. En la orilla opuesta, sobre las copas más altas, la bruma se deshilachaba en cabelleras frondosas. Las garzas hundían su pico largo en el agua moviéndose sobre sus piernas altas y delgadas como muchachas que temieran mojarse las faldas.

Tenía el presentimiento de que los contrabandistas llegarían ese día. Llegaban en esa época, cuando las lluvias amainaban. Ya el bongo de Pedro había bajado a recogerlos a Greytown. Se levantó ágil, sacudiéndose las palmas contra las caderas. Vestía overol de drilandex azul. La fisonomía de su rostro era a la vez graciosa y extraña. Su abuelo decía que era una combinación de ave y felino. Se acomodó sobre la cintura la bolsa de herramientas y se dirigió hacia la casa por un sendero bordeado de cocoteros enanos.

Mercedes, la doméstica, se mecía con expresión ausente siguiendo el vaivén del lampazo con que metódicamente limpiaba el piso de la amplia sala-comedor. Retornó de su ensimismamiento cuando la sintió llegar y la escuchó darle los buenos días.

—Tengo la sensación de que nuestros visitantes vendrán hoy —anunció Melisandra—. ¿Ya arregló las camas Helena?

—Ya, hija. Hasta flores puse yo en los floreros.

—¿Recogieron los huevos?

—Claro que sí.

—¿Los baños están limpios?

—Ya te dije que todo está listo. Andá arreglale los papeles a tu abuelo. No debe tardar en volver.

Melisandra echó una mirada a su alrededor. El piso de ladrillos de barro relucía. Olía a limpio. Mercedes había hecho bien su trabajo. Se encaminó al estudio situado, igual que las habitaciones, frente al corredor que daba al río. Tenía por costumbre sacudir a diario el escritorio del abuelo y ordenar el desorden que él repetía sistemáticamente. Pasó el plumero por la mesa y acomodó en nítidas pilas los legajos emborronados de notas. Dejó que sus ojos se detuvieran aquí y allá. Su mirada se

posó sobre el atril donde reposaba el libro de tapas negras que él publicara quién sabe cuánto tiempo atrás. Se
acercó para ver el pasaje subrayado: «La soledad es cada
vez mayor y más bella en el río. Tal vez el río se pueble
un día como pensaba Squier; naveguen barcos y gasoli-
nas; pasten caballos y ganados de raza en sus llanos y en
los gramales de las lomas; se miren en sus orillas her-
mosas casas tropicales y en muchas de ellas libros y re-
tratos de poetas. Tal vez la soledad y la belleza primitiva
queden sólo en los libros. Tal vez la selva vuelva a cu-
brirlo todo. Todo depende.» Sintió un escalofrío de belleza y compasión. Difícil deducir si él deseaba o no
que el río se poblara. No se comprometía ni con una
posibilidad ni con la otra. La duda era el tema constante de la vida de su abuelo. Creía firmemente y con la
misma firmeza, descreía. Soñaba, pero temía los sueños. Empezaba los proyectos y a medio camino los
abandonaba. Acomodó los legajos. ¡Cuánta investiga-
ción, cuántos poemas inconclusos, cuentos, novelas,
ensayos, descubría sobre su mesa! Era como si el solo
hecho de concebirlos, de verlos proyectados en esque-
mas, sinopsis y anotaciones infinitas, le resultara suficiente. Hablaba de ellos. Se entusiasmaba imaginando
aportes, rupturas, innovaciones. Jugaba. Luego pasaba
a otra cosa. La curiosidad insaciable era su mayor en-
canto. Quizás no le hacía falta culminar lo propio, pensó Melisandra. Encontraría igual gozo en el trabajo
bien logrado de otros. O quizás temía enfrentarse a su
talento; enfrentarse a la posibilidad de que la obra ter-
minada no llenara sus expectativas. Era lo que, a juicio
de ella, debió sucederle con Waslala. Él mismo admitía
que sus dudas fueron quizás las responsables de que
nunca pudiera volver, de que su engendro se le evadie-

ra de puntillas, yéndose a vivir su propia, autónoma, oculta realidad. Nunca pudo encontrar el camino de regreso. Waslala se le convirtió en una obsesión. Tanta energía dedicó a la recreación de la quimera que toda aquella casa estuvo a punto de naufragar de nostalgia por aquel lugar que sólo él llegó a conocer. Las vívidas evocaciones que dibujaba con la maestría de sus palabras provocaban en quienes lo oían un anhelo tan intenso que ella al fin llegó a comprender, y hasta perdonar a sus padres por abandonarla y salir en búsqueda de ese mítico paraje.

Con suerte, esta vez ella también se iría. Emprendería el viaje. Desde la muerte de su abuela lo estaba planeando. Cada año se lo proponía sólo para que a última hora le flaqueara la voluntad y el valor para enfrentar el rostro del abuelo. La sola idea de dejarlo le producía malestar en el estómago. Su soledad la desgarraba a pesar de los intentos de él por convencerla de lo bien que la toleraba. Se encerraba horas y horas en el estudio. A ratos tomaba notas frenético, otros simplemente se quedaba absorto, quieto, sosteniendo un libro entre las manos como si le bastara el contacto silencioso para volver a experimentar el apretujamiento de las palabras en la página.

Enderezó el retrato de Walt Whitman sobre la pared y terminó la limpieza justo en el momento en que escuchó el portazo que anunciaba el regreso del anciano de su caminata matutina. Nunca se acostumbraría a la puerta de cedazo con resortes que ella instalara en el corredor. Entraba y la soltaba haciendo temblar toda la casa, asustándolos a todos y asustándose él más que nadie. Lo halló en el comedor apoyado en el bastón con sus dos manos, la cadera ligeramente alzada. Ni en su más avanzada edad perdía la coquetería, la prestancia, el aire aristocrático. La miró con el azul de sus ojos nublados levantando la nariz larga y aguileña como si persiguiera un olor perdido hacía mucho.

—Buenos días, hija —saludó.

—Los visitantes están por regresar —dijo Melisandra—. Si mis cálculos son correctos hoy mismo deben llegar.

El viejo se sentó de medio lado sobre la banca del comedor. Colocó el bastón contra la mesa y estiró la pierna pasándose la mano por la rodilla. Con gesto abstraído se quitó la boina negra y acomodó hacia atrás el pelo blanco aún abundante.

—Mientras más viejo me pongo, más rápido pasa el tiempo.

—No sé por qué insisten en llamar visitantes a los contrabandistas —refunfuñó Mercedes desde la cocina, donde freía huevos para el desayuno.

—Son visitantes porque nos visitan —respondió el viejo, burlón—. Además, no todos los que vienen suelen ser contrabandistas. Sería incorrecto designarlos a todos por la profesión de unos cuantos.

—La mayoría lo son —insistió Mercedes—. Sabe Dios a qué negocios raros se dedican cuando llegan al interior.

—Tenés que reconocer que no tenemos muchas alternativas —siguió don José—. Sólo los contrabandistas se atreven a no olvidar que países como Faguas aún existen. De no ser por ellos no sabríamos, ni siquiera una vez al año, qué de nuevo hay en el mundo. Me pregunto quiénes vendrán esta vez. Recuerdo hace muchos años un estudiante tozudo que pasó viajando hacia el

Sur en una bicicleta con flotadores. ¡Qué cosas no podría contar yo sobre los viajeros que ha visto este río!

Muchos viajeros habían pasado por allí desde que su mujer lo convenció de abandonar la ciudad e instalarse en la casa de madera pintada de verde y amarillo desde donde, en el crepúsculo, sentados en su veranda, contemplaban el agua fluir hacia el Atlántico. Le parecían siempre los últimos: los que se habían quedado rezagados en las expediciones a El Dorado o a las fabulosas minas de oro en California; seres de miradas afiebradas que transitaban el río como si viajaran hacia el fin del mundo, con los mismos ojos de asombro que habrían tenido los conquistadores españoles o los piratas ingleses deslumbrados ante los árboles gigantes, la lujuria de colores, los pájaros deslizándose en el aire, altos y soberbios. En los ojos de los modernos navegantes, cuántas veces no vio él la codicia con que surcarían el río los filibusteros, los comerciantes, el comodoro Cornelius Vanderbilt, cuando instaló su Compañía del Tránsito para transportar a los buscadores de oro por una ruta corta y segura del Atlántico al Pacífico y extender su imperio naviero.

Río abajo, río arriba viajaban los extranjeros cargando delirios de grandeza, sueños, quimeras de canales interoceánicos, mitos de lo que se podría hacer con ese país si sus habitantes se traicionaban los unos a los otros y se vendían al mejor postor, ofertas sin descanso que invariablemente resultaban en guerras, guerras que ya para estos tiempos eran endémicas, que empezaban y terminaban en ciclos inagotables y cuyas causas ya ni se indagaban, ni parecían tener importancia. Se le cansaba la memoria tratando de sacar cuentas y recordar el inicio del caos, la transformación del país en campo de batalla, nación de guerreros, de caballeros andantes y maleantes. No le era posible definir con exactitud el momento en que el desarrollo de Faguas empezó a involucionar y el país inició su retorno a la Edad Media, perdiendo sus contornos de nación y pasando a ser, en los mapas, una simple masa geográfica como lo eran antes las selvas del Amazonas y, ahora, vastas regiones de África, Asia, la América del Sur, el Caribe: manchas verdes sin rasgos, sin indicación de ciudades, regiones aisladas, cortadas del desarrollo, la civilización, la técnica, reducidas a selvas, reservas forestales, a función de pulmón y basurero del mundo desarrollado que las explotó para sumirlas después en el olvido, en la miseria, condenándolas al ostracismo, a la categoría de *terras incognitas*, malditas, tierras de guerra y epidemias adonde últimamente sólo llegaban los contrabandistas. Ellos eran ahora el único contacto con el mundo exterior, los únicos con quienes él saciaba su curiosidad por saber el devenir de la historia fuera de aquellas soledades. Los contrabandistas se llevaban de allí minerales y sabe Dios qué otras cosas y traían a cambio armas, lotes de mercancías caducas, artefactos, objetos que en Faguas eran codiciados porque, después de todo, a cierto adelanto se acostumbraron antes de que se les descartara y se les declarara insalubres, un virus maligno que amenazaba con su mera existencia la vida civilizada, avanzada, afanada ahora con la idea de la exploración espacial, de emigrar en masa y empezar de nuevo en otra galaxia donde no se filtrara nunca por ninguna ranura la noción de tantos seres humanos excluidos, subsistiendo en condiciones primitivas, míseras, reproduciendo sin control su pobreza, sus guerras y sus epidemias.

Y, sin embargo, en el río él leía, escribía poesía, honraba a los clásicos. Hasta tenía un retrato de Whitman en su estudio, y predicaba el amor a la belleza, al arte, a la filosofía, la nostalgia por Waslala que algún día se llevaría a su nieta y lo dejaría a él sumido en aquella soledad sagrada.

CAPÍTULO 2

Caía la tarde. Melisandra revisaba las tejas del techo de la casa cuando le pareció escuchar, lejano aún, el bronco mugido de la caracola de Pedro. Un alboroto de garzas se alzó en las márgenes distantes del río. Puso el martillo a un lado. Se sacó el clavo que tenía en la boca y se aprestó a bajar. En lo alto de la escalera la detuvo el espectáculo del sol poniente: el astro enorme, redondo, encendido, cayendo desde el cielo como el huevo de un animal mítico que atravesara, sin tocar, los tupidos palmares, las verdes arcadas de los árboles, las islas del centro del río con sus lagartos perezosos.

Recordó la ceremonia vespertina de su abuela María: al atardecer, religiosamente hacía un alto en su trabajo, se quitaba la gorra de béisbol o el sombrero de paja, para descubrirse respetuosamente ante el sol crepuscular en un rito de valkiria que le vendría quizás de sus abuelos alemanes. No quería pensar en ella ahora que la poseía la determinación de desobedecerla. Su abuela siempre se opuso a que ella se marchara en busca de sus padres y mientras estuvo viva jamás se atrevió a desafiarla.

Sonó otra vez la caracola de Pedro, esta vez más cerca, y Melisandra escuchó los resortes de la puerta de cedazo y supo que su abuelo estaría ya en el corredor, apoyado sobre las barandas con su camisa blanca limpia, su bastón y su boina, atisbando el último jirón de luz que acompañaría al barco hasta el desembarcadero. Presurosa, bajó la escalera.

—Melisandra, ya se oye muy cerca la caracola de Pedro —dijo el viejo—. ¿Ves algo?

—La punta del bongo —contestó ella, refiriéndose a las grandes canoas del río—. Debe traer buen cargamento porque apenas si se le ve cuerpo en el agua.

Se situó a su lado. De la bolsa de herramientas que colgaba de su cintura la muchacha sacó un viejo peine azul. Lo pasó mecánicamente por su pelo.

La embarcación avanzaba rápida y sordamente partiendo el río en dos, quebrando el reflejo enmarañado de los árboles, envuelta en la luz de hoguera de la tarde que la refulgencia del sol sumergido encendía en la profundidad del agua.

El viejo y la muchacha miraban quietos la lenta aproximación del barco, lo veían crecer y definirse, escuchaban cada vez más cercano el golpe de los remos en el agua.

Melisandra se escupió las manos y se las frotó contra las caderas. Estaban ásperas de polvo, las uñas ennegrecidas por el trabajo. El abuelo la miró de reojo comprobando su falta de vanidad. En esto se parecía a su mujer, que jamás dio importancia a su apariencia. Igual que su antecesora, sin embargo, la nieta emanaba una vitalidad animal, sensual, de criatura recién inaugurada, libre, perfecta. Parecía la estatua de una Diana saliendo a la caza.

El bongo se aproximó. La figura de Pedro emergió de la paneta: una silueta a contraluz sobre el reflejo rojo del cielo que teñía el techo transparente del cobertizo que alojaba al pasaje. Algún personal y colonos de la hacienda aguardaban en el muelle. Fermín, joven, enjuto, cobrizo, de pantalones remangados y descalzos pies grandes, recibió la soga que le lanzó el remero de proa y aseguró la embarcación.

Desde la casa, Melisandra y el abuelo observaron las maniobras, el movimiento de los remeros estabilizando el bongo para que descendieran los pasajeros. Pedro saltó a tierra. Era un hombre compacto y fuerte. Vestía pantalones caqui remangados en los tobillos, botas de hule y una camiseta blanca, sin mangas, que dejaba ver sus brazos musculosos y la barriga protuberante producto de su afición por la cerveza.

Uno a uno descendieron los viajeros. Eran cinco. Melisandra reconoció a Hermann, Maclovio y Morris. El resto del pasaje lo completaban un hombre y dos mujeres rubias. El grupo se acercó por la vereda seguido por los remeros con el equipaje.

—Don José, ¡qué gusto verlo! —saludó Pedro, subiendo a zancadas los escalones de la casa alzada sobre pilotes—. ¡Y a ustedes también! —añadió volviéndose a Melisandra y Mercedes.

Subieron detrás de él los pasajeros. Pedro hizo las presentaciones de costumbre, siguiendo el protocolo respetuoso y afable que repetía cada octubre, cuando dejaba a los viajeros descansando por dos o tres días en la hacienda antes de continuar el viaje río arriba hacia el interior.

Mientras las mujeres, Krista y Vera, holandesas, estrechaban la mano de don José, Raphael, un hombre alto, de unos treinta y cinco años, con un aire contradictorio que lo hacía verse alerta y desgarbado a la vez, fijó su atención en Melisandra.

—Raphael es norteamericano —dijo Pedro, mientras éste saludaba a don José.

—Es bueno verlo, don José. Sigue usted sin envejecer un día —dijo Maclovio, el argentino.

Con familiaridad, Hermann y Morris se acercaron también a saludar al abuelo y la nieta. Hacía ya varios años que pasaban por allí. Hermann era alemán, traficante de oro; tenía pelo rubio entrecano, manos anchas y la cara cuarteada por el mucho sol que le cayera en la vida. Morris, el científico que investigaba los niveles tóxicos en los cargamentos de deshechos que llegaban a Faguas, poseía un brazo metálico que, además de prótesis, estaba provisto de instrumentos que le servían para su trabajo. Era alto, negro y delgado, con un andar de persona cansada y unos ojos perennemente tristes.

—Pasen adelante, pasen adelante —dijo el anciano—. Querrán refrescarse.

Hermann, Maclovio y Morris intercambiaron sonrisas de entendidos con Melisandra ante el juego del abuelo, que invariablemente fingía una hospitalidad sin premeditación. Seguidos por los marineros con el equipaje, el grupo se desplazó hacia el interior de la casa.

—Me recuerda tanto los grabados antiguos de las colonias en los trópicos —dijo Krista, la mayor de las holandesas, mirando a su alrededor. Se movía con brusca seguridad. Vera, la más joven, la seguía asintiendo con la cabeza.

Melisandra las observó con curiosidad. Su mirada se cruzó con la de Raphael. Tuvo la sensación de que él sabía exactamente lo que estaba pensando. Los pequeños ojos sagaces no descuidaban detalle. No tenía aspecto de contrabandista, pensó. Pero ya habría tiempo de saberlo. Por lo pronto, debía ocuparse de colocar el equipaje que cargaban los remeros. La embarcación de Pedro los esperaba para regresar a Greytown esa misma noche.

Anochecía cuando los visitantes terminaron de acomodarse en sus habitaciones. Mercedes salió a prender los faroles del corredor. Se disponía a entrar de nuevo a la casa cuando se topó con Raphael.

—¡Santo Dios! Me asustó.

—No se asuste. Sólo vine a ver la luna —se excusó amable Raphael.

—No es buena hora para estar aquí afuera. Hay muchos mosquitos.

—Estoy bien protegido —la tranquilizó—. No se preocupe. He tomado tantos preventivos para las picaduras que debo tener la sangre amarga. ¿Se enferma mucho la gente por aquí? —se interesó, asomándose a la veranda.

—Me imagino que como en todas partes —respondió Mercedes, rehuyendo hablar de enfermedades porque era muy susceptible a sentirse aquejada por cualquier mal descrito en su presencia. Con el pretexto de que debía ocuparse de la cena, se internó en la casa.

Raphael caminó por el corredor hasta llegar frente al río. Podía oír la noche, escuchar el chisporroteo de las luciérnagas al encenderse, el graznido lejano de pájaros nocturnos, el sigilo del agua deslizándose hacia el Atlántico. Desde que el barco entrara a la bahía de Greytown y se hiciera el traspaso al bongo de Pedro, le empezó aquella sensación de estarse zambullendo en una sustancia densa, una atmósfera donde los objetos, la muchacha pelirroja, el abuelo, los remeros y los contrabandistas, hasta el río, se sostenían ingrávidos sobre un mismo plano, igual que en una pintura naif. La humedad del ambiente, la selva tropical y sus pájaros extraños eran quizás responsables de la sensación de irrealidad, de la perspectiva alterada. Hasta el tiempo padecía una metamorfosis líquida y por momentos tenía la necesidad de apretar algún objeto para convencerse de que las leyes de Newton seguían intactas.

Se sacudió un mosquito que pasó zumbando cerca de su oído. No tenía aún ningún dato de peso para su reportaje, pero Alan tenía razón: Waslala era una buena coartada. Bastaba mencionarla para que la gente se soltara a hablar. Se trataba, efectivamente, de una obsesión colectiva, un enigma que todos allí querían descifrar. No acertaba a ver claro qué relación tendría con la filina, pero apenas tenía dos días de viaje río arriba. Nada lograría impacientándose. Aquel descanso le vendría bien. Se sentó sobre las gradas y abrió el comunicador, delgado, compacto, que llevaba en el bolsillo.

—Brad —dijo.

Pocos segundos después, Brad, su editor, lo miraba desde la pequeña pantalla.

—¿Dónde estás? —preguntó éste.

Había llegado sin problemas, le dijo. Mareos en el viaje por mar, pero aparte de eso, ninguna novedad. El río era absolutamente fantástico. El capitán del bongo, todo un personaje. Los contrabandistas. Le refirió su arribo a la hacienda: el abuelo poeta, la nieta. Era un gran escenario para su reportaje.

—Sólo te pido que no descuidés las precauciones. Recordá que el Departamento de Estado ha advertido claramente los riesgos de viajar por allí: la violencia, las epidemias.

—Me cuidaré, Brad, pero ya sabemos que esas directrices están hechas para los ignorantes.

—No sé, no sé. Recordá que ni siquiera las patrullas de la Policía Ambiental tocan tierra.

—Porque las talas ilícitas se aprecian mejor así. No podrían hacerlo de otro modo. La selva aquí es fabulosamente espesa. Increíble. Aquí hay oxígeno para rato. Podés respirar tranquilo.

—Sos incorregible —rió Brad—. Pero bueno, no digo más. Cuento con tu experiencia.

—No creo haber tenido ninguna semejante. Creeme que me siento un poco indefenso, aquí. Será interesante. ¿Escuchás lo que te debe parecer un chirrido de la estática? Son los insectos. Miles y miles de insectos.

Se despidió y cerró el comunicador. El brillo de la pantalla atrajo un buen número de bichos voladores. Los sacudió con aprehensión levantándose para retornar al interior de la casa.

Se encontró con Melisandra que salía. La joven olía bien. Acababa de tomar un baño. Tenía el cabello mojado.

—La cena estará lista pronto —anunció ella, frotándose el pelo para secarlo en la brisa. Raphael decidió acompañarla y la siguió hasta las escaleras que daban al pequeño muelle, donde se sentaron.

—Son muy gentiles dándonos albergue por unos días.

—El río es muy solitario —dijo Melisandra—. Es bello pero vivimos aislados. Nos gusta tener visitantes —sonrió, observándolo.

—¿No viajas al interior?

—Hace mucho que planeo hacerlo —dijo—. Primero me lo impedía mi abuela y ahora sólo me toca vencer el miedo a dejar a mi abuelo.

—Tu abuelo se ve muy sano.

—No es su salud lo que me preocupa. Es su imaginación. Desde que murió mi abuela quedó un poco delicado. Pasó meses hablando con ella, pretendiendo que seguía viva, que salía a trabajar cada mañana. Hacía que se le sirviera desayuno. Era tan convincente que por poco terminamos nosotros también hablando con ella. Pero ahora eso pasó. Él ya está bien. Lo que yo necesito es una coartada que me alivie el sentimiento de culpa... Aunque, con coartada o sin coartada, ¡esta vez me voy! Mi abuelo no se va a morir nunca. Ya tiene más de cien años y hay que ver lo fuerte que está.

—Pues yo necesito un guía para mi viaje al interior —dijo Raphael, disfrutando la espontánea confidencia de la muchacha, que le pareció deliciosa—. Ahí tienes tu coartada.

—Yo tengo la coartada pero vos no tenés guía. Nunca he estado en el interior —sonrió ella.

—Pero estoy seguro que te será fácil saber dónde ir.

—Sé dónde ir, pero yo llevo otro rumbo. Por lo pronto donde debemos ir es a cenar.

Raphael la siguió al comedor. Sentado a la cabecera, don José reía con buen humor. En sus ojos vivaces se advertía claramente que la conversación era su elemento y que, en el río, una mesa concurrida era un acontecimiento del que no gozaba a menudo. El mantel era sencillo, de cuadros rojos y blancos. Los invitados ocupaban los largos y pesados bancos laterales. Melisandra se sentó al lado del abuelo e indicó a Raphael que se deslizara junto a ella.

Las caras de los recién llegados recuperaban paulatinamente sus expresiones habituales, las que debían tener en su remota cotidianidad.

—Y usted, Raphael —preguntó don José—. ¿A qué negocio se dedica?

—Soy periodista —respondió éste.

—¡Qué cosas! —exclamó el viejo—. Periodistas sí que no he visto por aquí desde hace más tiempo del que recuerdo. Se aburrieron hasta de nuestras guerras. Nadie se interesa ya por noticias nuestras...

—A propósito de las guerras —dijo Raphael—. No se nota mucha actividad bélica por aquí. Ustedes parecen vivir en paz.

—El río es neutral —explicó Melisandra—. Hace años se llegó a un acuerdo tácito de no guerrear por aquí. Tendría efectos nefastos sobre las reservas forestales y usted sabe que eso está protegido por las corporaciones ambientalistas. Aun así, a veces...

—Este país ya no sabe existir sin guerra —la interrumpió don José—. A mí hasta me parece que la paz sería una catástrofe. El resto del mundo parece pensar lo mismo. Por algo vienen a parar a estas regiones todos los arsenales en desuso. Pero no hablemos de guerra. Ya podrán hablar de la guerra río arriba. La guerra nunca me ha interesado. Yo soy un enamorado de la civilización, de los progresos del hombre, de las letras. Nada tengo que ver yo con la guerra. La guerra es lo contrario al pensamiento, a la palabra, al diálogo. Nadie habla en las guerras. Todos disparan. Se matan sin conocerse. No les interesa conocerse. Al contrario, no quieren conocerse. Huyen los unos de los otros. Se refugian detrás de sus fusiles. Se refugian de las palabras, del diálogo. Si pudieran hablar no habría guerra. Pero hay quienes encuentran dignidad en eso. Es muy antiguo el culto a las armas y la muerte. Aunque yo no sabría decirle qué es peor, si la guerra o la avaricia. Por lo menos en Faguas ya casi no se utiliza el dinero. No se hace mucho con dinero en una sociedad desorganizada por la guerra.

Mientras el abuelo hablaba, Melisandra observó atentamente a los recién llegados. A menudo se preguntaba si el abuelo echaba de menos a los visitantes por las noticias que le traían o por el papel de público que jugaban para las disquisiciones de su mente, que nunca se cansaba de contraponer y especular con las ideas.

El viejo terminó su disertación sobre la avaricia y el dinero, pero antes de callar, recordando el origen de su diatriba, se volvió a Raphael y le preguntó si no tendría inconveniente en decirles qué lo traía por allí.

—De ningún modo —dijo Raphael, sonriendo cortésmente—. Una persona que ha viajado por Faguas me habló de la existencia de un sitio fantástico, la última utopía: Waslala.

Melisandra se sobresaltó. Nunca antes llegó alguien con la sola intención de encontrar Waslala y ahora aparecía él y le proponía que lo acompañara. Lo miró como para cerciorarse de haber oído bien. Raphael sonrió inocente mordiendo un muslo de pollo.

Hermann, Maclovio y Morris fijaron sus ojos en don José. Le habían informado a Raphael de que el anciano sabía de Waslala más que nadie. Ahora esperaban que pudiera comprobarlo. Se hizo un silencio.

—¡Ah! —exclamó por fin don José, echándose hacia atrás en la silla y tocándose la punta de la nariz con expresión ausente—. ¡Waslala! ¡Quién en Faguas no querría encontrar Waslala!

—Quizás alguien querrá ir conmigo. Necesitaré un guía —dijo Raphael fijando los ojos en Melisandra, que le devolvió la mirada con entusiasmo.

—Debe visitar a Engracia en Cineria —dijo el viejo—. Ella podrá ayudarle.

Don José no se extendió sobre el tema de Waslala. Se detuvo y calló. Se tornó súbitamente distante, apesadumbrado. Melisandra pensó que nunca antes lo había visto así frente a los visitantes. ¿Presentiría algo su abuelo? ¿Habría adivinado sus planes?

—Morris conoce muy bien a Engracia —dijo Maclovio, dando a entender más de lo que decía.

Morris no hizo caso de la alusión.

—No se trata de buscar un punto en el mapa —dijo el científico—. Es mucho más complicado.

Ya habrá oportunidad mañana para hablar de eso —dijo don José levantándose abruptamente—. Se ha hecho tarde. Ustedes deben de estar cansados. Hicieron una larga travesía. Yo lo estoy y eso que sólo tuve que recorrer el día.

Terminó su café, se puso la boina, tomó su bastón y, deseándoles buenas noches, se retiró a su estudio.

CAPÍTULO 3

Vestida totalmente de negro, el pelo recogido bajo una boina vieja del abuelo, las manos en los bolsillos, Melisandra se deslizó sigilosa fuera de su cuarto, atravesó el comedor y bajó los peldaños de la parte posterior de la casa. La noche era fresca. Hacía más de una semana que no llovía, pero la tierra aún estaba húmeda. Caminó deprisa sobre la vereda que conducía a la apartada casa de Joaquín, cerciorándose de que nadie pudiera verla. Joaquín había dejado la puerta sin tranca. Sentado a la mesa, fumaba limando un machete. La miró pretendiendo fastidio ante la aparición inoportuna. Sin decir palabra, ella pasó el cerrojo, se quitó la boina y se sentó en una tosca silla frente a él. Joaquín bajó los ojos concentrándose en el filo del machete. Ella se levantó y se asomó a la ventana.

—Si estás muy ocupado, me voy —dijo.

—Podrías poner a hervir agua y hacerme café —dijo él—. ¿O estás muy cansada después de atender a tus visitas?

Ella no dijo nada. Moviendo las ollas, golpeándolas unas con otras, puso el agua para el café.

—¿Cuántos llegaron?

—Hermann, Maclovio, Morris, dos mujeres y un hombre desconocidos.

—Me lo dijo Pedro.

—Ya sé. Lo que no sé es por qué me lo preguntás.

—Para tener algo que decir. Siempre reclamás que no tengo mucho que decir. ¿Qué trajeron?

—No sé. Me imagino que lo de siempre: libros para mi abuelo, provisiones, medicinas para Mercedes, overoles para mí, chocolates... —sonrió, poniendo el café sobre la mesa.

—A mí lo que me interesa son las municiones. Se nos están agotando. Sería peligroso que nos quedáramos sin posibilidad de defendernos. ¿Qué cuentan de nuevo?

Joaquín era fuerte. Su cara parecía hecha para otra contextura física: fina, angulosa, el pelo negro lacio, los ojos negros, desconfiados, como de un animal herido a traición que siempre estuviera alerta, listo para saltar. Podría ser su padre. La vio crecer. Le ayudó a tomar las riendas de la hacienda. Él aceptaba que su amor rayaba en el incesto. No sabía si la quería como hija o amante. Melisandra le narró la conversación a la hora de la cena. El periodista tenía la intención de encontrar Waslala, dijo Melisandra, adoptando un tono casual. Era una feliz coincidencia justo ahora que ella había decidido marcharse.

—Dice que necesita un guía. Le voy a proponer que me lleve a mí.

—No seas ridícula. Vos nunca has estado en el interior. Si te lleva será por otra cosa.

—Estás celoso.

—Por mí podés hacer lo que querás. Es cosa tuya.

—Nunca antes vino alguien con la intención expresa de buscar Waslala. Es una señal. Mi abuelo lo presiente. Se puso muy taciturno en la cena.

—Sos terca. No hay quien te quite la idea de ese viaje de la cabeza.

Joaquín alzó la taza de café y la bebió hasta apurar su contenido. Se levantó y se acercó por detrás. Tomándola del pelo le alzó la cara y la besó en la boca.

—Me tenés que ayudar, Joaquín —dijo ella, deslizándose fuera de su alcance—. Si vos me ayudás me puedo ir tranquila.

—Te gustó el hombre ese. A mí no me engañás —le dijo él, siguiéndola y tomándola de nuevo por los hombros.

—No digás tonterías —sonrió ella, coqueta, mirándolo fijamente, pensando que sólo existía una manera de apaciguar a Joaquín—. Para ese hombre todos nosotros somos unos salvajes. Hará su reportaje y se irá. Nosotros nos quedaremos.

Se pegó contra él. Le tomó el rostro en las manos. Lo besó. Le pasó las uñas por la espalda. Joaquín se arqueó. Respiraba pesadamente. Melisandra se le escurrió juguetona hacia el otro lado de la mesa. Se empezaron a perseguir por la pequeña habitación, moviendo los pocos muebles. Ella riéndose; él mirándola entre divertido y rabioso. Era como su abuela, le decía él entre dientes. Testaruda, tenaz. Nadie la iba a detener.

—Sólo yo te sé domar, Melisandra —saltó sobre ella. La alzó entre sus brazos, sosteniéndola mientras ella forcejeaba, y la llevó a la cama de lona.

Forcejearon un poco más, riendo y gruñendo en un juego de gatos monteses. Joaquín le deshizo el cierre del pantalón y empezó a acariciarla bruscamente. A medida que ella se fue desentendiendo del juego y hundiéndose en las sensaciones, él cambió el ritmo y se tornó lento, premeditado, dulce, besándola, removiéndole el pelo, mordiéndole los pechos, dejándola desnuda, hundiéndose en ella, sacudiéndola, alzándola hasta el orgasmo, apretándola mientras ella temblaba en largos espasmos. Él cerró los ojos, hundió la cabeza en el hombro femenino. Sintió a Melisandra contra sí, inquieta, estremecida, un pájaro que ya no podría retener.

Melisandra esperó la madrugada, la niebla sobre el río, el canto de los gallos. Ni siquiera deshizo la cama. Al regresar a su habitación, se acostó sobre el cobertor, pero su cuerpo saciado de saliva y semen no se relajó. Apenas dormitó espiando el sol, alzándose sobre el codo para ver el amanecer anunciarse sobre el agua. A las cinco se bañó y a las cinco y media tocó la puerta de la habitación de su abuelo.

Cuando entró él estaba sentado sobre la cama en camiseta y calzoncillo con el bastón en la mano. Se veía frágil, despeinado, la barba canosa y gris sombreándole el rostro.

Ella se le acercó y lo besó en la mejilla. Se sentó a su lado. No solía entrar a su cuarto a esa hora y le impresionó la soledad y la cantidad de recuerdos que pesaban en el aire. Sobre la cómoda donde guardaba sus camisas vio las fotos desteñidas de la abuela. Quitó la vista rápidamente. En la mesa de noche, un vaso de agua a la mitad, los anteojos, la libreta con anotaciones a lápiz.

—Sabés que todas las noches, cuando me acuesto, mi cama está caliente —dijo él—. Ella está aquí.

Melisandra sonrió y le apretó la mano. La sintió delgada, suave, entre las suyas.

—Tenés suerte, abuelo. Yo todavía no he logrado sentir a mi mamá. Mis sábanas siempre están frías.

—Estará viva. Yo espero que esté viva. Me la imagino a veces secando ropa en el Corredor de los Vientos —guardó silencio un buen rato—. ¿Qué pasó? —preguntó de pronto, volviéndose a mirarla—. ¿Qué te trae por aquí tan temprano?

—Me quiero ir con el periodista, abuelo. Voy a proponerle que me lleve de guía.

El viejo metió el bastón en una de sus zapatillas, la alzó en el aire y la dejó caer.

—Me lo supuse —dijo—. Anoche se dirigió a vos cuando dijo eso. Lo dijo para vos. Inequívocamente. Qué cosas, ¿verdad? Se llama Raphael. El de Tomás Moro, el que descubre la isla llamada Utopía, se llamaba Raphael también... Pero no sé cómo podrías vos servirle de guía.

—No encontrará nadie que sepa más que yo de Waslala.

Engracia podría darle un guía, dijo él. No tenía Melisandra que arriesgarse con una persona que apenas conocía.

—Desistí, hijita. Aquí estamos bien. Waslala es el lugar que no es. No te me podés perder vos también —la miró con angustia, insistente, con los ojos brillantes, fijos.

—No me voy a perder, abuelo. Vos regresaste. Otros han regresado. Tengo que ir. Ahora. No quiero seguir esperando.

No sabía los peligros con que se toparía, le dijo. Si sólo estuviera su mujer, pensó. Él no tenía la fuerza de ella. Comprendía a Melisandra. Para suavizarle la ausencia de los padres, para justificarse ante ella, se había pasado la vida hablándole del lugar perdido, del mito, del sueño. Demasiado tarde se percató de que la historia podría repetirse. ¡Ah! Si sólo estuviese viva su mujer.

—Dejame hablar con ese Raphael —le dijo, acomodándose el pelo con la mano—. Sólo dejame hablar con él. Necesito un poco de tiempo.

Melisandra salió. El viejo apoyó la cabeza sobre el mango del bastón, cerró los ojos. Tantas veces no le quedó más que eso: cerrar los ojos, no ver, escapar. No se podía vivir si uno no se protegía de ciertos dolores y pretendía que le sucedían a otro, alguien que guardaba parecido con uno mismo pero que estaba en el reverso del espejo sufriendo, mientras de este lado el dueño de la imagen se recomponía, se ponía de pie; se levantaba de la cama, se vestía. Desde que escuchara a Raphael la noche anterior y viera la cara de su nieta, las miradas de ambos cruzarse, él supo que ya nada podría detenerla: emprendería el viaje que, secretamente, preparaba todos los años, cuya obsesión la perseguía desde niña y la hacía escapar de la vigilancia de su abuela, y esconderse en el bosque de caucho hasta que Joaquín la encontraba y la llevaba a la casa pataleando, furiosa, gritando que quería saber dónde estaban sus padres, que se iría a Waslala a buscarlos, que era a ella a quien le correspondía llegar al lugar mágico en cuya búsqueda su padre y madre desaparecieran.

Debía él, al fin, permitir que ella se marchara; quedarse solo como quedó al morir su mujer cuando por mucho que otros lo rodearan, Melisandra incluso intentando consolarlo, él no hallaba respiro, ni compañía más que cuando en su habitación imaginaba otra vez viva a su María y hablaba con ella para espanto de quienes pensaban que el duelo le había hecho perder la razón. No le quedaría más que aguardar, resignarse como se resignó cuando su hija partió con su yerno y les dejó a la niña de tres años que no cesó de llorar, ni quiso dormir, hasta que la abuela, agotado todo recurso, la obligó a tomar leche con azúcar y ron. Nadie más que él era el responsable. Suspiró. Caminó varios pasos por el corredor sin saber dónde dirigirse, como si efectivamente hubiera dejado en manos de otro el rumbo de sus movimientos.

CAPÍTULO 4

Cuando Raphael despertó, amanecía. Durmió poco. Al llegar a la cama estaba tan exhausto que pensó se dormiría no bien pusiera la cabeza sobre la almohada, pero el silencio lo mantuvo despierto. Un silencio activo, el urdir de la vida en la selva y el río, los insectos, las ranas, los búhos: la noche original, primigenia, intocada. Metió la cabeza bajo la almohada para dejar de pensar.

¿Por qué sentiría la necesidad de oler a Melisandra, husmearla como animal? Desde que conversó con ella y percibió su ausencia de dobleces, su frescura, sintió que el hecho de que alguien como ella existiera era motivo suficiente para reanimarlo.

A las siete de la mañana, se levantó. Por la rústica ventana de cedazo de su cuarto vio el pequeño jardín con rosas sembradas en parterres, enfermizas, mustias y al fondo la enredadera de buganvilias intensamente violeta trepando por la veranda. Se puso la ropa de correr, se lavó la cara en el lavamanos y salió al comedor. Mercedes barría la casa.

—Buenos días —saludó él—. Voy hacer un poco de ejercicio.

—Hay una vereda a lo largo del río frente a la hacienda —dijo ella—. La verá cuando llegue al desembarcadero. Vaya a caminar allí, no sea que se pierda.

Cuando Melisandra entró al comedor, don José conversaba con Mercedes. Le explicaba que el brazo protésico de Morris era un aparato tan sofisticado y avanzado que podía medir hasta el número de microbios y partículas químicas en un simple vaso de agua.

—La ciencia está ganando terreno, Mercedes. La muerte dejará de existir dentro de poco. El profesor Morris dice que ahora ya existen los corazones mecánicos.

—¡Imagínese usted qué locuras! Eso sí que es tocar a Dios con las manos sucias; negarle el derecho de llevárselo a uno cuando Él dispone —respondió ella, tratando de borrar de su mente la visión de horror de pechos abultados que le evocó la mención de corazones mecánicos—. Eso es contra-natura.

—¿Qué es natural y qué no es natural? La luz eléctrica no es natural...

Melisandra dio un beso al abuelo, llenó su taza de café y se acomodó al lado del viejo mientras Mercedes freía huevos musitando que no había comparación entre la luz eléctrica y un corazón artificial sin querer dar su brazo a torcer pero obviamente confundida por la observación del anciano.

—¿No se han levantado nuestros huéspedes? —inquirió Melisandra.

—El periodista fue a hacer ejercicio. Dijo que desayunaría al regreso.

—¿Por qué no vas a caminar, abuelo? Tal vez lo encontrás.

—Ah, hijita, hijita. Me recordás tanto a tu abuela. ¿Te conté de la vez que cazó un jaguar cerca de aquí?

Ella sola. Amarró el animal al jeep y lo arrastró por el camino. Me parece que la estoy viendo aparecer de madrugada; roja como una leona, los chavalos siguiéndola para ver el jaguar muerto. Con los dientes le hizo un collar a tu mamá. ¡Qué mujeres, ustedes! ¡Qué va a poder hacer uno!

Don José encontró a Raphael en el muelle contemplando una pareja de libélulas que copulaban veloces en el aire, ronroneando.

—*Mens sana in corpore sano*. A ver si quiere continuar sus ejercicios acompañándome a caminar —dijo, apoyándose en su bastón.

Raphael lo siguió por la vereda que bordeaba el río.

—¿Qué son aquellos torreones que se ven desde aquí? —preguntó—. Parecen parte de una antigua fortaleza...

—Es el castillo de la Inmaculada Concepción. Desde esa posición, los españoles controlaban el tráfico e impedían que los ingleses pasaran río arriba a sus territorios. Los ingleses dominaban Greytown, donde ustedes desembarcaron. Ése era su puerto en el Atlántico. Inicialmente fue guarida de piratas. Allí tuvieron su reino los corsarios hasta que el mismo lord Nelson se personó por aquí. En este río que está viendo navegó la némesis de Napoleón. Aquí empezó la notoriedad que lo llevaría hasta Trafalgar...

Usando el bastón como puntero de profesor y arma para apartar la maleza, don José avanzó con paso lento pero sin titubeos, hablando sin pausa sobre aquel manso cuerpo acuático, escenario, en siglos anteriores, de cruentas batallas protagonizadas por ingleses y españoles. Una de las más célebres, decía, la de Rafaela Herrera, una muchacha de dieciséis años que al morir su padre en uno de los asaltos al castillo se negó a rendirse e hizo bajar sobre el agua sábanas ardientes que causaron el incendio de la armada inglesa y la fuga de los súbditos de su Graciosa Majestad...

—En vez de soldados, ahora hay contrabandistas... —comentó Raphael.

—No todos son contrabandistas. Nosotros somos personas honorables, ¿sabe? Nunca se aloja en mi casa sino un grupo selecto de viajeros como usted que yo considero *traders*, mercaderes modernos que, por nuestras propias condiciones, recurren al trueque, al intercambio. Le expliqué que el dinero no sirve de mucho.

—Usted decía que hay un fuerte tráfico de armas; habló de los arsenales en desuso.

—Creo que Maclovio se dedica a eso. No estoy seguro, pero mi nieta piensa que, entre todos los que conocemos, es el más oscuro. A mí me simpatiza su habilidad de contar cuentos. Nos mantiene al tanto de los últimos avances de la tecnología. Tiene la sensibilidad latinoamericana para saber qué cosas nos pueden parecer más fantásticas.

—Me pregunto qué puede obtener Maclovio aquí a cambio de las armas —dijo Raphael, inclinándose para cortar una pequeña y silvestre flor amarilla.

—¡Sabe Dios!, hijo. ¡Sabe Dios!

—Se dice que Faguas produce drogas muy cotizadas... —dijo Raphael, inquisitivo.

Don José se detuvo. Se tocó la nariz.

—¿Drogas? Para qué, si ya hay sintéticas.

Las drogas sintéticas no habían tenido todo el éxito esperado, explicó Raphael.

—Las prohibidas, don José, las que acarrean riesgos siguen teniendo gran mercado, produciendo ganancias cuantiosas para los traficantes. ¿Ha oído hablar de la filina?

—¿Filina? ¿Qué es eso?

—Una mutación genética; un híbrido de marihuana y cocaína.

—El nombre me suena, pero no, no sabría decirle. Quizás Melisandra sepa más que yo... aunque mi nieta nunca ha estado en el interior. Le convendría más hacerse de un guía con cierta experiencia.

—Algo me dice que no puedo encontrar guía mejor.

Don José fijó los ojos en la ribera opuesta. Guardó silencio.

—¿Y cómo es que usted conoce de Waslala? —inquirió el viejo por fin—. Nunca antes transitó alguien por aquí con la intención exclusiva de buscarla.

—Tengo un amigo que ha viajado por Faguas: Alan Tomlimson. Él me habló de Waslala.

—¿Alan? ¿El inglés? —se sorprendió don José—. ¡No me diga!

Raphael asintió, sonriendo.

—Hablé largamente con Alan sobre el tema —procedió don José—. Pensaba que él se aventuraría a buscarla, pero jamás regresó. Un hombre muy especial, Alan. Así que es su amigo... Ve, hombre, qué cosas...

—Cuando éramos estudiantes, compartimos la misma habitación en la universidad. Me habló tanto de Waslala que al fin me convenció de venir a escribir la historia —dijo Raphael pensando que claro, cómo no se le ocurriría antes. Quién sino don José podría haber sido el viejo al que Alan se refiriera. El viejo iluminado, utopista, a quien su amigo le atribuyera la destreza de sacarse de la manga no un simple conejo, sino un mundo entero.

Llegaron al punto donde la vereda doblaba hacia la casa.

Don José alzó los ojos y miró las islas del centro del río con expresión ausente.

—Quizás me quede únicamente confiar en que su nombre sea un buen augurio —dijo.

CAPÍTULO 5

Más tarde, Melisandra se asomó al estudio del abuelo y lo vio sentado a su escritorio con la mirada fija en el pisapapeles transparente. Ni siquiera se había percatado de que los huéspedes utilizaban su parafernalia cibernética, acontecimiento que nunca dejaba de atraerlo y hacerlo revolotear alrededor de ellos insistente y pertinaz como sólo él sabía serlo. Ella se quedó mirándolo un rato desde el umbral de la puerta. Sería terrible despedirse. Su abuelo era viejo. Quizás ya no estuviera a su regreso. Necesitaba ocuparse, quitarse esos pensamientos de la cabeza.

Salió de la casa y se dirigió al redondel donde terminaba el camino de grava que cruzaba la hacienda y la comunicaba con las poblaciones vecinas. El centro del círculo lo marcaba un viejo y herrumbrado tractor Caterpillar D-4, sobre el que crecía una enredadera de campánulas azules. Era el monumento que el abuelo hiciera colocar allí en memoria de la abuela, la primera, única y última persona que manejara aquel aparato. Bajo el cobertizo a la derecha se hallaba otra de las reliquias de la hacienda: el jeep SAM eléctrico, regalo del

45

gobierno. Melisandra se situó al volante y se alejó tras una polvareda.

Encontró a Joaquín en el bosque de caucho reparando de nuevo la tubería que suplía de agua al gallinero. Lo vio adelantarse hacia ella quitándose el sombrero de paja.

—¿Qué te trae por aquí?

—Mañana me voy, Joaquín —dijo ella—. Quiero dejarte las cosas claras y en orden.

Se quedaron uno frente al otro en silencio. Él sacó un pañuelo azul grande y sucio que tenía metido en la cintura y se secó el sudor sin mirarla.

—Tu abuelo se puede morir cualquier día. ¿Ya pensaste en eso?

—No se va a morir —dijo ella—. No me chantajées.

—Podrías esperar a que se muriera. Van a pasar otros hombres, sabés. El periodista ese no es el único.

—No tenemos tiempo para escenas de celos, Joaquín. Prometiste que me ayudarías.

—Claro, ayudarte. Haceme cargo mientras vos te vas a vivir tu aventura.

Joaquín no era buen perdedor. Las reglas de la relación estuvieron claras desde el principio. Ninguna expectativa. Melisandra no respondió. Con el pie trazaba círculos en la tierra.

—Entendé que sólo quiero protegerte —dijo él.

—¿Querés que hablemos ahora o preferís que vuelva más tarde? —preguntó ella dirigiéndose al jeep. Él la siguió.

—¿Qué hago si se muere tu abuelo?

—Lo enterrás al lado de mi abuela, Joaquín.

—¿Con cura o sin cura?

—Con cura.

Subieron al jeep. Recorrieron la hacienda. El trabajo estaba dividido entre las distintas familias a quienes la abuela ofreció refugio luego de una plaga de paludismo que diezmó las aldeas vecinas. Con mínimos recursos e incansable trabajo, la tierra producía vegetales y granos suficientes para el autoconsumo de sus habitantes. Contaban también con una granja de pollos y cerdos y un pequeño hato de ganado para carne y leche. Melisandra informó a cada familia de su próximo viaje. Waslala al fin. Nadie se extrañaba. La miraban con envidia y nostalgia. Estaban acostumbrados a que los jóvenes se fueran. Constantemente se marchaban los adolescentes a guerrear. Melisandra a menudo recibía los cadáveres, presidía los entierros. Consolaba a las madres. Ocasionalmente llegaban hombres armados queriendo ganar adeptos para sus causas. A veces había que sacarlos por la fuerza. El río era neutral pero la neutralidad requería que pudieran defenderse. De vuelta a la hacienda atravesaron el bosque de caucho, los árboles enormes con sus hojas lustrosas y brillantes.

—Siempre sabías cómo hallarme aquí, Joaquín —dijo, volviéndose hacia él.

CAPÍTULO 6

Maclovio encontró a Fermín a cierta distancia del muelle, sobre la vereda. En uno de los islotes sobre el río dos manatíes salían a asolearse arrastrándose torpemente por la arena. Cerciorándose de que nadie los veía, el argentino sacó una bolsa de su mochila e hizo el gesto de entregársela al muchacho.

—No creo que se vaya a poder esta vez —dijo Fermín, deteniéndolo.

Maclovio bajó el brazo. Sacó un paquete de cigarrillos del bolsillo de su camisa. Le ofreció al muchacho, que lo tomó con un gesto rápido.

—¿Qué pasa ahora? —preguntó Maclovio, procurando que no se le notara la impaciencia en la voz.

Fermín era su informante y cómplice. Se encargaba de hacer los trasiegos de armas desde Greytown al interior, pero cada vez mostraba mayor reticencia. Últimamente, Maclovio debía hacer esfuerzos para no ponerse violento. Los contactos en el río eran esenciales para él. Años le tomó establecer en la hacienda una red eficiente para colectar las armas en el puerto y descargarlas en una bahía resguardada río arriba, cerca de Las Luces.

Claro que si comparaba estas dificultades con los riesgos que corría en Nueva York colocando la filina, convencer a Fermín era una molestia irrelevante. No era para alterarse, pensó, excepto que Faguas atravesaba un período de calma entre guerras. Era cuando el negocio andaba mejor. Los eternos contendientes se apertrechaban porque sabían lo corta que era la paz. Por eso se sentía poco dispuesto a la paciencia. Los clientes, ávidos de armas, se mostraban dispuestos a cambiar hasta su propia madre por un buen fusil.

Tenía miedo de ser descubierto, dijo Fermín. Melisandra sospechaba. Lo miraba con desconfianza, lo hacía espiar. No quería incautar la panga grande de la hacienda para hacer el traspaso y arriesgarse a que Melisandra lo descubriera y los expulsara, a él y a los otros dos, de la tierra que les dio para trabajar. Si eso sucedía tendrían que irse a la ciudad y enrolarse como mercenarios.

—Un viaje más, Fermín —pidió Maclovio—. No me pueden fallar ahora que tengo el cargamento más grande esperando en el barco. El capitán no esperará mucho. Lo tirará al agua y se marchará si no lo recogen ustedes en los próximos días... Melisandra no se enterará...

No podían desperdiciar esta oportunidad, insistía el argentino.

—Usted no la conoce bien. Ella de todo se entera. Parece muy suave, pero aquí bien sabemos que cuando se decide a actuar, puede ser implacable. A mí me sentó toda una noche, solo, con el cadáver de mi hermano para que se me quitara la idea de irme a guerrear. Mi pobre hermano. Ya olía mal...

—Pues bien que te sirvió —masculló Maclovio—. Si de algo se ha enterado Melisandra, la culpa la tienen ustedes.

Maclovio suponía que los mismos jóvenes habían despertado las sospechas de ella. Los delataría el efecto de las drogas livianas que él les llevaba o el whisky barato o los cigarrillos y las comidas enlatadas. Ella no era tonta y sabría que algo ofrecían a cambio. Paciencia, se repitió Maclovio. No era cosa de andar jugando, después de todo. En dos meses lo esperaban en Nueva York con su cargamento de hojas de filina. Si no entregaba las armas, los Espada no dejarían que sacara la droga o, peor aún, se ocuparían de incendiarle las plantaciones.

—Me da pena por ustedes —dijo Maclovio—. Con esa actitud nunca van a progresar. Si son discretos, no pasará nada.

—Las mujeres de esa familia son medio brujas —respondió Fermín—. Todo el mundo le tenía miedo a su abuela. Usted habla porque no sabe.

Fermín no le daba los ojos. Miraba al suelo. Se miraba los pies toscos. Nunca miraban a los ojos estos condenados, pensó Maclovio.

—Pues yo no le tengo miedo a Melisandra —lo desafió—. De alguna manera me las ingeniaré para distraerla. Mañana ustedes irán al barco y yo me encargaré de que ella no se entere. Tomá, llevate esto —le alargó la bolsa—. Decile a los otros que se preparen.

Fermín alzó los ojos y lo miró sin convencimiento. Una garza levantó vuelo a la orilla del río y pasó batiendo alas sobre sus cabezas.

CAPÍTULO 7

La lámpara sobre el escritorio de don José era la única iluminación en el estudio. Frente al anciano, acomodados sobre un sillón desvencijado bajo la ventana, Melisandra y Raphael lo escuchaban, tomando sorbos del café humeante preparado por Mercedes. Pequeños insectos revoloteaban incesantes atraídos por la luz. Las palabras flotaban en el murmullo del río.

—Quien piense que la soledad es la ingrata retribución de aquel que escoge una vida de contemplación y estudio, está equivocado. Mi vida ha estado siempre plena de gentes. Pensadores, escritores, personajes de la literatura me han acompañado tan sólidamente como si estuvieran a mi lado en carne y hueso. Hubo épocas en que estos seres se posesionaron con tal fuerza de mi imaginación que oí, atado junto a Odiseo al mástil del barco, el enloquecedor canto de las sirenas y vi, desde un recodo del cuarto de Edipo, el suicidio desesperado de Yocasta. Sufrí de alucinaciones en las que hablaba con Mrs. Dalloway y Mrs. Ramsey. Pasaba noches conversando con Cervantes y Borges sobre la posibilidad de que alguien reescribiera *El Quijote* sin jamás haberlo leí-

51

do. Fue por este tiempo que mi mujer me internó por unos meses en el sanatorio El Chapuis, pensando que quizás había perdido la razón. Pero, claro, loco no estaba. Ella y los médicos debieron admitirlo. Me encontraba hacinado en mi propia mente, compartiendo su reducido espacio con demasiadas voces. En ocasiones los paisajes donde vagaban las almas de Heathcliff y Cathy o donde encallaban los galeotes españoles de García Márquez o las ciénagas o el vasto Magdalena, se personaban en mi vida como dimensiones alternas a la realidad en las cuales yo podía andar o navegar por horas sin fin.

»Mis fantasías me llevaron a salir en búsqueda de molinos de viento. Me uní a un grupo de poetas que recurriendo a las posibilidades de la imaginación, de la mitología acumulada, de la experiencia colectiva encontrada en la literatura humanista y en la poesía de todos los tiempos, se proponían crear un modelo de sociedad totalmente nuevo y revolucionario.

»Provistos de cuanta literatura utopista pudimos acumular, nos dimos a la tarea de delinear modelos y desarrollar incontables simulaciones especulando con esta o aquella alternativa. Apenas dormíamos abotagados por el humo de los fumadores y los vapores etílicos de los que no podían pensar sin una buena dosis de alcohol en la sangre. No era fácil darle rienda suelta a un grupo de poetas y luego esperar que se comportaran como fríos sociólogos —sonrió don José.

»Varios meses llevábamos en ese ejercicio desaforado cuando mi gran amigo Ernesto, un poeta callado, sabio, con profundos conocimientos de la física y del cosmos, nos planteó el problema esencial que encontraba en nuestras propuestas: estábamos partiendo de cero.

Nuestro modelo sólo era aplicable en un hipotético principio del mundo. "Casi se remontan al Big Bang", nos dijo, sorbiendo filosófico un trago de ron puro. "O a un tiempo después de la hecatombe nuclear, o de una catástrofe de tal magnitud que obligue a hombres y mujeres a replantearse el modo de existir." Me admitió después que estaba obsesionado por la idea de cómo simular ese comienzo aséptico e hipotético que hacía falta en nuestras especulaciones, pues lo consideraba esencial para el éxito del experimento. "Necesitamos la isla para construir la Utopía —decía—. Hay que crear el núcleo original, descontaminarlo a través de varias generaciones hasta que sólo lo conformen hombres y mujeres que nunca hayan conocido la ambición, el poder, la avaricia, el mal. Se trata de construir la célula, la partícula, el primer organismo vivo."

»Esta célula social, propuso Ernesto, tendría que desarrollarse en un ambiente estéril, un vacío... y debía, por un tiempo no cuantificable, prescindir por completo de la tentación de multiplicarse. No llegamos a un acuerdo sobre lo último. Un golpe de estado, una nueva guerra, nos cayó encima. La represión que se desató fue feroz. Intuimos que al romperse el orden establecido se crearía la oportunidad, física y síquica, para que unos cuantos —sin otra salida— se animaran a ser parte de nuestro proyecto de innovación.

»Ernesto nos habló de un sitio en el Norte del país. Nos describió su gran belleza natural, el arroyo que lo atravesaba, las montañas circundantes que crecían alrededor de la selva tropical magnífica. Era sitio donde los sueños adquirían texturas vívidas y fantásticas. Durante una de las noches que él pernoctó allí soñó con una ciudad plateada. Su nombre, "Waslala", aparecía resplandeciente sobre los troncos viejos y monumentales de los ceibos.

»Decidimos que su sueño era visionario. Hacia Waslala debíamos dirigirnos lo antes posible, si es que no queríamos terminar en alguna mazmorra, torturados salvajemente o asesinados.

En la noche clara y de viento las palabras quedas de don José rezumaban nostalgia.

—Desde el río, mi mujer, a quien no veía desde el golpe de estado, me mandó razón a la ciudad: debía marcharme. Ella me alcanzaría por su cuenta luego.

»El viaje hacia Waslala tomó una semana. El sitio era espectacular. La confluencia de diversos paisajes facilitaba un extraño y único fenómeno climatológico: se podía pasar del clima cálido al templado con sólo caminar unos cuantos metros a través de un corredor donde se arremolinaba el viento. En el valle templado establecimos la comunidad. La extensión de ésta la demarcaban cuatro ceibos gigantescos. Construimos viviendas, abrimos senderos, parques. En el Corredor de los Vientos la ropa se secaba en cuestión de minutos y formaba una alegre algarabía de trapos de colores que flotaban en el aire sin caerse. ¡Ah! ¡Cómo poder transmitirles las experiencias de esos días...! Aliviados de la persecución, poseídos como estábamos todos por un espíritu de pioneros, por el altruismo e idealismo de nuestra misión, nos esforzábamos a cual más por cooperar entre nosotros, por dejar de lado las mezquindades y pequeñeces de nuestro carácter y comportarnos como creíamos correspondía a un grupo humano que se disponía a convivir no sólo material sino espiritualmente. Yo construí mi pequeña vivienda en los márgenes del arroyo para no añorar el susurro del agua. El arroyo de Waslala era para mí el Tigris y el Éufrates del paraíso terrenal. Puedo decir, sin temor a equivocarme, que en esos días fui plenamente feliz.

—¿Y su mujer? —preguntó Raphael.

—Era mi única congoja. Teníamos meses de estar separados... yo la sabía en el río, segura; pero no tenía manera de darle a conocer mi paradero, ni podía salir a buscarla o enviar por ella sin poner en peligro el secreto de nuestra ubicación. Me concentré en el trabajo diciéndome que debía esperar el momento propicio. Pasó más de un año hasta que un campesino nos informó de que el general que nos persiguiera había sido asesinado por sus subordinados y que en Faguas se intentaba de nuevo experimentar con la libertad y la democracia. Cuando decidí salir a buscar a mi mujer, ya en Waslala habíamos logrado disponernos para la vida cotidiana. Nuestras huertas de clima templado y cálido empezaban a dar fruto, nuestra granja de conejos y gallinas se multiplicaba, los talleres de cuero, carpintería, mecánica, cocina y artes estaban funcionando, así como nuestra pequeña escuela. Vivíamos en un estado de paz inefable, rodeados de los ceibos y los distintos paisajes que embellecían nuestras ventanas, abandonándonos a largas conversaciones en las tardes después del trabajo y haciendo vigorizantes caminatas y expediciones los fines de semana.

»Los otros poetas y yo no cesábamos de maravillarnos de lo bien que iba resultando nuestro experimento. A Ernesto no le dolía la cabeza y podía dormir las noches de un tirón. Yo, en cambio, a pesar de sentirme feliz, no podía descansar. No dejaba de inquietarme la mansedumbre en la que nos estábamos instalando. Involuntariamente sentía que nos dejábamos llevar por la tendencia a aislarnos de tal manera que incluso nuestros contactos con la vecina comunidad campesina empezaban a espaciarse. Por esos días me comencé a preguntar si la célula algún día se reproduciría o si no existiría el peligro de que nos encerráramos hasta el punto de que llegáramos a repeler las influencias exteriores, convirtiéndonos en una especie de moderna Avalon, una isla de brumas inalcanzable para el común de los mortales; una fortaleza inexpugnable. Esta idea no me entusiasmaba. Sentía una nostalgia quizás prematura ante la idea de vivir aparte y afuera del caldo de cultivo donde se desarrollan las nuevas y siempre interesantes corrientes de pensamiento. Se lo comenté a Ernesto y me reprochó mi impaciencia. No podría ser feliz allí, me dijo, de no tener yo claridad sobre la noción fundamental de que Waslala crecería, inicialmente, en un terreno prácticamente aséptico, apartada, efectivamente, del ruido de los conflictos externos. Debíamos, insistió, aceptar generosamente la posibilidad del sacrificio de nuestra sed intelectual si es que queríamos ver nacer la generación capaz de construir, sin nuestras imperfecciones, la verdadera Utopía.

»Muchas veces he pensado que las dudas y temores que albergué conspiraron contra mí. La falta de fe, las vacilaciones intelectuales interfirieron quizás con la energía colectiva que envolvía Waslala, y la tornaron inaccesible para mis ojos. No sé. Lo cierto es que, cuando intenté regresar, nunca más pude divisarla, nunca más pude encontrar los árboles de ceibo, ni los atardeceres que se convertían en remolinos en el Corredor de los Vientos.

Don José calló abruptamente. Por largo rato sólo se escucharon en el estudio los sonidos de los grillos y el croar nocturno de las ranas.

56

Melisandra miró los ojos de su abuelo, húmedos y resplandecientes; los miró como si pensara que al asomarse a ellos podría vislumbrar, a lo lejos, el arroyo, la selva húmeda y verde, el aire frágil y limpio de Waslala. Raphael se quedó en suspenso esperando a que el anciano continuara, temiendo interrumpir su silencio. Observó los ojos azules del poeta intuyendo que le estaba siendo dado participar en un rito, una suerte de canto evocativo para traer aquel lugar misterioso a la vida, nombrarlo para que existiera. A pesar de la minuciosa descripción de los límites geográficos de Waslala —que quizás facilitara el hallazgo— sus palabras estaban cubiertas de neblina, de vagas referencias.

—Pero —se atrevió al fin a decir— ¿cómo es que sabiendo tan bien dónde estaba localizada Waslala, nunca más pudo llegar hasta allí?

—Llegué —respondió don José, sin verlo, su mirada perdida en un inexistente punto del espacio—. Siguiendo las coordenadas geográficas llegué a lo que debió ser la ubicación exacta. El misterio —dijo, volviéndose a mirarlo— es que el lugar ya no existía. Los ríos no estaban en la misma posición, no había un valle entre ellos, ni entre la selva y las montañas. No encontré los ceibos, ni el Corredor de los Vientos. Encontré solamente al viejo campesino, el alcalde de vara que nos asignara el lugar, que me pareció tan perdido como yo. No me reconoció y lo único que pude lograr fue que dijera lo que yo ya sabía: Waslala había desaparecido.

»"Fueron los ceibos —me dijo—, los ceibos se los llevaron." En su mitología, que proviene de raíces mayas y aztecas, la ceiba es un árbol sagrado, el árbol que sostiene el mundo; si desaparece la ceiba, el mundo que sostiene desaparece con ella.

—Pero ¿cómo pudo desaparecer? —insistió Raphael.

—Las mitologías están llenas de lugares semejantes —prosiguió don José—. No es improbable, por otro lado —y esto es algo con lo que personalmente he especulado—, que lo que semejaba un fenómeno climatológico —el Corredor de los Vientos y el aire templado de Waslala— no hayan sido más que señales de una ranura en el tiempo-espacio a la que, por un azar, accedimos.

—Pero hay personas en el interior del país que afirman haberla visto, ¿no es cierto? —preguntó Raphael.

—Hay relatos de viajeros, sí, que afirman haber vivido un día o dos en Waslala, sólo para luego, usualmente al despertar, haberse encontrado solos en un paisaje distinto... Aparentemente, encontrarla es un asunto de instinto, de llegar al lugar aproximado y dejarse guiar por una corazonada, el olfato... No sé. No soy la persona más indicada para decirlo. Yo nunca pude regresar. Quizás Waslala ya no exista. Quizás esté allí para ustedes. Quizás sea un problema de tener ojos para verla... ¡Quién puede saberlo! De no haber sido por mi mujer todavía andaría yo errante buscándola, buscando los árboles de madroño, los ceibos enormes.

Don José guardó silencio, se puso la boina y se apretó los ojos cansados.

—Waslala se convirtió en una leyenda nacional —intervino Melisandra, levantándose y mirando por la ventana—. El lugar inalcanzable. Además de los relatos de personas extraviadas que afirman haber estado en Waslala, otros dicen haberla visto en una neblina o al final de un camino que por más que se ande, no se acorta. Uno de nuestros tantos gobiernos se propuso traer a sus líderes a la capital para que les enseñaran el secreto del buen gobernar. Las patrullas enviadas por todo el país no pudieron encontrarla. Volvieron con más leyendas y fantásticas historias. Otro régimen, más reciente, decretó la muerte de Waslala. Prohibieron toda mención del nombre y condenaron a cárcel a quienes se empeñaban en su búsqueda. Por esa época, hombres, mujeres, niños y sobre todo los responsables de la prohibición se despertaban soñando noche a noche, obsesivamente, con Waslala. Por ese tiempo se fueron mis padres. Es posible que aún estén allí.

—Todo es posible —dijo don José.

—No nos vendría mal caminar un rato —le dijo Raphael a Melisandra, cuando salieron del estudio.

Se encaminaron a la vereda del río. La noche era clara bajo la luna y ella andaba con firmeza delante de él, su cabeza redonda enmarcada por el halo rojizo del cabello. El viento hacía sonar las palmeras y crujir las altas ramas de los árboles. Llegaron al muelle. Melisandra subió los peldaños de madera, caminó hasta el borde y se sentó con las piernas colgando sobre el agua. Él se sentó a su lado.

—Pensarás que estamos locos —dijo ella.

—No, no —dijo él—. Claro que yo vengo de donde nadie cree ya en las utopías. Me preocupa la posibilidad de que tu abuelo se haya tomado demasiado en serio su imaginación. Pero ése es el reto. Ya veremos. Tendremos que comprobarlo nosotros mismos.

—Me dijo mi abuelo que conociste a Alan. Diste crédito a su historia. Si no, no estarías aquí... —sonrió Melisandra, su sonrisa blanca brillante en la oscuridad.

—No soy un periodista escéptico. Ésa es mi gran

debilidad, pero también mi gran virtud —dijo, haciéndole un guiño.

—Me impresiona tu modestia —dijo ella irónica.

—La modestia es una virtud mediocre.

Melisandra rió.

—Sos muy hermosa —observó él, mirándola atentamente, comentándolo más consigo mismo que con ella.

—Voy a echar de menos el río —dijo ella, mirando el reflejo de sus pies en el agua.

CAPÍTULO 8

La despertó el sonido ronco y lejano de la caracola de Pedro en la madrugada. Se asomó por la ventana y vio la luz rosada del amanecer hacer mella sobre las siluetas de las palmeras al otro lado del río.

Dio un vistazo a su alrededor. En poco tiempo, aquella habitación sería una memoria más, como lo sería el rostro de su abuelo, Joaquín, el mismo río que durante toda su vida fuese el cordón umbilical perenne y estable del único mundo permitido.

Cuando salió al comedor, don José aguardaba con su pantalón negro y camisa blanca bien planchados, olor a agua de colonia, la boina y el bastón sobre las piernas. Los gemidos de la caracola de Pedro se oían más y más cercanos. Como alzados de sus sueños por un encantamiento que los convocara, los visitantes convergían en el comedor uno tras otro, colocando sus mochilas y aparatos sobre las mesas y en el suelo.

Raphael se acercó a don José y Melisandra. Pensó que el viejo estaba vestido para que ella lo recordara nítido y digno en blanco y negro.

El desayuno terminó al tiempo que el bongo de Pedro atracaba en el embarcadero.

Mercedes secó sus manos en el delantal y salió al corredor a observar los preparativos con don José. Los remeros acercaron la embarcación, la amarraron al muelle y empezaron a cargar el equipaje de los viajeros.

—No te preocupes por Melisandra —le dijo Hermann, el alemán, a Mercedes acercándosele por detrás y hablándole al oído—. No es de las que se pierden.

—Cuídela de ese Maclovio —le susurró Mercedes—. Ese hombre no me gusta.

Las dos holandesas les pasaron al lado cargando sus mochilas.

Mercedes miró a Hermann, interrogándolo con la mirada sobre su opinión.

—No me preocuparía por ellas —dijo él.

Se inclinó para abrazarla y despedirse, prometiendo hacer cuanto pudiera por cuidar a Melisandra.

Morris también llegó a despedirse de ella. Le simpatizaba el científico. Aunque era callado y taciturno, tenía aire de hombre de bien. En esa camada de visitantes, el único mal bicho era Maclovio.

—Adiós, Merceditas —le gritaba éste maliciosamente mientras se encaminaba al muelle, y ella le sonrió levantando la mano por no dejar, porque no quería hacer nada que pudiera enemistarlo con la hacienda, mucho menos ahora que le tocaría viajar con Melisandra.

Pedro escuchó a don José recomendarle una y otra vez la seguridad de la nieta. Debía dejarla junto con Raphael y Morris donde Engracia. Ella los cuidaría y les facilitaría los medios para viajar al interior. El marinero miró con recelo a Raphael. No había previsto que Melisandra los acompañara, aunque conocía de sobra su deseo de emprender aquel viaje.

Eran aproximadamente las nueve de la mañana cuando al fin Pedro indicó a la muchacha que debían partir y ella fue a buscar al abuelo para llevarlo del brazo hasta el embarcadero. Allí se despidieron finalmente. Mercedes la apretujó llorando. Ella aspiró hondo su olor a talco, a limpio y luego se apretó contra el abuelo cerrando los ojos por un rato largo. Don José se esforzó por conservar su aire de aristocrática dignidad, pero le dio por tocarse repetidamente la punta de la nariz.

—No me quiero pasar el resto de la vida esperándote, hija —le dijo—. Volvé pronto —añadió y se quitó la boina en un gesto que Melisandra interpretó, conmovida, como su manera de llorar en público.

Pedro se colocó en la paneta y bajo el sol amplio y cálido de aquella mañana azul de octubre sonó con aire definitivo el bronco y prolongado mugido de la caracola. «Uuuu-paaaaa», gritaron los remeros al unísono, hendiendo el agua. El bongo se remontó río arriba.

RÍO ARRIBA

CAPÍTULO 9

El bongo de Pedro, *La Reina,* era una embarcación de grandes proporciones, una versión menor y más alargada del Arca de Noé. Construida de tablazón de cedro, era larga, honda y angosta. Contaba con una tripulación de diez remeros, cinco a cada lado, que ocupaban los extremos de unas largas bancas, transversales que iban desde la proa hasta donde empezaba, en la popa, el cobertizo para los pasajeros. Pedro, a cargo del timón, ocupaba la paneta, el sitio más alto, un angosto puente detrás del cobertizo, desde donde controlaba la navegación por medio de los sonidos de su caracola.

A pesar de los intentos de modernizar el transporte fluvial, nada había podido igualar en el río la eficiencia de aquellas embarcaciones primitivas. Sus características se prestaban sin problemas a los humores y distintas profundidades del río, así como a los abusos de los marineros. Una compañía de inversionistas norteamericanos, muchos años atrás, había intentado introducir lanchas con motores de avión que se alzaban a ras del agua pero de ellas sólo quedaban, aquí y allá, los cascos olvidados, donde se divertían las algas y los niños. Fueron víctimas de los capitanes y mecánicos locales, que nunca entendieron bien la mezcla de aceite y gasolina que requerían para operar, o que creyéndose Elías en el carro de fuego las estrellaron, borrachos, contra las rocas. Los bongos, en cambio, sobrevivían casi inalterables. En los relatos de viajeros del siglo XIX, se leían descripciones que se aplicaban con ligeras modificaciones a éstos. Algunas mejoras se habían efectuado: la parte superior del cobertizo de *La Reina* era de un material plástico novedoso, totalmente transparente, que permitía a los pasajeros disfrutar el paisaje al tiempo que los protegía de los nocivos rayos del sol. El suelo del cobertizo era de madera. La esterilla sintética que lo recubría se limpiaba fácilmente sacudiéndola contra el costado del barco. El espacio techado para los viajeros no era muy amplio. Durante el día podían pasearse por entre los remeros, sentarse en el tramo central de las bancas o asolearse sobre la superficie del cobertizo. Una batería liviana y recargable alimentaba una ristra de pequeñas bujías de bajo voltaje que servían como iluminación nocturna.

Pedro, el capitán, no tuvo inhibiciones para dejar muy claro que Melisandra era para él la persona de mayor categoría que viajaba en su bongo. Los demás podían acomodarse como quisieran pero para ella reservó el lugar debajo del puente de mando, al fondo de la popa, donde la curvatura del barco formaba un espacio holgado y protegido. Melisandra aceptó la deferencia. Dejó sus cosas y luego de unas cuantas transacciones, acuerdos y reajustes, los demás pasajeros se acomodaron bajo el cobertizo. Raphael subió a sentarse junto a Melisandra cerca de la paneta.

La casa se perdió entre la vegetación espesa de la ribera. El tosco muelle de madera con los rugosos pilotes rojos les dijo adiós como brazo abierto. El bongo vadeó los islotes poblados de manatíes durmiendo desmadejados bajo el sol. Río abajo el túnel de árboles entrecruzados semejaba un pedazo escapado de la noche, misterioso. En poco tiempo de aquel paisaje sólo permaneció el agua resplandeciente del río manchada aquí y allá fugazmente por el paso de bandadas de pájaros que alzaban vuelo ante el avance de la embarcación.

Melisandra cerró los ojos. La casa hacienda se disolvía. Con el paso de los días le pasaría quizás lo que a su abuelo con Waslala: lo real se convertiría en lo imaginado, la casa y el viejo adquirirían perfiles, rasgos inusitados que ella les adjudicaría en la soledad para preservarlos como talismán, memoria amable que la reconfortara. Rogó al espíritu de su abuela que los protegiera. Confiaba que Joaquín mantendría la hacienda segura. «No llegó a despedirme», pensó. Experimentó tristeza, pero también un sentimiento de liberación.

Abrió los ojos. Se volvió hacia la proa. El río perdía caudal, los árboles cerrándose en arcos extendían sus sombras sobre el agua. Aspiró hondo para distender el espasmo que le apretaba el esternón.

Raphael puso su mano sobre la de ella. La presionó suavemente.

—Volverás —dijo—. Y tu abuelo te estará esperando. Querrá tener noticias de Waslala.

—Gracias por animarme, pero en estos momentos quisiera tener una bola de cristal para ver el porvenir y saber con certeza que vivirá hasta que yo vuelva.

—Vivirá mientras dure su curiosidad —afirmó él con certeza.

Raphael ajustó el objetivo de la pequeña cámara que llevaba sujeta a la visera, y con la que no cesaba de filmar.

—Yo pienso que mi abuelo hace tiempo se ofreció voluntario para probar una droga que alarga la vida. Entre los viajeros solía visitarnos un médico con el que se encerraba largas horas en el estudio. Luego me comentaba que la ciencia estaba muy cerca de vencer la decrepitud y la muerte. Hace dos años que el médico ya no pasa. Me pregunto si es que los sujetos del experimento habrán comenzado a morir.

—Es posible que haya quienes viajen aquí con el propósito de experimentar drogas nuevas en seres humanos. Hay una mutación genética de cocaína y marihuana, la filina, que se desarrolló aparentemente en Faguas y que le está ganando la batalla a las drogas inocuas con que, supuestamente, se erradicaría a las dañinas.

Melisandra se agitó de forma casi imperceptible. Miró a través del cobertizo. Morris y Hermann conversaban. Las holandesas y Maclovio estaban sentados en la proa del bongo.

—He oído algo sobre esa droga —dijo ella, bajando la voz, indicándole que detuviera la cámara—. Pedro sospecha que ciertas cantidades salen de Greytown, pero no hemos querido seguirle la pista. Es peligroso. Los Espada son enemigos de temer.

Era verdaderamente lamentable, agregó, pero en Faguas cada quién se ocupaba sólo de lo propio. Era suficiente trabajo.

—Mejor cambiemos de tema —susurró—. Maclovio y los Espada son socios.

Pasaban tan cerca de la orilla que era posible ver, sobre los árboles de la ribera, las ojos grandes y redondos de las verdes, rugosas lagartijas.

Raphael miró la espalda de Maclovio. Era el hombre

clave, no le cabía la menor duda, aunque también era muy hábil. Él lo había tratado de acorralar fingiéndose simplemente curioso, haciéndole las obvias preguntas, pero Maclovio sabía escurrirse, jugar al truhán simpático. Le admitió sin mayores escrúpulos su papel en el tráfico de armas. «Uno tiene que vivir, ché. No se puede ser más papista que el Papa.» Las cambiaba por objetos arqueológicos, le dijo, verdaderas maravillas que él vendía muy bien en los mercados de arte. No era saqueo, sino salvamento. No le importaban a nadie allí.

No era tonto el argentino. Hasta le preguntó por sus motivaciones para escribir el reportaje sobre Waslala. ¿Le interesaba realmente a su editor?, inquirió, sin ocultar su escepticismo.

—¿Así que veniste a Faguas a buscar Waslala para poder blandir ante el mundo la idea de que en este desamparo se ha podido construir una sociedad perfecta? No sé por qué —dijo Melisandra irónica— percibo cierto cinismo en tu intención.

—El cinismo es una deformación profesional. Es difícil no ser cínico hoy en día —le respondió, mirándola brillar como cobre bruñido sobre el cobertizo—. El cinismo no deja de ser una protección... Y ahora, con tu permiso, voy a bajar a revisar el correo electrónico. Mi editor es un hombre muy nervioso... —dijo, descolgándose del techo hacia el interior del bongo, donde los demás viajeros se ocupaban de lo mismo, sentados en distintos lugares de la embarcación.

Los remeros habían empezado a entonar el sin son de una cancioncita monótona con la que acompañaban sus rítmicos movimientos.

Melisandra se tendió boca arriba, aspiró hondo. La angustia descendía de nivel a medida que se alejaban. Al poco tiempo, su cuerpo, arrullado por el sonido del agua, del viento y de la acompasada melodía, se relajó distendiéndose bajo el sol.

Desde el interior del cobertizo, Hermann alzó los ojos y vio, a través del halo rojo de la cabeza de Melisandra, el entretejido verde de los árboles extendiendo sus ramas de una a otra orilla, llamas verdes fluyendo desde un encendido centro.

El río era su paisaje favorito. En Bremen, ya fuera en su casa o deambulando en invierno por la plaza del mercado, con sus edificios medievales, la memoria de estos parajes con frecuencia le humedecía los ojos y le provocaba una insufrible nostalgia. La tecnología no lograba despertar en él el asombro que le provocaba la naturaleza indoblegable. En los campos de Alemania, era todo tan civilizado: los bosques moribundos circunscritos rígidamente a límites impuestos, las verdes extensiones de pasto cultivadas y aradas, los parques cuidadosamente conservados. En cambio aquí uno sólo tenía que remontar el río para recuperar la perspectiva perdida y constatar la pequeñez del hombre frente a la exhuberancia de siglos de verdor.

A mediodía los remeros echaron ancla bajo un tupido palmar. Con los pantalones remangados a media pierna desembarcaron en el estrecho tramo de costa a preparar el almuerzo. De la mata de plátanos que llevaban amarrada a uno de los pilares del cobertizo, cortaron el racimo y prepararon, sobre el improvisado fogón, una cocción de carne salada, plátano y arroz.

La arena era oscura y fina y por las huellas se podía deducir que era un lugar preferido por los lagartos para tomar el sol. Maclovio narró cómo la primera vez que pararon a almorzar allí trató de abrirse paso a través de las palmas sin poder avanzar ni dos pasos. Los únicos que vivían dentro de esa selva, dijo con conocimiento de causa, eran los miembros de una tribu de indios guatuzos que, igual que monos, se desplazaban en manadas sobre las copas de los árboles, donde residían durante toda la estación lluviosa. Esos indios habían sido descubiertos hacía dos siglos por un norteamericano de California que, hecho prisionero, tuvo la suerte de que la hija del cacique se enamorara de él salvándolo de una muerte segura. El viajero la desposó, pero cuando llegaron las lluvias y la tribu inició su vida simiesca arriba de los árboles, el californiano no pudo resistirlo. Huyó abandonando a la princesa.

—Hay contrabandistas de animales que se han llevado niños guatuzos y los han vendido como chimpancés por equivocación —dijo—. Los compradores no se percatan hasta que los «monitos» empiezan a pedir los bananos hablando... Te imaginás, ché, el remordimiento —añadió, riéndose estrepitosamente, rompiendo abruptamente el encantamiento de la historia de la princesa.

—No es cosa de risa —farfulló Morris, levantándose y sacudiendo arenilla de su brazo metálico.

—Me estoy riendo de la estupidez de los contrabandistas —pretextó Maclovio.

—Temo ese tipo de estupidez. No me río de ella —siguió diciendo Morris, mientras se remangaba los pantalones para retornar al bongo.

Hermann apuró el agua purificada de su cantimplora y se levantó a su vez.

En sus primeros viajes, él también comparó a los niños morenos y desnudos con los monos, asombrado de su flexibilidad de simios. Sólo que sus nociones de lo salvaje se habían transformado. Después de su segundo o tercer viaje a Faguas se dio cuenta de que ya no regresaba por negocios sino por algo que cada vez tenía menos relación con el contrabando de oro. Él también quería encontrar Waslala. No la que buscaban los demás, sino la suya propia.

Pedro sonó la caracola y el barco, con el impulso de los remeros, abandonó la ribera y se desplazó rápido sobre el agua.

A las cinco de la tarde, la cuadratura perfecta de los remeros, el murmullo de la melodía antigua y misteriosa con que se acompañaban a golpe de remo, cesó de pronto. Simultáneamente levantaron las paletas del agua, se quitaron los sombreros y pañuelos de la cabeza y recitaron una Ave María ronco y devoto seguido de un Padre Nuestro. «Dios te salve, María, llena eres de gracia», rezó a coro la tripulación. Melisandra se quitó la gorra de tractorista y se colocó de frente al sol. Sintió orgullo de pertenecer al río, de ser parte de aquello.

Una bandada de loras cruzó el cielo alborotando el aire con su griterío. La oración terminó. Los remeros se inclinaron sobre sus paletas, alzaron de nuevo los remos y prorrumpieron en risas y comentarios. El momento solemne de pocos minutos antes le pareció a Raphael un sueño antiguo, una alucinación de su mente.

—No está en nuestro carácter ser solemnes por mucho tiempo —dijo Melisandra a modo de explicación, viendo la expresión desconcertada de su vecino.

—Todo esto me hace recordar las historias que oía contar a mi abuelo sobre los marineros de los barcos a vapor que navegaban en el Mississippi hace dos siglos —dijo Morris, sentado junto a ellos—. Nunca estuve allí pero siempre tuve nostalgia de esa gente. Vivían una buena vida. Se contaban cuentos y mentiras, los famosos *tell-tales*.

—Si quiere oír cuentos espere a que caiga la noche —dijo Pedro desde la paneta—. En eso no hay quien les gane a estos mentirosos.

—Sólo yo —gritó Maclovio desde abajo, sacando la cabeza del Masterbook tras el cual se había refugiado luego de que los demás le decretaran la ley del hielo a propósito de su escarnio de los guatuzos.

Dejaron atrás las islas de camalotes y carrizales, abundantes en la parte menos profunda del río. Desde allí habían visto perezosos lagartos lanzarse al agua y nadar curiosos hacia ellos abriendo con desgana sus ominosas fauces. «Saluda a tus parientes, Maclovio», gritó Hermann, causando la hilaridad del pasaje.

El río se abrió en una suerte de ensenada y el castillo de la Inmaculada Concepción apareció como una visión de otra realidad, montado sobre una lengua de tierra que bajaba en pendiente hacia el agua. La bandera blanca de territorio neutral ondeaba en la más alta de sus torres. No se detendrían allí, anunció Pedro. Estaba por caer la noche y el sitio era célebre por la abundancia de víboras venenosas. Algún día tendría que venir y explorar esa edificación, se dijo Raphael, mirando las murallas, la espesa vegetación de las laderas sobre las cuales sobresalían, altivos y oscuros, los torreones antiguos de la fortaleza.

El río corría ahora al lado de riberas altas que anunciaban el punto de confluencia con el Colorado. Altísimas palmas se mezclaban aquí con árboles centenarios y enormes, en cuyos robustos troncos crecían gran cantidad de parásitas y orquídeas. De sus ramas se desprendían lianas gigantescas, de manera que los árboles semejaban pescadores inmóviles, eternamente apostados sobre la corriente. La multitud de pájaros de brillante plumaje que se lanzaban sorpresivamente de las altas ramas, cual flores que se echaran a volar, provocaba las exclamaciones de Raphael, que, sentado al lado de Melisandra sobre el cobertizo, no cesaba de asombrarse ante la belleza de aquel paraje que, envuelto en la luz rojiza del sol poniente, era la visión más poética que él jamás recordara haber tenido en su retina.

Melisandra alzó la cabeza, fijando su atención en un árbol que se contorsionaba para hundir su copa en el agua.

—Los árboles son como las personas, ¿no crees? Es posible imaginarles un carácter: los tímidos, los arrogantes, los sabios, los sensuales.

Oscurecía cuando Pedro dio la orden de anclar. El aire se llenó de luciérnagas y otros insectos menos agradables a la vista y al tacto. Pedro recomendó que no se hablara en voz alta para no alborotar a los mosquitos y encendió las ristras de bujías del bongo, cuyo reflejo daba al lugar el extraño ambiente de un flotante carnaval pueblerino. Los remeros se lanzaron al agua uno tras otro. Limpios y frescos, repartieron las raciones de tortillas con queso y café que constituían la cena. Luego se acomodaron en las bancas y se pusieron a fumar unos rudimentarios cigarrillos que liaron allí mismo conversando animadamente entre ellos.

La mayoría no pasaba de los treinta años, pero el sol y la vida al descampado daba a la piel de sus rostros una consistencia rugosa que los avejentaba. Ninguno superaba a Pedro en estatura, lo cual no era mucho decir. Poseían los brazos musculosos de fornidos levantadores de pesas.

—A ver, muchachos —pidió Pedro desde la paneta, donde también fumaba—, regálenle unos cuentos del río a nuestros pasajeros. Filemón, ¡contales el cuento del aparecido de La Bartola!

—No es cuento —respondió el aludido, un marinero que lucía en su sonrisa, orgullosamente, tres dientes de oro—. Yo lo vi con estos ojos —su voz adoptó un tono bajo y bisbiseante. Los pasajeros se acercaron para escucharle—: Iba yo en medio del río rumbo a Las Luces en mi pipante —dijo Filemón, lanzando una gran bocanada de humo de su cigarro—, cuando se vino un gran temblor de tierra que sacó todo fuera de lugar y sacudió el agua de un lado a otro. Los lagartos salieron brincando del agua a caer en la costa, los monos daban alaridos. Era una locura —dijo el hombre, gesticulando—. En menos de lo que canta un gallo se me llenó el pipante de pescados y me cayeron del cielo dos loras y un papagayo, que me dejaron dundo y casi incapaz de seguir remando. La corriente me arrastró río abajo y me di cuenta que una ola, provocada por el terremoto, llevaba al pipante directo a estrellarse contra las costas de la isla La Bartola. Me encomendé a Diosito lindo, pensando que iba a terminar mis días desquebrajado contra un palo de coco, pero cuando me vine a dar cuenta estaba lleno de arena, boca arriba y medio muerto sobre la costa, con los pedazos de mi pipante desperdigados por todos lados. Me toqué las costillas, la cara, para ver si estaba vivo. Al principio, pensé que la muerte se estaba riendo de mí, haciéndome trucos. Pero después, cuando comprobé que me había salvado de milagro, me arrastré hasta donde el agua ya no me mojaba y, boca abajo, no supe en qué momento, me quedé dormido. Cuando desperté era de noche. Me acuerdo que la luna estaba enorme rodeada del aro rojo que se le pone cuando hay terremotos. A mí me dolía desde el dedo chiquito hasta el último pelo de la cabeza y tenía un frío de los mil demonios. Estaba en un playón desguarecido donde sólo vi unos árboles espinosos, palmeras y bananas. Como La Bartola no era un lugar que yo conociera bien, me metí en un círculo de rocas al fondo y corté unas hojas de plátano para cobijarme. No soy miedoso. No me había ni acordado de los cuentos de los marineros ingleses, que están enterrados en la isla y que, según se dice, aparecen en la noche a trabajar en un barco fantasma para regresarse a su país. Pero creanme que cuando unos pasos me despertaron, la sangre se me hizo hielo y me acordé de los tales fantasmas. No quería sacar la cabeza, pero la curiosidad me dominó. De los nervios me temblaban los dientes. No había terminado de divisar al hombre que andaba por la costa cuando él gritó: «Quién vive?» Del susto, en vez de esconderme otra vez, salté, me puse de pie y no atiné más que a decir que era un náufrago. Cuando me percaté estaba a mi lado, mirándome de pies a cabeza con una gran altanería, ordenándome a gritos:

»"—¡Identifíquese! ¡Diga sus generales!"

»"—Filemón Rivera. Marinero. Vecino de Las Luces —dije yo, sin saber qué más añadir."

»El señor aquel me observó con su aire arrogante y se sentó sobre una roca. Estuvo tanto rato callado que pensé que había perdido todo interés en mí. Me fijé que andaba vestido con una ropa extraña. Ridícula, si quieren que les sea franco. Los pantalones bombachos azules le llegaban a la rodilla, llevaba unas medias blancas como de mujer, una faja ancha con una gran pistola, una capa roja y un sombrero que parecía un barco al revés. Tenía cara de extranjero: quijada fuerte, narizón, con unos ojos azules calenturientos. De no haber sido por la ropa y porque cuando el viento soplaba se le desvanecía un brazo, una pierna o la mitad del cuerpo, igual que le pasa a una sombra sobre el agua, no me habría percatado yo que se trataba de un fantasma, tan real era su presencia.

»Luego de un buen rato en que ninguno de los dos hablamos, yo pensé que ya que la Divina Providencia me había puesto en esa situación, más me valía averiguar algunas cosas que sólo saben los muertos, así que le metí plática.

»"—Yo le di mi nombre, pero usted no me dio el suyo —le dije para ver si le sacaba palabra."

»"—Primer Vizconde Horacio Nelson, Barón del Nilo y de Burnham-Thrope, almirante de la Marina Real británica —me dijo."

»"—Con un nombre así, no veo qué anda haciendo penando por aquí tan lejos de su tierra —le dije yo."

»"—Tan lejos como el alma me lo permite. Usted, pobre ignorante, no sabrá nada de mis hazañas —me dijo con su tonito prepotente—. Por una de esas, mi mayor victoria, es que vine a parar aquí. Ha de saber que hasta en la muerte se cometen injusticias. Ya muerto me ha tocado tener que esconderme aquí de ese enano con ínfulas. Imagínese... perseguirme a mí, siglo tras siglo —me dijo el fantasma, colérico."

»"—Pero quién lo persigue... ¿Por qué? —le pregunté yo, que casi nada le había entendido."

»"—Me persigue porque lo destruí, porque dispersé su ejército, porque lo hice morder el polvo y morir en el destierro, en una isla como ésta —me dijo, sin dejarme nada en claro."

»"—Por lo menos lo persigue por algo importante...
—atiné a decirle."

»Entre la cólera y el viento que soplaba a ráfagas, el pobre fantasma casi estaba disuelto. Se le borraban grandes pedazos porque le dio por moverse y hablar caminando de un lado a otro.

»"—Pero cómo va a haber justicia si ese mequetrefe ha logrado arrinconarme aquí —se quejaba—, me ha obligado a venir a vivir mi eternidad en esta isla, en el propio sitio donde la fiebre amarilla convirtió en derrota una de mis primeras victorias. ¡Hasta más famoso que yo terminó siendo el condenado! Los franceses le han dedicado museos y mausoleos. En cambio a mí, en Inglaterra, me tienen arriba de una columna, cagado por las palomas —se quejó, envolviéndose en su capa y acercándoseme tanto que hasta sentí su aliento helado."

»De repente me quedó viendo como si se percatara por primera vez de estar hablando conmigo. Dijo que estaba perdiendo su tiempo conversando con un náufrago cualquiera, que sus marineros no trabajaban si él no los supervisaba.

»"—¡Hasta nunca!, se despidió y se esfumó" —dijo Filemón terminando su historia—. Se hizo humo antes de que le pudiera preguntar sobre lo que realmente me interesaba. No sabía oír el hombre. Se veía que estaba acostumbrado a que le oyeran.

—Qué clase de imaginación la tuya, Filemón —gritó Maclovio—. En el próximo viaje te cuento lo que me dijo el fantasma de Perón...

—Pues has de saber, Maclovio —intervino Melisandra—, que lord Nelson sí peleó en el río. La batalla de La Bartola sucedió en 1780. Está en los libros de historia.

—En la historia podrá estar. Lo que no creo es que Nelson esté por aquí —replicó Maclovio.

—Ustedes no creen en nada... ése es un problema que nosotros no tenemos —sonrió Melisandra.

Los remeros ofrecieron nuevos cuentos, pero se hacía tarde y Pedro dispuso que era mejor que se fueran a dormir pues al día siguiente debían zarpar muy temprano. Raphael compartió el suelo del cobertizo con Maclovio, flanqueado por las hamacas donde dormían las holandesas, Hermann y Morris. Melisandra se acurrucó en el espacio privilegiado bajo la paneta. Los remeros, por su parte, ocuparon los bancos. Pedro apagó las luces y en pocos momentos sólo se oía el lamer de las olas contra la cubierta del bongo y el graznido de los pájaros nocturnos.

CAPÍTULO 10

Envuelto en su mono de malla para protegerse de los mosquitos, Raphael durmió profundamente. Cuando abrió los ojos y buscó la silueta de Melisandra sólo alcanzó a ver, en la penumbra del amanecer, su cobija perfectamente doblada. El bongo se deslizaba sordamente bajo el impulso de los remeros. Los demás pasajeros dormían semejando crisálidas de insectos gigantescos. Se inclinó y vio a la muchacha de pie en la proa de la embarcación envuelta en un rebozo oscuro. Se despojó de su envoltorio blanco, lo dobló cuidadosamente y luego de guardarlo en su mochila se puso de pie. Lo que vio lo hizo dudar de su sanidad mental y aferrarse a uno de los pilares del cobertizo: el agua del río estaba totalmente roja. No un rojo café o púrpura, sino sangre, encendido, de una textura orgánica, densa. Amanecía sobre aquel paisaje apocalíptico, el rosa del amanecer sumiéndolos visualmente en un incendio que la brisa fresca desmentía. Las copas de los árboles inclinados sobre el agua, más escasos ahora, eran de una calidad fosforescente, rotunda, intensa, que contrastaba con los troncos pálidos, blancuzcos, envueltos en retazos de brumas.

Raphael se quedó quieto temiendo que el menor de sus movimientos quebrara el espejismo. Esperaba que la luz del sol lo desvaneciera, pero mientras más aclaraba, más rojo se veía el río, así que al fin decidió subir el techo y preguntarle a Pedro la razón de aquel fenómeno.

—Colorantes vegetales —dijo el marinero—. Hace poco más de una hora pasamos la bifurcación del Colorado. Una vez cada varios años, el río se pone rojo sangre por las infusiones de unas flores como lechugas que crecen en sus márgenes. Ésa es la razón científica... Ahora, sobra quien diga que es la sangre de todos los muertos que han perecido aquí, pero yo me inclino más por la idea de las lechugas.

Los pasajeros despertaron uno a uno y pronto se unieron a Raphael en el techo, poseídos por el silencio religioso de una visión sagrada. Sólo Maclovio comentó irreverente:

—Ni Moisés en toda su gloria vio esto, ché. Porque la verdad es que el famoso Mar Rojo es más negro que Morris.

—Cuándo vas a aprender a callarte —suspiró éste, haciendo un gesto con su brazo metálico.

Toda la mañana navegaron por el río rojo, sumidos en una suerte de trance hipnótico. Pedro no cesaba de tocar suavemente la caracola para contrarrestar los efectos del color intenso. A la hora del desayuno repartió a viajeros y tripulación un té de flores azules.

Nunca supieron si fue por el té o por los efectos mágicos del río que cada uno empezó a ver, en la sopa colorada, imágenes largo tiempo olvidadas que se deslizaban o saltaban en el agua. Melisandra y Raphael, sentados lado a lado, se mostraban, como si fueran peces de colores, sus recuerdos más antiguos, y fue en aquel trecho del viaje donde ambos recorrieron, en la distancia de unas cuantas millas, el trayecto hacia la intimidad que otros hombres y mujeres tienen que recorrer en numerosos días con sus noches.

Raphael pudo contemplar los roles trastocados de los abuelos de Melisandra. Ella vio, desperdigadas entre las crestas de la corriente, imágenes angustiosas de enfrentamientos callejeros. Raphael escondiéndose tras los tachos de basura en una calle tenebrosa y gris, las balas pasándole al lado y un niño corriendo frente a él, casi al alcance de su mano, cayendo bajo las ráfagas de metralleta.

—No lo salvé —murmuró Raphael—. Estaba filmando. Me quedé congelado como si sólo la cámara, no yo, hubiese estado allí. Veo a ese niño constantemente. Lucho, se llamaba. Esos segundos de filmación me dieron fama y fortuna. Gran reputación en el gremio.

—¿Por qué estabas allí?

—Pasé más de un mes con una pandilla. The Coffins. Fue como cubrir un ejército en guerra. Sólo que esta guerra era en medio de los barrios bajos. Una guerra por símbolos, por callejones, con rituales fascinantes.

—Pero podías haber muerto por salvar a ese niño.

—Fue lo que me dijeron. Nadie censuró que no interviniera. Pero sólo yo podía salvarlo. En cambio, filmé su muerte. Fue excelente para mi carrera. Me convirtió en un producto codiciado, me creó fama de duro. Eso es muy bueno en esta profesión.

—¿Y Waslala es el reportaje con el que pensás redimirte?

—Quizás.

Durante varias millas se prolongó el silencio dentro del bongo. Según Pedro, quien acertaba a navegar en el río rojo no salía de allí sin que algo muy profundo se le alterara en el alma. Para él, la experiencia era similar a la muerte, aquello de ver, en los postreros segundos, la vida de uno pasarle frente a los ojos, sólo que en el agua podía verse sin prisa, sin la parca tras los talones, sin dolor físico, sin miedo o angustia.

Más tarde, mientras Hermann y Morris sostenían una conversación filosófica sobre la flecha del tiempo, Raphael y Melisandra se instalaron con Pedro en la paneta para discutir sobre su desembarco en el muelle de Engracia.

Maclovio, que fingía dormitar en la hamaca de Hermann, escuchaba atentamente la conversación de los tres, pues tenía particular interés en poder seguir de cerca el rumbo de Melisandra, una vez que desembarcaran.

Si se quedaban con Engracia, pensó, no sería tan fácil vigilarlos. Ella era el único poder alternativo, la única a quien los Espada no podían doblegar ni controlar. Los Espada estaban en guerra contra todos los que no les pagaran tributo o les rindieran pleitesía. Instalaban y derrocaban los gobiernos a su antojo y se encargaban del tráfico de drogas y de los juegos de azar, que eran el entretenimiento más extendido en Faguas, así como el oficio diurno de las pandillas que, de noche, se enfrentaban bajo cualquier pretexto. Eran buenos socios, sus mayores clientes en el contrabando de armas. Su única disputa con ellos databa de tiempo atrás, cuando él se opuso a secundarlos en el negocio de exportar huérfanos de Timbú, su pueblo, como lo llamaba él, porque allí tenía casa, respeto y, sobre todo, las plantaciones de filina. Nunca en su larga carrera lidiando con gángsteres de toda clase se encontró él una pareja como aquélla. Los Espada eran infatigables atizadores de las guerras de toda intensidad. La guerra era su medio de subsistencia, lo que les permitía acumular y usar su poder. Su organización militar se encargaba de azuzar y mantener en perennes escaramuzas a grupúsculos cuyas querellas manipulaban y provocaban subrepticiamente. Se afirmaba que nunca dormían y, efectivamente, Maclovio, que pasó en ocasiones semanas con ellos, jamás los vio dormir por más que se desveló tratando de espiarles el cansancio. Al final concluyó que, como Napoleón Bonaparte, seguramente aprenderían a dormir de pie y con los ojos abiertos. Damián, el mayor de los hermanos, era una especie de Quijote equivocado que si bien predicaba la redención de los pobres y oprimidos, en la práctica hacía hasta lo imposible para asegurar que nunca dejaran de serlo y que más bien se convencieran de que ésa era la única manera digna de existir. Antonio, su hermano menor, práctico y astuto, carecía de tiempo para el romanticismo y era el más eficaz y feroz detractor del mito de Waslala, que, argumentaba, tenía sobre las mentes el mismo efecto soporífero que la religión. Maclovio estaba seguro de que él colaboraría de muy buena gana en distraer los esfuerzos de Melisandra y prolongar su estancia lejos de la Hacienda.

CAPÍTULO 11

Al atardecer del día siguiente llegarían a Las Luces y desde allí, en dos o tres días de navegación, a Cineria. Hablando con Pedro y Morris, Raphael se formó una vaga idea de lo que encontraría: una ciudad del pasado habitada por seres del presente. Los habitantes de Cineria, le aclaró el científico, sabían en qué época estaban sólo que no lograban que sus vidas se entendieran con el tiempo. Querían la modernidad pero no podían adquirirla. No tenían los medios. Los únicos de que disponían no hacían más que llevarlos al pasado o en todo caso los mantenían en una especie de limbo, en un tiempo redondo, que giraba en círculos sobre sí mismo. Las guerras eran difusas, los bandos se alternaban y no obedecían más que a causas arbitrarias. Era imposible tomar partido, opinaron. Los comunitaristas, que se podrían considerar los más razonables, los que aspiraban a un cierto orden, estaban tan infiltrados por los Espada que ya no sabían entre ellos mismos quién era quién.

Raphael miró dormir a Melisandra en la noche lunar. Inmerso en la tinta negra de la oscuridad, la contempló a su antojo, indefensa, plácida, abandonada a sueños que imaginó verdes y fecundos. Se recostó en el pilar del cobertizo. Imaginó el cuerpo de Melisandra, firme, pulido, la carne brillante. Retiró los ojos. Las holandesas dormían juntas en la hamaca, acurrucadas como si cada una le diera calor maternal a la otra.

El sol iluminaba el río cuando despertaron. Pasaban a la orilla de un islote insignificante donde crecían altas palmeras abriéndose paso en medio de la tupida vegetación. Los marineros, de pie sobre sus bancos, se habían levantado y al unísono con los brazos y puños alzados gritaban «Mueran los ingleses» una y otra vez.

—Es una costumbre antigua —dijo Hermann a Krista a modo de explicación—. En este recodo del río los ingleses hicieron en el 1800 muchas bajas a los fagüenses. Parece que desde entonces es tradicional echarles maldiciones cada vez que se pasa por aquí. Es parte de la herencia antiimperialista de esta gente.

—No nos gustan los colonizadores —gritó Pedro desde su paneta—. Han sido peor que una plaga en este país. Primero nos arruinaron y luego se olvidaron de nosotros... «Mueran los ingleses» —añadió, alzando la voz con sentimiento.

Después del desayuno, Pedro y los remeros tomaron un largo baño, pues querían estar frescos para el cruce del Remolino Grande, poco antes de arribar a Las Luces.

Melisandra vio los cuerpos fornidos y cobrizos zambullirse y moverse gráciles en el agua transparente y no pudo contener el deseo de lanzarse también. Los hombres le abrieron un espacio protegido para que nadara y retozaron con ella con naturalidad y gozo. Hermann se sintió como uno de los fisgones del cuadro en que Susana se baña ante la mirada expectante y curiosa de los viejos. Observó a los demás pasajeros contemplando la escena y pudo comprobar, aun en Maclovio, cierto traspasado pudor. El inocente disfrute de los marineros y la muchacha despertaba en ellos, extranjeros, la memoria de una espontaneidad perdida. Era irónico, pensó Hermann, que la familiaridad de Melisandra y los hombres les produjera la incomodidad de quien observa una transgresión.

Poco antes del mediodía la atmósfera dentro del bongo se tornó tensa. Raphael notó que Melisandra oteaba inquieta las aguas aumentadas de caudal. La embarcación avanzaba trabajosamente.

—Estamos cerca del remolino —explicó ella a Raphael—. Es el trecho más peligroso y mágico del río. Se cuentan historias fantásticas sobre el centro del remolino pero intentar verlo ha sido la causa de más de un naufragio. La mirada al posarse en él se convierte en algo material: una soga, un cordón irrompible al que el agua se aferra con mano de hierro hasta que la presa se hunde en el abismo. Por eso los capitanes toman precauciones, vendan los ojos a los pasajeros. Basta que alguien en una nave desacate sus órdenes para que la embarcación entera sea atraída irremisiblemente hacia el vórtice. Cada vez que paso por aquí me propongo verlo pero el miedo es más fuerte que yo.

—Quizás pueda filmarlo —dijo él—. La cámara me protegerá del contacto directo —sonrió.

—Ni se te ocurra sugerirlo. Pedro te echará del bongo. Dice que la gente de ahora tiene la manía de creer que todo se puede explicar y que éstas son leyendas nuestras —murmuró—. Lo cierto es que desde que soy niña he escuchado innumerables historias de accidentes. No es broma. Hay que seguir sus instrucciones.

—No sé por qué, tengo la impresión de que me lo decís para convencerte vos misma. Vamos, Melisandra, no podés creer seriamente en esas supersticiones.

—No sé por qué no podés creer vos que existan fenómenos inexplicables a los que es mejor no desafiar —dijo con pasión, recordando cómo, en su último viaje con Fermín en la panga, se sorprendió siguiendo los círculos concéntricos del agua por debajo de la venda, su mirada acercándose cada vez más al centro, poseída por la atracción de un irrefrenable deseo.

Poco después de mediodía divisaron las enormes y extrañas rocas que parecían no sólo no pertenecer al río, sino no tener ningún parentesco con el planeta Tierra: eran negras, lisas, bruñidas, como despeñadas desde un astro errante y misterioso. El Remolino Grande se abría en el ángulo abrupto que formaban cerca de la margen derecha. Para pasar airosos, los barcos debían mantenerse muy cerca de la ribera opuesta, y desplazarse a lo largo de un sistema de sogas que colgaban desde los árboles de la orilla.

Pedro repartió las vendas negras y ordenó a todos los pasajeros sentarse a plan bajo el cobertizo, con los ojos bien tapados. Él y sus marineros se encasquetaron unas viseras para ver sólo al frente. Tomadas estas precauciones, se inició el tenso cruce del remolino.

El rumor del río en aquel trecho era plácido y desconcertante: el bisbiseo de una enorme serpiente de dos cabezas que se contara secretos de un extremo al otro o que se engullera a sí misma en una inhalación de burbujas y gorgoteos.

Melisandra cedió su espacio bajo la paneta a las dos

holandesas y se colocó más hacia proa. Sentados en el fondo, los pasajeros sólo alcanzaban a ver el cielo sobre el río. Ella, sin embargo, se había dado cuenta de que, desde donde estaba y aflojándose la venda y mirando, a través de uno de los agujeros de los remos, era posible ver la superficie del agua. Le sería hipotéticamente factible tener una efímera, momentánea, visión del remolino, si es que en ese momento el cuerpo del remero no se interponía ante sus ojos.

Un silencio denso y espeso se abrió paso en la resolana del mediodía. De vez en cuando lo rompía el graznido de alguna garza o gaviota yéndose a pique dentro del torbellino, que se decía contenía peces con ojos humanos. El caudal del río, la velocidad de la corriente aumentaban a medida que se acercaban. En contraste, la caracola de Pedro sonaba lento para marcar el movimiento sincrónico con que los remeros aferraban las sogas extendidas a lo largo de los árboles de la ribera para asegurar que la embarcación se mantuviera a distancia del remolino.

Melisandra afinó la trayectoria que seguirían sus ojos para ver por la ranura de su venda a través del hueco del remo. La tarea se le facilitó al desplazarse los remeros hacia las sogas. Se sentía más tranquila. Una determinación fría y tenaz la embargaba. Veía el agua hacer espumarajos. Pensó en su abuelo que estaría durmiendo la siesta en su mecedora, la cabeza echada hacia un lado, con la boina en las manos sobre el regazo. El agua lucía ahora mansa y se reflejaba en la bruñida y negra roca como en un espejo. Quizás ésa era la clave, pensó: ver el reflejo del remolino —el escudo de Perseo, la imagen de Medusa— no verlo directamente. Quizás así se evitaba el efecto mortífero, la atracción suicida. Alcanzaba a ver los círculos concéntricos, el agua moviéndose espesa, mercurial.

—Todo el mundo cierre los ojos —insistió Pedro desde la paneta.

Melisandra los mantuvo muy abiertos y alzó su venda un poco más. Respiró por la boca intentando aflojar el anillo de hierro aferrado a su esternón.

Por fin, vio el agua sumirse en una espiral vertiginosa. Todos los colores se disolvían en arco iris sucesivos por efímeros instantes. Largas lianas y pájaros con expresión beatífica rotaban frente a la ranura por la que sus ojos se asomaban. Vio la cara ávida de un marinero y el cuerpo desnudo de una mujer blanquísima cuya belleza le dio ganas de llorar. Vio cofres y barcos y sillas, puentes de mando de barcos fantasmas con sus capitanes aferrados al timón con la pose digna con que habrían perecido, sin hacer alarde ni quejarse. Vio una orquesta entera: sus violines, sus violas, sus flautas brillantes. Vio madres asomadas sobre las caras de niños flotando boca arriba. Vio mapas de regiones perdidas, catalejos, hermosos mascarones de proa, velas blancas limpísimas. Vio miles de relojes de arena hacerse y deshacerse en círculos infinitos. Se levantó. Quería ver más. Quería ver los peces con ojos humanos, las sirenas. Quería oírlas cantar. Quería ver el iris quieto del agua en el centro, hermoso como laguna del fin del mundo. Ya nada importaba sino eso. Era todo de una belleza tan profunda... como asomarse al vientre, a la boca del útero y ver la misma sustancia de la vida y la muerte, el plancton, las algas, la arquitectura del Universo. Si sólo pudiera subirse sobre el banco de los remeros para ver mejor.

—¡¡¡¡¡¡Melisandraaaaaaaaaa!!!!!!

El grito de Pedro paralizó el tiempo dentro de la

nave. Días más tarde, Krista recordaría aquellos minutos pegajosos en que cada movimiento dentro del bongo pareció requerir un denodado esfuerzo, como si el aire se hubiese almidonado y apenas les permitiera moverse. El caos se coló por la puerta mal cerrada haciendo que capitán y remeros perdieran la concentración. El silencio fue sucedido por el desconcierto, los gritos, el desorden.

—Nadie se quite la venda. Nadie abra los ojos —gritaba Pedro, su voz una mezcla de rabia y desesperación—. Ustedes, no suelten las sogas —ordenaba dirigiéndose a los marineros.

Raphael, que hasta oír el grito estuvo calculando el momento de iniciar su filmación furtiva se quitó la venda sin vacilar y alcanzó a ver a Melisandra justo cuando se ponía de pie. El bongo se inclinó violentamente hacia un lado.

—¡¡¡No suelten los mecates!!! —se desgañitaba Pedro—. ¡¡¡No miren el remolino!!! ¡¡¡¡Todos viendo al otro lado!!!!

Antes de que los tripulantes abandonaran su oficio para rescatarla, Raphael llegó al lado de Melisandra y le echó encima los brazos con toda la fuerza de que pudo hacer acopio. Los dos rodaron por el suelo al tiempo que el bongo se enderezaba de nuevo. Melisandra trataba de liberarse del abrazo de Raphael pero él no se lo permitía, sosteniéndola sin ceder un ápice, abrazándola sobre el piso de madera. Era como tener un gato montés agarrado a la fuerza pero no duró mucho. Melisandra se quedó quieta de pronto, inmóvil, como muerta.

Maclovio, Hermann y Krista se acercaron corriendo entre los bamboleos de la embarcación. Maclovio maldecía sin parar la curiosidad de las mujeres, que no escarmentaban a pesar de la pérdida del paraíso terrenal. Raphael seguía en el piso sin soltar a su presa. Hizo un gesto a los tres para que regresaran a sus lugares. Ya no necesitaba su ayuda.

—No me pude contener —susurró Melisandra, todavía atenazada por los brazos de Raphael—. Lo siento.

—Eso debe ser lo que pasa aquí —farfulló Raphael, sin soltarla, jadeando por el esfuerzo—; alguien no puede resistir la tentación de ver y todos en el barco se descontrolan y acaban de cabeza en el remolino... —luego, muy cerca de su oído, le preguntó si había podido ver algo. Ella asintió con la cabeza.

—¿Cómo era?

—Como el principio y el final de todo —murmuró.

CAPÍTULO 12

Después del incidente, para beneficio de Pedro y los remeros, Melisandra negó haber visto nada y más bien describió en los peores términos el vértigo que le produjera tan sólo atisbar el borde del abismo.

—Si no es porque sólo vi el reflejo sobre las piedras negras, seguramente a estas horas no estaría contando el cuento —dijo.

—Ni nosotros oyéndolo —intervino Maclovio.

Los hombres podían reprocharle a la muchacha cuanto quisieran, pensó Krista, pero, en el fondo, seguro la admiraban. Esa noche, sin duda, aparecería en sus sueños como una fuerza telúrica, una Medusa con rojas serpientes brotándole de la cabeza.

Sobrecogida por el poder y magnetismo de las visiones, Melisandra no atinaba a imaginar qué habría sucedido si Raphael no le hubiese impedido asomarse al centro del remolino. Superada la fascinación que la atrajera, experimentó gran alivio de estar viva a la par que vacío y tristeza.

Se acostó cuan larga era sobre el cobertizo sintiendo profunda nostalgia por su abuelo y hasta por Joaquín. En vez de tres días, sentía que hacía mucho tiempo que se despidiera de ellos. Le asombró la rapidez con que se diluían los recuerdos y el presente sorbía, como el remolino, los sonidos e imágenes del pasado más reciente.

Raphael se le acercó, conmovido. Todavía no se reponía de la visión de Melisandra a punto de lanzarse del bongo. Ni siquiera cedió a la tentación de mirar el objeto prohibido cuando se puso de pie para detenerla. Por primera vez en mucho tiempo su instinto de indagar en lo desconocido fue totalmente anulado.

—¿Recuperada? —le preguntó.

—No sé si era el cielo o el infierno —dijo ella—. Pero estoy segura que vi la puerta de uno de los dos. No se recupera uno de esa aparición... Gracias —añadió mirándolo dulcemente—. Me salvaste la vida.

—¡Ah! ¡Melisandra, Melisandra! —exclamó él, atrayendo la cabeza de ella contra su pecho.

Ella se separó con esfuerzo. Volvió a tenderse sobre el cobertizo. Él le acarició el pelo, delineándole el cráneo, los lóbulos, hasta que se quedó dormida.

Dentro del bongo los pasajeros se sumían en el silencio. Luego de tres días de navegación, la impaciencia de arribar a puerto y el cansancio de la travesía era patente en sus rostros y en sus movimientos.

Cuando atisbó la silueta del puerto de Las Luces en el crepúsculo, Raphael miró desconcertado los destellos que emanaba el perfil difuso del poblado. Semejaba un villorrio de espejo sobre el cual la imagen redonda y roja del sol se quebrara en mil pedazos en una ilusión de caleidoscopio. Se preguntó si estaría construido de aluminio pero descartó la idea por descabellada y costosa. Dio la vuelta para expresarle su perplejidad a Morris. El científico, con la cara iluminada por el fulgor en su brazo, sonrió y le indicó con un gesto la inminencia de la solución al misterio.

La caracola de Pedro acompañó la nave hasta el atracadero y atrajo, como si se tratase de la flauta de Hamelin, una multitud humana en la que sobresalían una gran cantidad de niños y jovenzuelos desarrapados que se peleaban entre ellos por el privilegio de ser los primeros en acercarse a los recién llegados.

El estado de ánimo de Morris contribuía a que le afloraran las emociones muy fácilmente. Los tradicionales gestos de bienvenida de los habitantes del puerto; el viejo que siempre tocaba la trompeta en saludo; las grandes mujeres de anchos brazos y caras redondas que les llevaban pan fresco en canastos olorosos; el agente aduanero, joven y formal, dándoles las formas de declaración de impuestos que no servían más que para su solaz —porque le gustaba leer las direcciones lejanas e imaginarse calles que nunca conocería— le produjeron ganas de llorar. Se encontró dándole palmaditas afectuosas a los niños y a quienquiera se acercaba a ofrecer sus servicios pero se contuvo. No le gustaba sentir lástima y detestaba el paternalismo de quienes trataban a toda aquella gente, cualquiera fuese su edad, como criaturas inocentes y desvalidas.

Los vio aglomerarse, abalanzarse, disputar entre sí el traslado de los fardos al hospedaje. Se sacudió enérgico de encima a una pareja de muchachos que lo hostigaban.

Raphael caminó detrás de Melisandra con cara de asombro. Morris recordó su propia reacción la primera vez que desembarcó allí. Una cosa era el río y otra muy diferente el interior del país. Navegando aguas arriba luego de conocer al abuelo y la nieta, uno albergaba la impresión de haber entrado equivocadamente al País de las Maravillas con una Alicia pelirroja y un Sombrerero Loco venerable y cuerdo. Las Luces era realmente la primera ventana para ver la realidad de Faguas.

El grupo de viajeros avanzó por la calle seguido por el tumulto de niños harapientos y por los cargadores que portaban los fardos. Maclovio se separó del grupo alardeando porque lo habían invitado a hospedarse en casa de su amigo el alcalde.

La lluvia y la falta de mantenimiento habían horadado el pavimento de la vía principal convirtiéndola en una sucesión de cráteres rellenos de pedruscos. Algunos modelos de viejos SAM eléctricos transitaban despacio, pero la forma preferida de transporte eran las carretas haladas por caballos. Raphael vio también gente en bicicleta y otros que empujaban carretillas de supermercado destartaladas que, según le explicó Morris, eran parte del botín que llegaba a Faguas en los contenedores de basura.

En las casas que bordeaban el camino hasta la posada, viejas bañeras servían de abrevaderos de caballos, claraboyas opacas y cóncavas o viejas pantallas de computadoras cumplían la función de ventanas, anchas puertas de vidrio irrompible servían de techo en las salas de las casas más grandes. Las puertas eran todas de aluminio: alas de aviones, viejas carrocerías, hasta la pesada escotilla de un submarino.

—Éstas son las luces de Las Luces —sonrió Morris.

—Es mucho más lógico usar esos materiales y no madera —dijo Melisandra—. Es más importante que los árboles produzcan oxígeno.

—¿Qué le da ese color terroso a las casas? —preguntó Raphael.

—Es adobe. Una mezcla antisísmica.

Una ciudad de lodo y aluminio, pensó Raphael. Un cruce entre hábitat humano y depósito de chatarra. Subiendo la calle desde el atracadero llegaron a la posada El Astronauta, un pequeño y curioso edificio. Su techo consistía en tres viejos y enormes platos de antenas parabólicas convertidos en cúpulas. El dueño, Mr. Platt, se adelantó a recibirlos preguntando por noticias de don José. Mr. Platt había llegado a Faguas muchos años atrás como un joven y meticuloso coleccionista de mariposas. Era reliquia de los tiempos cuando los extranjeros aún se atrevían a instalarse como colonos en las poblaciones del río.

—¡Qué gusto verlos! —repitió, mientras los conducía al interior vadeando la siempre creciente acumulación de objetos que lo rodeaba.

Las holandesas, Morris y Hermann se enfrascaron en animada conversación con él mientras Raphael procedía hacia el interior con Melisandra, que desde pequeña solía visitar la posada sin nunca terminar de deslumbrarse por la parafernalia extraña que Mr. Platt acumulara a través de los años, comprándola a los rebuscadores de basura, o a los pescadores que otrora se hundían en el Atlántico para sacar langostas. Raphael admiró la colección de bruñidos catalejos, cada uno con su rotulito indicando la fecha y lugar de su hallazgo. Melisandra lo llamó para mostrarle su pieza favorita: una silla mecedora cuyos balancines estaban colocados de tal manera que en vez de la silla mecerse de adelante hacia atrás se mecía de lado a lado imitando el movimiento de un barco.

Raphael se asomó por la ventana y vio las calles polvosas, los niños jugando, una pareja de mujeres bajando hacia el pueblo. Todo parecía del mismo color: las ropas, las caras... El polvo también flotaba en el interior de la posada envolviendo el ambiente en una luz sepia, la luz de un tiempo anterior.

—Hace calor —dijo, secándose el sudor de la frente con el antebrazo.

Mr. Platt los condujo al primer piso, donde era más evidente la labor de añadidos y remiendos en la construcción.

Se acomodaron en tres habitaciones; Melisandra con Krista y Vera, Raphael con Hermann. A Morris le tocó la celda, como le decían a un pequeño cuartito donde a duras penas cabía un camastro.

Después de casi cuatro días en el espacio confinado del bongo, Las Luces era poco menos que París para Hermann. Tarareaba mientras recargaba las baterías del comunicador. Ahora, le dijo a Raphael, lo que les correspondía era ir al bar El Equilibrista y escuchar de la viva voz de los luceños las últimas noticias de Faguas.

Hermann se pasó la mano por el pelo rubio entrecano para quitarse un mechón que le caía sobre la frente. Estaba excitado y se notaba que le tenía cariño a aquel lugar, no por sus méritos, sino más bien por sus defectos.

—¿Estás listo? —preguntó volviéndose hacia Raphael—. Te conviene ir conmigo al bar.

El bar El Equilibrista se llamaba así por *Lolo*, el papagayo, que se emborrachaba bebiendo de los vasos de los parroquianos para luego balancearse peligrosamente sobre una barra colocada de un extremo al otro de las vigas del techo. Durante el día, *Lolo* cantaba viejos corridos mexicanos con su voz gutural de pájaro encantado pero en la noche enmudecía tan pronto el alcohol se le introducía en la sangre y se dedicaba a caminar sobre la bruñida barra de aluminio haciendo piruetas de acróbata o quedándose a ratos suspendido sobre la cabeza de los clientes como un enorme murciélago anaranjado. Cuando Raphael y Hermann entraron, los clientes fijaron su atención en los recién llegados. Igual que don José, los habitantes de Las Luces también esperaban ansiosos la llegada de los contrabandistas.

—Cuando vengo aquí —había dicho Hermann a Raphael— tengo la misma sensación que un viajero interplanetario tendría al llegar a una colonia en la Luna. La gente está ávida de saber qué ha pasado allá afuera aunque ya no posean ni las palabras para comprenderlo.

Por ser viernes por la noche el bar estaba muy concurrido. Hermann se acercó a la barra estrechando manos y devolviendo saludos.

—¡¡¡Vengan para acá, vengan para acá!!! —llamó desde el fondo de la barra una mujer enorme.

—¡Florcita! —saludó Hermann, afectuoso.

—Vení para acá, Hermann, y presentame a ese joven. Hace tiempo que mis ojos no ven nada que valga la pena.

Raphael se acercó fascinado por la afabilidad que emanaba de todos los kilos de más que Florcita tenía encima y estrechó su mano regordeta y extrañamente suave.

—Vos no sos comerciante —dijo ella, sin titubear.

Él sonrió, tomado un poco por sorpresa, y empezó a decir que bueno, todo dependía de cómo se vieran las cosas.

—Raphael es escritor —intervino Hermann—. Periodista. Quiere escribir sobre Waslala... si la encuentra.

Raphael sintió el calor de las miradas rodeándolo en la atmósfera rancia del bar que olía a humo, aguardiente y tiempo estancado. La palabra «Waslala» provocó un suspiro colectivo.

—Jesús —ordenó Florcita al cantinero—, acercale una silla a este muchacho.

Inmediatamente los que estaban sentados junto a la barra ofrecieron sus asientos.

—¿Cómo han estado las cosas por aquí? —preguntó Hermann.

—Lo mismo, amor, lo mismo —respondió filosófica Florcita—. En este país sucede cualquier cosa... Los Espada siguen mandando y los demás nos defendemos de cualquier manera. Si encontrás Waslala regresá a contarnos —dijo volviéndose a Raphael.

—No sé por qué piensan que encontrar Waslala pueda ser una solución —dijo Hermann.

—Porque ellos viven felices —afirmó un hombre de mirada perdida.

—Nunca hay guerra en Waslala —dijo Jesús, el cantinero.

—Los niños allí ni siquiera saben que existe la violencia —añadió otra mujer de manos toscas, mientras se acomodaba el pelo en un pañuelo que ceñía su cabeza—. Nunca se pelean.

—Ellos han logrado domar los malos instintos humanos —señaló Florcita—. Waslala es un lugar de gente mansa.

—Por eso viven hasta doscientos años —dijo el hombre—. Y no le tienen miedo a la muerte.

—No se enferman —aseguró Jesús.

—Pero ¿cómo saben todas estas cosas si nadie ha estado allí? —inquirió Raphael.

—No es cierto que nadie haya estado allí —replicó Florcita—. No se han podido quedar, pero sí han estado. Otros han sido desterrados de Waslala. Se mueren de tristeza al poco tiempo, se marchitan como plantas sin agua, pero no se van sin antes contar cosas sorprendentes.

—Pero ¿ustedes han conocido directamente a estas personas? —insistió Raphael.

El grupo movió la cabeza en sentido negativo pero sus gestos indicaron que no consideraban que esto restara veracidad a sus convicciones.

—Ni que fuéramos tan testarudos como Santo Tomás —dijo Florcita—. ¿Me vas a decir que uno tiene que ver para creer? Yo no necesito meter mis manos en las llagas de Cristo para saber que son verdaderas. Hay gente muy seria que ha visto y nos han contado. Don José estuvo allí.

—Pero don José es un poeta —dijo Raphael sonriendo malicioso—. Los poetas suelen ser visionarios.

—Aquí creemos en los poetas —dijo sin humor el hombre de la mirada ausente, clavando los ojos en Raphael.

—Pues donde yo vengo ya nadie cree en lo que dicen los poetas —añadió éste.

—¡Quién sabe! —exclamó Florcita, picaresca—. Tal vez no creen pero quisieran creer. Además, no sólo es fantasía de poetas. Hay otra gente aparte de don José que ha dado testimonio, pero si no nos cree —hizo un gesto amplio con la mano hacia la puerta—, regrésese a su país mañana mismo, ¿para qué se va a arriesgar tierra adentro? Esta región es peligrosa.

—Les creo. Les creo —dijo Raphael—. Pero a mí no

me pagan por creer. Me pagan por dudar, por hacer que la gente dude.

—Pues nosotros dudamos de muchas cosas que vemos —dijo Florcita—. Pero de Waslala, aunque no la hayamos visto, no tenemos duda. En cosas más tontas e imposibles ha creído otra gente —agregó tomando un trago de aguardiente—. Nosotros creemos en Waslala. Al fin y al cabo en algo tenemos que creer en este país de desgracias.

El papagayo se balanceaba peligrosamente otra vez sobre la barra de aluminio, intentando cruzarla.

—¿Y cuál creen que sea la mejor manera de llegar allí? —preguntó Raphael.

La mujer se tiró una sonora carcajada que hizo temblar su cuerpo enorme como un lago sobre el que hubiera caído una piedra.

—¡Ésa es la pregunta del millón, hijo! —alcanzó a decir en medio de la risa que sonaba a borbotones de agua. La risa se detuvo, sin embargo, casi tan súbitamente como empezara. Mirándolo provocativa dijo—: Tenés que tener fe.

—Vamos, Florcita —dijo Hermann—. No nos des esas recetas. Recordá que nosotros venimos de lugares donde la fe es sólo una palabra en desuso. Hablale al muchacho con un poco más de lógica.

—Qué lógica ni que ocho cuartos —respondió la mujer, extendiendo su vaso al cantinero—. No todas las cosas se descubren con mapas. No hay mapas para llegar a Waslala. ¿Qué querés que le diga? ¿Mentiras?

—Vos me hablaste de una mujer en Cineria.

—Engracia. Todo lo que hay que saber en Cineria, lo sabe Engracia.

—Morris conoce a Engracia —indicó Hermann a

Raphael—. Engracia maneja la distribución de lo que viene en los contenedores de basura.

—Ya don José nos habló de Engracia —comentó Raphael.

—Engracia es nuestra líder —dijo Florcita, que rápidamente se adentraba en un estado de feliz embriaguez—. Le va a encantar conocer a un extranjero en búsqueda de Waslala. Sí señor, le va a encantar.

—Le va a encantar conocer también a Melisandra —intervino Hermann.

—¿Melisandra? ¿La del río? —levantó la cabeza Florcita—. ¿No me digás que al fin esa muchacha se atrevió a dejar al abuelo?

—Justamente —dijo Hermann—. Ella y Raphael llevan el mismo rumbo.

—¿Melisandra va ir a buscar Waslala? —intervino el hombre lúgubre mirando distraído las últimas piruetas del papagayo, que había logrado llegar al extremo de la barra.

—Está en la posada de El Astronauta —confirmó Hermann—. Mañana sale con nosotros en *La Reina*.

—¡Pues yo brindo porque tengan éxito! —alzó su copa Florcita, mientras Jesús se la rellenaba.

—Yo también —dijo el hombre.

—Y yo —dijo Jesús.

—Ahora, Hermann, contanos las últimas películas —dijo Florcita—. Tomate tu trago y decinos qué ha pasado en el mundo.

CAPÍTULO 13

—¿Y crees que ese lugar realmente exista? —preguntaba Krista a Melisandra.

Las luces estaban apagadas en la pequeña habitación. Por la ventana, la blancuzca claridad de la luna alumbraba la silueta de las mujeres: Krista acurrucaba a Vera contra sí. En el camastro vecino, Melisandra estaba acostada con los brazos bajo la cabeza, las piernas recogidas cruzadas una sobre la otra.

—Mi abuelo estuvo allí —respondió Melisandra—. Muchas otras personas cuentan historias de Waslala. Todos en Faguas conocen de la existencia de ese lugar.

—Pero ¿por qué nadie sabe llegar? ¿Por qué es tan difícil encontrarla? —preguntó Vera, que tenía una voz aguda y liviana, como de niña.

—Mi abuelo piensa que, sin percatarse, establecieron la comunidad en un sitio donde había una ranura en el tiempo, algo así como un traslapo en la curvatura del espacio. Waslala quedó existiendo en un interregno, tras una especie de puerta invisible... No sé. Son conjeturas. Ésa es mi conjetura preferida.

—Y ¿qué crees que te dará el poder para traspasar esa

supuesta puerta invisible? —intervino de nuevo Krista.

—Mi deseo, quizás —dijo Melisandra, sonriendo con cierto desafío—, haber crecido con esa idea. Mi abuela me contaba de una mujer que, mientras estaba embarazada, se pasaba las tardes viendo, en el escaparate de una tienda frente a su casa, un oso que movía la cabeza de arriba abajo, de abajo arriba. Cuando el niño nació, movía la cabeza igual que el oso. Yo creo que mis padres soñaron con Waslala desde antes de concebirme a mí. Es algo que llevo en mis genes. No sé por qué estoy tan segura. Lo único de lo que no me cabe duda es de que la encontraré.

—El mapa del tesoro pasado de generación en generación —dijo Krista—. Pero tu abuelo no pudo volver a encontrarla.

—Y mis padres quizás tampoco... Pero si no la encontraron, ¿por qué no volvieron? ¿No te parece que no es lógico? Mi intuición me dice que en algún lugar Waslala existe.

—¿Y la vas a encontrar a pura intuición?

—¿Por qué no? —repuso Melisandra, volviéndose sobre su costado izquierdo.

—Shsss... shssss —siseó Vera, moviéndose medio dormida en los brazos de Krista—. Hablen mañana. No puedo dormir —dijo, con su voz aguda, pastosa por el sueño. Krista le acarició la cabeza tiernamente y la atrajo más fuertemente contra sí.

—Durmamos —dijo Melisandra—. Mañana tenemos que salir muy temprano.

La luz del sol apenas tornaba de un gris rosado la claridad que entraba por la ventana, cuando Melisandra despertó súbitamente y abrió los ojos sin moverse alzada del sueño por algo que le pareció un hondo suspiro. Estaba de costado y cuando sus ojos se acostumbraron a la penumbra vio la silueta de las dos mujeres desnudas y se dio cuenta de que Krista y Vera estaban haciendo el amor. Cerró los ojos otra vez sintiéndose intrusa, pero los jadeos y gemidos solapados de ambas parecían no flotar en el aire, sino dirigirse directamente a su vientre provocándole un oscuro calor entre las piernas. Incapaz de contener la curiosidad abrió una ranura entre las pestañas fingiéndose dormida. Vera yacía sobre la cama con un brazo alzado sobre la boca y el otro enredado entre las almohadas. Su cuerpo era hermoso: delgado, largo, de pechos pequeños y pezones alzados que se disolvían en un vientre plano y firme. Krista, más voluminosa, parecía estarle naciendo de entre las piernas, su cara se perdía en el centro de la otra que, tensa, parecía querer abrirse cada vez más y más entre gemidos y espasmos que Krista repetía como un eco lejano y ávido. Melisandra cerró los ojos. Imaginó el paladar de Krista sorbiendo la humedad y aunque sintió al inicio cierta repulsión bien pronto ésta fue sustituida por un placer extraño y prohibido incendiándole las entrañas, haciendo que su sexo titilara y se desmadejara poseído de vida propia.

Los gemidos de Vera iniciaron un desaforado crescendo mientras Krista seguía sumida en la hendidura de sus piernas, sus manos alzando los muslos de la muchacha como si el cuerpo de ésta se hubiese tornado en un cántaro de agua fresca en medio del desierto. Melisandra abría y cerraba los ojos sintiendo el irresistible deseo de mover también su cuerpo, de ondularse y quebrarse para dejarse recorrer por el sentimiento cargado de electricidad que emanaba como oleadas de calor de la cama vecina. Se contuvo temiendo importunarlas, pero deseando que aquello terminara pronto antes de que ellas pudieran escuchar su respiración acelerada.

Si Vera recibió su orgasmo como una liberación entre brazos extendidos y pelo frenético sobre la almohada, Melisandra recibió el suyo con tremenda sorpresa. No se había tocado y sin embargo allí estaba, entre sus piernas, la sensación inequívoca, la descarga mareándola, estremeciéndola. Bajó la mano hacia su sexo como para cerciorarse de que no eran cosas de su imaginación y sintió las palpitaciones fuertes, la humedad en sus calzones, la contracción del vientre relajándose en un largo espasmo de placer.

Cuando el silencio ocupó de nuevo la habitación y Krista y Vera dormían una en brazos de la otra, Melisandra permaneció en una especie de modorra sonámbula. Recordaba su última noche con Joaquín: las embestidas, el desenfreno. Cómo sería Raphael, se preguntó dándose vueltas en la cama, visualizándolo desnudo, tierno, sobre ella.

Maclovio reapareció a la hora del desayuno. En el apretado comedor de la posada, los viajeros consumían huevos, tortillas y café, mientras Pedro comandaba a los cargadores improvisados del vecindario que transportarían las provisiones y equipaje al muelle.

—Buenos días, buenos días —saludó el argentino, con su sorna habitual—. Veo que tienen cara de bien dormidos y bien comidos. ¿Listos otra vez para mecerse en *La Reina*? Yo no he dejado por un momento de sentir como si todavía estuviera navegando.

—¿Cómo está el alcalde, Maclovio? —preguntó Hermann.

—Preocupado. Hay un nuevo brote de terrorismo ecológico. Los terroristas le prendieron fuego a varias hectáreas de bosque, pero la Policía Ambiental, con sus helicópteros, logró apagarlo rápidamente. Esto afectará, sin embargo, los próximos convenios. Cuando vengan los ejecutivos de la Corporación del Medioambiente exigirán patrullas armadas de guardabosques... Eso es bueno para mí, por supuesto —sonrió.

Morris comentó los rumores de que eran los Espada quienes patrocinaban terroristas ecológicos que, bajo la consigna «Hacemos lo que queremos. Esta tierra es nuestra», se dedicaban a quemar los bosques cuya conservación era condición sine qua non para que siguiera llegando al país la electricidad y cuanto provenía del Primer Mundo.

—Creo, señores —dijo Maclovio—, que se requieren mis servicios en Cineria. Por eso he decidido salir hoy con ustedes y desatender la invitación del alcalde de quedarme varios días... Después de todo, él está demasiado preocupado para atenderme como yo merezco —añadió malicioso mientras se servía una taza de café.

El traspaso de las armas debió ocurrir la noche anterior, pensó Raphael, mirando de reojo a Melisandra, que comía sin poner atención a las noticias de Maclovio. Quizás todos allí estaban acostumbrados a estas transacciones, a la forma en que sucedían las cosas en Faguas, a convivir y congeniar con personas que se dedicaban a oficios ilícitos.

Mr. Platt apareció para despedirlos arrastrando los pies y vestido con su overol de mecánico. El viejo no disimuló su desagrado ante la presencia de Maclovio.

Como si apartara una mosca impertinente rechazó sus saludos y lo llamó entre dientes sanguijuela. Posó la mano sobre el hombro de Melisandra, que se sacudía migas de pan de los pantalones.

—Cuidate de este zalamero —le advirtió— y que te vaya muy bien. Aquí nos quedaremos esperando tus noticias. Yo le mandaré a decir a tu abuelo que salieron hoy sin novedad para Cineria.

El grupo abandonó la posada y regresó al muelle, donde esperaba el bongo limpio, y reabastecido, los remeros con los pechos descubiertos ya en sus puestos.

CAPÍTULO 14

Melisandra volvió la cabeza para ver por última vez la serpentina del río en la distancia. El lago se abría frente a ellos semejando un océano. La Mar Dulce lo habían llamado los españoles, azorados ante la visión de aquel cuerpo acuático cuya ribera opuesta no divisaron sino muchas expediciones después. En medio de la desembocadura vio los restos de barcos antiguos balanceándose sobre las grandes rocas que conformaran antaño los peligrosos rápidos que debían atravesarse para salir al lago. Terremotos sin cuento se encargaron de abrir la tierra hasta que el río pudo fluir sin obstáculos, pero los esqueletos de los infortunados navíos quedaron allí como testimonio de lo que fuera una empresa plagada de riesgos.

El bongo navegó rumbo al lago orillando la minúscula península donde se alzaba el puerto de Las Luces. Bajo la luz del sol de mediodía sus puertas y ripios de aluminio emitían destellos de plata. La brisa se convirtió en ráfagas de viento al alejarse de la embocadura. El bongo se adentró en el lago bordeando la costa. Los remeros izaron el mástil de una vela latina que recogieran en el muelle para la travesía por el lago. A lo lejos se divisaron las crestas plomizas y truncas de una fila de volcanes. Empezaba para Melisandra la *terra incognita*. Las aguas del lago se quebraban en olas continuas balanceando la barca en un sordo subir y bajar. Krista y Vera guardaban silencio muy cerca la una de la otra. La imagen de ambas la noche anterior reverberó en la memoria de Melisandra. Le era difícil acoplar las mujeres nocturnas con éstas, plácidas y reposadas. Ella, en cambio, no experimentaba ninguna placidez. Miró el perfil de Raphael, ignorante objeto de sus fantasías. Contemplaba ausente una agrupación de lagartos asoleándose en la costa.

Durante la travesía hacia Cineria, el bongo, sus pasajeros y pasajeras, se dejaron mecer por la brisa y las tupidas olas del lago en un estado de modorra interrumpido solamente por la aparición en el paisaje lacustre de unos islotes desperdigados recubiertos de exuberante vegetación en donde atracaron para comer.

Por la noche la embarcación fondeó en una pequeña bahía desierta al resguardo del oleaje cuya monótona constancia sacó de juego a las holandesas y a Hermann, postrándolos con náuseas y mareos a pesar de los parches de escapolamina que Morris distribuyó.

Después de cenar, Pedro y los remeros se pasaron varias horas contando chistes y riéndose a grandes carcajadas. El eco de sus risas, en vez de disturbar a los viajeros, los reconfortó y les amortiguó la sensación de flotar en una cáscara de nuez en aquella inmensa extensión de agua donde por varias horas no habían visto ninguna señal de vida humana.

No bien la luz de la madrugada dibujó los infinitos pliegues del agua, Pedro sonó su infatigable caracola alzándolos del sueño. Los remeros izaron de nuevo la vela y el bongo reemprendió la travesía. Al mediodía se internaron lago adentro para cruzarlo diagonalmente. Sin la protección de la costa las olas aumentaron de tamaño y frecuencia. La embarcación se remontaba sobre las crestas y caía de golpe. El agua roció a los pasajeros, apretujados en el cobertizo.

A Melisandra el bongo se le hizo por primera vez insignificante y debilucho. Pensó en Colón cruzando el Atlántico en su endeble carabela, los antiguos navegantes arriesgándose por mares ignotos.

Al atardecer vieron la cúspide de dos volcanes gemelos aparecer en el horizonte.

—Se cuenta que los primeros pobladores de Faguas tenían instrucciones de sus sacerdotes de no detenerse hasta encontrar dos cerros gemelos sobre una isla —dijo Pedro—. Sólo puedo imaginar lo que habrán sentido, viendo esas bellezas.

Eran unos conos perfectos de laderas lisas color rojo oscuro. En el crepúsculo amarillento los contornos se apreciaban con nitidez. Nubes pequeñas retozaban en las cúspides y pronto vieron la isla recubierta de vegetación selvática como espuma verde desde donde nacían aquellos dos pechos gigantescos.

Dejaron atrás la isla y se arrumbaron hacia el vago perfil de la costa.

TIERRA ADENTRO

CAPÍTULO 15

La noche se instaló de súbito y sin estrellas, disolviendo los rasgos de las caras y transformando los cuerpos en densas concentraciones de sombras.

Atracaron junto a una plataforma herrumbrada que se mecía de un lado al otro en el oleaje. Viejas llantas de caucho amortiguaban el atraque de las embarcaciones. Atadas con sogas maltrechas se bamboleaban produciendo, al chocar contra el metal, el sonido de un tren ahogado que soñara ir aún sobre un camino sumergido tiempo atrás.

Pedro empuñó la caracola y profirió un corto mugido. Era la señal. Del otro lado de la plataforma surgió una embarcación neumática. La pequeña lancha se acercó a un costado del bongo.

A la luz de las linternas, Morris reconoció a Josué, el adolescente ayudante de Engracia, demasiado mayor para sus años. Entrevió que estaba mucho más crecido, una barba oscura asomaba ya en su cara larga y translúcida. El foco de Pedro bañaba su rostro con un halo amarillento, de modo que parecía una cabeza sin cuerpo meciéndose como una aparición beatífica en la oscuridad.

—¿Está preparado el profesor Morris? —interrogó el muchacho luego de intercambiar saludos y pormenores de la navegación con Pedro.

—Sí —dijo el capitán de *La Reina*—. Y tengo dos pasajeros más para vos: la nieta de don José y un acompañante de ella.

—Lo sé —dijo la cabeza de Josué, flotando sobre las olas.

—¡Hola, Josué! —saludó Morris desde el bongo.

—¡Hola, profesor! —respondió Josué. Su cara esbozó una sonrisa de contenida alegría al escuchar la voz del científico.

—Procedamos —dijo Pedro—. Melisandra transbordará primero.

Con movimientos seguros ella llegó junto al adolescente, que le ayudó a estabilizarse en la lanchita y a sentarse en la tabla que servía de asiento. Raphael la siguió y por último transbordó Morris, cuyo peso tambaleó la frágil embarcación. El muchacho se movió rápidamente para balancearla.

Las embarcaciones flotaron una al lado de la otra un rato más mientras los pasajeros se despedían. Nadie, ni siquiera Maclovio, hizo mayores aspavientos. Estaban cansados y sólo querían llegar a puerto.

—Nos volveremos a encontrar —dijo Hermann—, todos los caminos se cruzan en Faguas.

—Gracias, Pedro —gritó Melisandra—. No olvides mis recomendaciones —añadió.

—Buena suerte —respondió Pedro.

Raphael extendió la mano en señal de despedida. Las linternas se apagaron y en la oscuridad la pequeña embarcación se deslizó en el agua alejándose del bongo.

Melisandra contempló la masa oscura de *La Reina* y

sintió una nostalgia precoz. El bongo era, en cierta forma, una prolongación del río. De aquí en adelante nada le sería familiar. Entraba a tierra extraña, rodeada de extraños. Hurgó la mirada de Raphael. Sus ojos brillaban en la oscuridad como los de un gato acercándose para reconfortarla. Le sonrió sin saber si su gesto sería visible o no. Estaban muy cerca. Raphael extendió la mano. Le acarició la pierna como acariciaría a un nervioso animal doméstico. Melisandra puso su mano sobre la de él y palpó sus dedos uno a uno. La manos de Raphael le gustaban. Muy masculinas, de dedos cuadrados, expresivas. Raphael apretó la mano de ella. Notó que en las yemas y los nudillos, el trabajo de campo había dejado huella.

Morris conversaba en voz baja con Josué sobre cómo marchaban las cosas en el derruido edificio del colegio donde Engracia se instalara años atrás al llegar a Cineria. La concesión de encargarse del desembarco y entierro de la basura se tornó para ella en actividad provechosa cuando se negociaron los convenios en los que las corporaciones acordaron enviarles la basura sin compactar. De la lástima que le profesaran los cinerinos al inicio, Engracia pasó a gozar de respeto y reconocimiento. Los objetos llegados en los contenedores tomaban nueva vida tras ser reparados y pintados y se convertían en mercancía codiciada.

Desde la primera vez que llegó con la misión oficial de inspeccionar la incineración de la basura, a Morris le impresionó aquella mujer monumental cuya estatura era totalmente inusual en esas latitudes. La Giganta la habían llamado desde niña en su pueblo. Engracia medía un metro y noventa y cinco centímetros de cuerpo fuerte, color barro. Sus manos y pies eran también imposiblemente largos. Contaba que su madre, desde que ella era adolescente, tuvo que prohibirle entrar a la cocina porque quebraba cacharros a diestra y siniestra. El halo de soledad que la rodeaba intrigó inicialmente a Morris. Ni ella misma, con su carácter jovial y su punzante humor, ni los mosquitos lograban traspasarlo. Cuando las nubes de chayules subían del lago en invierno y había que envolverse en trapos para evitar que los minúsculos insectos se les metieran en la boca, en las fosas nasales y en las orejas, los muchachos no se cansaban de mirar cómo éstos se estrellaban a un palmo de Engracia detenidos por una muralla invisible, una burbuja infranqueable que la envolvía de pies a cabeza. Morris tenía en su haber el mérito de haber traspasado aquel espacio. A su lado, Engracia era momentáneamente feliz.

Los muchachos le profesaban admiración y cariño porque fue él quien pacientemente les enseñó las nociones de mecánica y les montó el taller para que repararan y rehabilitaran los aparatos extraños y obsoletos que venían por montones en los contenedores, revueltos con el desperdicio cotidiano de las sociedades de la abundancia.

—¿Han tomado las precauciones que les expliqué la última vez? —preguntó a Josué.

—Se nos murieron todos los gatos el año pasado luego que pasaron la noche jugando en un contenedor recién llegado —dijo Josué—. Por ellos nos dimos cuenta de que algo peligroso venía allí. Nos vestimos con los trajes amarillos, las máscaras y todo lo que usted nos dio y enterramos el contenedor y los gatos. Hemos tenido más cuidado desde entonces.

Se acercaban a la orilla. Desde el agua, Morris divisó el alto farallón y las luces del viejo colegio abandonado donde Engracia estaría esperándolo.

CAPÍTULO 16

Desde su precario equilibrio en la proa del barquito, Raphael divisó la silueta blanquecina del muelle. A diferencia de los que viera en el viaje, éste era de concreto y parecía más moderno, con altas poleas adosadas a los extremos. Se acercaron a una escalera que bajaba hasta el agua. Josué saltó fuera de la lanchita y se perdió en la oscuridad.

—En un momento estoy de regreso —dijo.

Melisandra miró en lo alto las luces del edificio. El silencio y la oscuridad emanaban una sensación de abandono. Sólo se escuchaban las olas lamiendo constantes la playa. Pasaron varios minutos y de repente los deslumbró una luz intensa. Raphael gritó un insulto en inglés. Morris dejó escapar un gruñido. Con las pupilas todavía dilatadas, oyeron reaparecer a Josué sobre el muelle.

—¿Qué le parece, profesor? —preguntó éste, travieso—. Ahora podemos descargar las barcazas de noche. Encontramos estas lámparas en uno de los contenedores. Dice Engracia que son lámparas de estadio. No tuvimos ni que repararlas. Funcionaban perfectamente. Sabe Dios por qué las habrán descartado.

—Fantástico —dijo Morris alisándose el cabello con su mano metálica, que centelleaba en la luz artificial—. Sólo que la próxima vez debes avisarnos para que cerremos los ojos. Nos cegaste por un buen rato.

—Las luces también nos sirven como arma —dijo Josué, sin dejar de moverse—. Las encendemos cuando sentimos una presencia extraña. Los intrusos no tienen tiempo de reaccionar y cuando logran hacerlo ya están rodeados. Los obligamos a marcharse sin necesidad de gastar municiones. Quería hacerles una demostración —añadió.

Josué les ayudó a impulsarse para alcanzar las gradas y sacar el equipaje.

Subían la última maleta cuando hizo su aparición un SAM rojo, conducido por otro adolescente que saludó al profesor Morris con gran afecto.

Las luces les permitieron observar que habían desembarcado en una hendidura del farallón en cuya cúspide se alzaba el edificio de Engracia. La playa era ancha, de arena cafezusca cubierta por tupidas plantas rastreadoras verdes y extrañas que se internaban en el lago hasta las primeras crestas de las olas. El muelle estaba provisto de rieles sobre los que se deslizaban los contenedores luego de ser alzados de las barcazas por poleas.

Bajaron por una rampa hasta el vehículo que los esperaba, estacionado en un amplio semicírculo asfaltado desde donde partía el camino cuesta arriba.

—Nunca había visto un muelle como éste —comentó Melisandra—. ¿Quién lo hizo?

—La compañía que manda la basura lo construyó —dijo Josué—. Nos facilita bastante el trabajo.

Poco después atravesaron la cancela de hierro que

marcaba la entrada del antiguo colegio, rodeado de un muro alto que aun en la oscuridad se adivinaba cubierto de graffiti. El vehículo dobló una curva y se detuvo en una rotonda frente a la entrada principal. En el centro se alzaba la estatua de un sacerdote larguirucho y calvo que con expresión beatífica mostraba el catecismo a los incautos visitantes. Era difícil, en la oscuridad, formarse una idea exacta del edificio. Raphael concluyó que era de estilo colonial, con detalles de templo griego. Tenía dos pisos y largos corredores orientados hacia el lago. Sobre la entrada principal un friso triangular, con imágenes en relieve, mostraba escenas de la misión evangelizadora del sacerdote de la entrada. Morris esperaba encontrar a Engracia de pie al lado de la puerta principal pero no estaba. Entraron. Acostumbrada al olor virginal del río, Melisandra se percató inmediatamente de los extraños olores que flotaban en el ambiente. Atravesaron un grueso pasillo rematado por arcos y desembocaron en otro corredor que daba a un extenso patio. Aquí y allá unas cuantas bujías colgaban del techo. Por todos lados se amontonaban objetos cuyas formas eran difíciles de definir en la penumbra. No se veían mayores señales de vida. Habitaciones que en su tiempo fueran aulas se sucedían unas a otras en una interminable línea de puertas cerradas.

—¿Donde está Engracia? —preguntó Melisandra.

—Ya la conocerán mañana —respondió Josué—. Pensó que usted y el señor preferirían descansar del viaje.

Josué se llevó a Morris. El otro acompañante indicó a Melisandra y Raphael que lo siguieran al primer piso. Podían también subir a la terraza, si querían tomar un poco de aire fresco antes de retirarse para la noche.

Los condujo a un cuarto vacío con dos colchones angostos colocados en el suelo, una garrafa con agua, dos vasos y una cesta con pan y frutas. Dándoles las buenas noches, los dejó solos.

—Extraño recibimiento —dijo Raphael, volviéndose hacia ella y mirando a su alrededor—. ¿Cómo habrán sabido que llegábamos nosotros también?

Melisandra encogió los hombros en señal de ignorancia.

—Les avisaría Mr. Platt —especuló dirigiéndose a la ventana para descorrer los postigos.

El sonido de las olas del lago entró en la habitación junto con una bocanada de aire fresco.

—Qué olor más peculiar hay aquí —comentó ella.

—Olor a basura —dijo Raphael, mirando los colchones uno al lado del otro.

Ella no pasó por alto su mirada.

—Vamos a la terraza. Se verán las luces de Cineria desde allí —dijo Melisandra.

Raphael sacó la linterna de mano que llevaba en su bolso. Salieron al pasillo. Al pie de la escalera encontraron un gato, que no se inmutó al verlos. Al final de las gradas una puerta de hierro con un cerrojo sin candado les franqueó el paso hacia la extensa superficie del techo plano de concreto del edificio, convertido en terraza por una balaustrada de pequeños y blancos pilares torneados. Bancas de cemento ennegrecidas por la intemperie estaban colocadas a intervalos regulares. Del lago venía una brisa fresca, suave y agradable, que desalojó el olor dulcete que Melisandra sentía como una molestia adherida a las fosas nasales. Aspiró una gran bocanada de aire y caminó abriendo los brazos. En el cielo, parcialmente despejado, se asomaban unas pocas estrellas. Raphael la siguió hasta el extremo de la terraza. Apoyados en la balaustrada, se asomaron a ver las luces a lo lejos.

—¡Cineria! —suspiró Melisandra—, la gran ciudad señorial, la más antigua de Faguas, quemada y reconstruida varias veces, saqueada por los piratas. Allí nació mi abuelo. He oído tantas historias de Cineria... Me parece mentira que la esté viendo.

—A mí lo que me parece mentira es que sea la primera vez que vienes.

—Cuando las guerras se hicieron crónicas mi abuela dispuso que era un asunto de principios retirarse al río y no volver a poner los pies por aquí. Creo que fue también su manera de obligar a mi abuelo a desistir de la búsqueda de Waslala. La última vez que vinieron fue a raíz de la desaparición de mis padres. Yo vine con ellos pero era muy niña. No recuerdo nada.

Melisandra pareció perder súbitamente el interés por las luces lejanas y bordeó la terraza hasta llegar frente al lago. Él la siguió.

—Todavía tengo la sensación de ir en barco —comentó ella—. Me pregunto cómo se habrá sentido la gente que antes cruzaba los océanos en barcos de vela.

—Al menos en esos tiempos existía la posibilidad de encontrar nuevas tierras. Pero ya no queda nada por descubrir... —dijo Raphael.

—Eso está por verse —sonrió ella, mirándolo—. Yo espero descubrir Waslala.

—Uno de mis poemas preferidos dice: «*To strive, to seek, to find and not to yield.*» Luchar, buscar, encontrar y nunca cejar. El poeta imagina a Ulises, aburrido después de llegar a Ítaca, embarcándose de nuevo, abandonando otra vez a Penélope.

—¿Te sabes el poema de memoria? —preguntó Melisandra.

—Me lo sabía, pero no sé si lo recordaré todo. Hace mucho que no lo digo... «*It little profits that an idle king...*» —empezó inseguro, tanteando cada verso.

No recordaba exactamente las primeras estrofas pero a medida que fue acercándose al final su entonación se tornó más segura, su dicción más fluida, mayor el gozo ante las palabras. Melisandra lo escuchaba. Cerró los ojos para oír y comprender mejor. Raphael terminó. Tocó la nariz de Melisandra suavemente. Ella abrió los ojos.

—Ahora ya nadie quiere salir de Ítaca —dijo Raphael.

—Quizás por eso te fascine la idea de Waslala.

—Puede ser. Me cuesta sentir simpatía por las preocupaciones de mi generación.

—Es muy hermoso ese poema —dijo Melisandra—. No me parecías el tipo de persona que se aprendiera poemas de memoria. Me hiciste pensar en mi abuelo. Constantemente cita a los poetas. Crecí oyendo poesía.

Guardaron silencio. Se rozaron. Melisandra se volvió hacia él y lo miró con su mirada tranquila.

—Tengo frío —dijo ella—. Ya es tarde. Vamos a dormir.

Él le pasó el brazo por los hombros. Melisandra se apretó contra él mientras se dirigían hacia la escalera. Raphael la apretó contra su pecho. Le frotó la espalda para calentarla. Sus gestos eran cariñosos, fraternales casi. Los ríos interiores de Raphael estaban sembrados de diques, pensó Melisandra, pero cada vez le gustaba más la ternura de su mirada. Cuando llegaron de vuelta a la habitación él cerró los postigos, luego se dejó caer en uno de los colchones, puso los brazos bajo la cabeza, habló de esto y lo otro. Ella estaba de pie, mirándolo.

—Con tu permiso, yo sí me voy a desvestir —dijo de pronto, empezando a soltar el cierre de sus jeans—. Detesto dormir vestida.

Sentada sobre el otro colchón, desató sus zapatos y luego, poniéndose otra vez de pie, deslizó los pantalones hasta el suelo, los sacó con un movimiento de sus pies y los dobló cuidadosamente. En camiseta, apagó la luz y se acostó. Esperó que la buscara en la oscuridad pero él continuó inmóvil, respirando trabajosamente a su lado.

—No tenés la respiración muy tranquila —bromeó, viendo los ojos de Raphael, abiertos, brillantes, en la penumbra.

—Desconozco tus costumbres. No sé si aquí también es necesario negociar, discutir primero. Perdoname. Seguramente te parecerá extraño —farfulló avergonzado notando la cara de absoluta incomprensión de ella.

De pronto se echaron a reír ambos a carcajadas. Riéndose aún se arrancaron la ropa. Se revolcaron por el suelo besándose tiernos y traviesos al tiempo que con las manos comprobaban, pesaban, delineaban las formas que la una le imaginara al otro, deteniéndose, bajando y subiendo para ver, tocar, oler y recorrerse con la lengua el arco del hombro, la depresión del cuello, la cuenca de los ojos, las ventanas de la nariz, el caracol de la oreja, las muñecas, el quiebre del brazo y de la pierna, el declive de la cintura, la columna vertebral, los omoplatos, la frente, el ombligo, el vientre, el pubis, los pechos. Hicieron el amor asombrados de que sus cuerpos se acoplaran en la ferocidad y la ternura. Murmuraban. Las palabras les salían de la boca llenas de un amor que ellos mismos se asombraron de oír.

Después del último orgasmo, Melisandra se sentó de pronto en el suelo, enrolló las piernas, alzó los brazos y, levantando la cabeza mientras arqueaba el lomo como felina, descargó el aire de sus pulmones en un largo grito primitivo.

CAPÍTULO 17

—Mañana los chavalos van a decir que fue la Cegua, la mujer fantasma que grita buscando a sus hijos, pero a mí me pareció un grito de amor —dijo Engracia—. No te preocupés y quedate quieto que hace mucho que nadie me abraza.

Morris se recostó sobre las almohadas y Engracia se acomodó de nuevo sobre su único brazo. Ella jamás había permitido que se metiera en la cama con el brazo metálico, por mucho que él le asegurara que era tan diestro en usarlo que ni siquiera se enteraría. La prótesis descansaba sobre la mesa de noche. Morris no aceptaba separarse de su extremidad mecánica.

—¿No crees que pueda tratarse de algún problema? —preguntó él.

—Ya te dije lo que fue, amorcito —dijo ella, soñolienta—. Esta noche la única que tiene problemas soy yo. No quiero dormir.

Se sentó en la cama y sacudió fuertemente la cabellera larga y entrecana que le llegaba hasta la espalda y que en el día acomodaba en una gruesa trenza.

—¿Querés café? —preguntó, levantándose y dirigiéndose hasta una mesa donde se veía una cafetera.

—Está bien. Aprovéchate de mí. No importa que no haya dormido de un tirón ni una sola noche en una semana...

—Dormir es una pérdida de tiempo —respondió ella, mientras llenaba las tazas y regresaba al lecho—. Lo único que les envidio a los Espada es la leyenda esa de que nunca duermen, aunque me temo que no sea más que eso, una leyenda. ¿Cuántas horas dormía yo la última vez que nos vimos?

—Cuatro.

—Bueno. Ahora ya las he rebajado a tres. No es demasiado progreso pero algo es algo.

—Pues tendrás que tener paciencia conmigo. Yo duermo cinco.

Engracia estaba totalmente desnuda. Su cuerpo ya no era joven pero seguía siendo fuerte e imponente. Tenía piernas delgadas y altas que sostenían las caderas angostas y unos pechos grandes en descenso que ella movía de un lado al otro con el mismo desenfado con que sacudía su larga cabellera. A Morris siempre le pareció una amazona descarriada. Bien podía imaginarla desnuda y morena con el pecho amputado para cargar mejor el arco y las flechas.

—¿Estás segura que no has crecido más, Engracia? Te veo más alta.

—No sé. Puede ser que sí. Los pies me han crecido. Ahora tengo que usar zapatos de hombre —respondió ella levantando una pierna y mirándose el pie, que giró de lado a lado observándose el arco como si temiera que pudiera estar creciendo mientras hablaban.

—¿Qué hiciste con mis compañeros de viaje?

—Los mandé a dormir bien instalados en un cuarto para ellos solos. No estaba de humor para recibirte con formalidades y prefiero no ser afectuosa en público. Me resta autoridad —dijo con sorna.

Morris sonrió. A él no le extrañaba que ella hubiera sabido de sus acompañantes. Engracia parecía saberlo todo. Ya mañana habría tiempo para que conversara con ellos, pensó. Mientras tanto era bueno tenerla para él solo, hablar de los meses sin verse. Usualmente, se devoraban los primeros días. Engracia lo dejaba extenuado. Se saciaba y luego volvía otra vez a su estado de amazona indiferente a los placeres de la carne. En pocas semanas recorrían aceleradamente el camino del amor, desde la luna de miel hasta el apaciguamiento de un matrimonio añejo.

Acostada a su lado, Engracia fumaba un cigarrillo formando con su boca grande, anchos círculos que subían en espirales hasta el techo.

—Maclovio trajo un enorme cargamento de armas —dijo Engracia—. La noticia me llegó desde que ustedes estaban en Las Luces. Los Espada lo están esperando con bombo y platillo, pero Maclovio también me mandó a ofrecer parte del cargamento a mí. En el río posiblemente ignoran que él utiliza la hacienda para sus negocios.

—Pienso que Melisandra sospecha —dijo Morris—, pero no estoy convencido de que sea conveniente alertarla ahora. Don José quedó con el personal de la hacienda. No creo que corra peligro mientras Maclovio no se vea descubierto. Me parece que es importante que ella continúe su viaje hacia Waslala. Si alguien va a encontrar ese lugar, esa persona es ella.

—No le será fácil —sentenció Engracia—. Los Espada tratarán de impedírselo. Estoy segura que les interesa que ella se pierda, que nunca regrese, igual que sus padres. Temen el prestigio de don José, las expectativas que se creará la población alrededor del viaje de la nieta.

—Pues habrá que encontrar la forma de abortar sus planes. Ciertamente que tú puedes ayudarla.

—¡Ah, profesor, profesor! —exclamó Engracia, levantándose de nuevo a servirse más café—. ¡No sé si me alcanza la manta para ocuparme de eso también! Mientras más vivo más me convenzo de que Waslala es incompatible con la naturaleza humana. No somos buenos. Si lo fuéramos nos aburriríamos de manera insoportable. Sólo muertos somos inofensivos. Por eso el cielo es de los muertos.

—Pero Waslala es el cielo en la tierra. Sin violines —dijo Morris, sonriendo irónico—. Al menos así fue como tú misma la describiste.

—De repente me pongo romántica, me doy el lujo de ser idealista... cada vez me sucede menos, afortunadamente. Vivir en medio de la basura le da a una mucha lucidez... —dijo Engracia, levantando una ceja, clavando la mirada en un punto vacío—. Claro que sería fantástico que encontraran Waslala. Como ciudadana de Faguas me enorgullecería mucho. Mientras más basura veo más comprendo que tan desgraciados son los que todo lo tienen como los que sólo tenemos sus desechos. Pero aun suponiendo que encontraran Waslala, eso no resolvería los problemas...

—A mí me bastará con saber que Waslala es posible. Sólo saberlo. No importa si nunca puedo llegar allí —dijo Morris, mirando el reflejo distorsionado de su cara en el aluminio de la prótesis.

—Por eso te quiero, profesor —sonrió Engracia, inclinándose a depositar un beso sobre el muñón del brazo. Súbitamente aliviado de dureza, su rostro le pareció a él joven y exquisitamente dulce.

CAPÍTULO 18

A la mañana siguiente, los despertaron los sonidos guturales del entrenador chino. Melisandra y Raphael se vistieron rápidamente y salieron al corredor. Estaban aún tibios y soñolientos por la intimidad de sus cuerpos engarzados y la penumbra de la habitación, de manera que la luz desparpajada de la mañana los despabiló de golpe.

Una veintena de muchachos vestidos a cual más estrafalario se encontraban formados bajo el balcón del primer piso, repitiendo los gritos y patadas del maestro de artes marciales. La bicicleta del chino, unida al vagón entoldado de su puesto de verduras, estaba arrimada contra un pilar, dando a la escena un toque doméstico y cómico. Pero los muchachos y el chino eran el detalle menos extraño de aquel cuadro. Estaban en un patio enorme que parecía la playa donde la civilización moderna depositara los despojos de su naufragio. Restos de cuanto objeto cupiera en la imaginación yacían apilados en grandes montañas, componiendo esculturas caprichosas, entes de otro mundo que sólo después de una larga observación se revelaban como amontonamientos de marcos de miles de puertas y ventanas, estructuras de incontables camas de hierro, pilas de colchones, montañas de aparatos sanitarios, llantas, rines de llantas, electrodomésticos computarizados, antiquísimas lavadoras, secadoras, refrigeradores, televisores, monitores de computadoras voluminosas, paneles de plasma de modelos en desuso, sillas de ruedas, toneladas de botellas de vidrio escapadas del reciclaje, mobiliario de oficina, carrocerías, exhibidores de mercancías, maquinaria industrial, calderas, purificadores de aire, candelabros, lámparas. Entre las moles de objetos, se veían recuadros o corrales de sillas o mesas o sofás desencajados, sobre los que se apilaban artículos menos voluminosos o más difíciles de catalogar. Por todas partes la maleza crecía alta y desordenada, un humo acre salía del sector más retirado del patio, donde estaba la estructura metálica en forma de retorta y chimenea de un primitivo incinerador. Alineadas contra el muro limítrofe del colegio se podían ver incontables pacas de basura. Sobre la malla de alambre de lo que debió haber sido un diamante de bateo, colgaban, secándose al sol, innumerables prendas de vestir que despedían una pelusa blanca y textil. Lo que podía verse del edificio también estaba atiborrado. Las paredes apenas sobrevivían la avalancha de objetos que se apilaban por todas partes. Raphael tuvo la imagen absurda de una gigantesca pala mecánica haciendo llover desde el cielo sobre aquel espacio toda la chatarra del mundo.

Bajaron las escaleras. Melisandra se adelantó hacia la mole más cercana, donde yacían las armazones de camas y los colchones. Los muchachos del patio continuaron con los ejercicios, pero la siguieron con miradas de soslayo mientras el entrenador chino les gritaba que se concentraran o perderían la fuerza.

Raphael caminó al lado de la pila de camas y colchones, sin perder de vista a Melisandra, que, perpleja, hurgaba ahora un barril lleno de accesorios de baño: jaboneras, porta-rollos de papel higiénico, toalleras. La clase con el chino llegaba a su fin. Los muchachos se inclinaban con las manos juntas frente al pecho ante el maestro, quien poco después recuperó el talante de comerciante de verduras y partió en su bicicleta.

Josué se desprendió del grupo y les ofreció un recorrido por las instalaciones. Abandonando su pesquisa solitaria, Melisandra se aproximó.

—¿Qué hacen con todo esto? —preguntó—. Hay cantidad de cosas útiles aquí... Hay cosas que jamás había visto.

Raphael sonrió. Pensó que si Melisandra contara con una carretilla de supermercado con que pasearse entre los montones la llenaría en un dos por tres.

—Esto es una mina de oro. La extracción es difícil, pero lo que se colecta es muy valioso. La mayoría de esos aparatos, por ejemplo —dijo Josué, señalando la acumulación de lavadoras y demás electrodomésticos—, funcionan aún perfectamente.

—Pero en Cineria la gente no usa esas máquinas para lavar la ropa... —dijo Melisandra.

—Claro que las usan —afirmó Josué, un poco ofendido—. Tenemos gran demanda, sobre todo de las que funcionan con energía solar. Les encantan a las familias. Deberías probar una. Pedro te la puede llevar de regreso a la hacienda —añadió.

Raphael observó divertido a Melisandra, que abrió la lavadora sobre la que estaba apoyada y la examinó por dentro. Josué parecía haber hecho, sin mayor esfuerzo, su venta del día.

—Explícame, Raphael, ¿por qué vienen estas máquinas en la basura si aún funcionan? —preguntó Melisandra.

—Porque cada año los fabricantes ofrecen máquinas más sofisticadas, con nuevos aditamentos, y la gente tiene afición por lo nuevo, por lo último...

—Qué desperdicio increíble. Qué pecado —dijo Melisandra.

Raphael hizo un gesto de resignación con los hombros.

—Si la gente no estuviera dispuesta a cambiar lo viejo por lo nuevo, los fabricantes no tendrían estímulo para producir mejores máquinas. Todo tiene sus pros y sus contras —explicó.

—Pues, para nosotros, mejor —intervino Josué—. Si no fuera por esta mercancía de segunda, como bien dice Engracia, ya hubiéramos vuelto a la Edad de las Cavernas...

Les indicó que lo siguieran. Conversar no era algo que ocupara un lugar destacado en su lista de prioridades. A todo lo largo del edificio, en lo que antes fueran aulas, se encontraban las áreas de clasificación. Los objetos grandes permanecían en el patio. Las pacas compactas de basura se trasladaban a esos cuartos para ser procesadas. A medida que se aproximaban a la hilera de cuartos, el mal olor se intensificaba. Josué parecía no sentirlo, pero Melisandra y Raphael a duras penas disimulaban su repugnancia. En el primer cuarto, el más maloliente, se abrían las pacas para sacar la basura degradable. Luego las pasaban al segundo cuarto, donde otro grupo de muchachos, sentados a horcajadas en pequeños banquillos, procedía muy lentamente a examinarlas, y a extraer de ellas cualquier objeto. Lo que iban recuperando lo tiraban en unos grandes cestos de paja que eran luego pasados al tercer cuarto para una nueva clasificación. Al final del día, Engracia revisaba el trabajo e indicaba lo que debía conservarse o tirarse en el incinerador.

Los adolescentes, cuyo número era difícil de calcular, se movían con gran energía entre cuarto y cuarto, en un ambiente de papeles estrujados, latas aplastadas y pelusa pestilente. Algunos llevaban máscaras sobre la nariz y la boca, otros simplemente se habían amarrado un pañuelo al estilo de los viejos bandoleros del Oeste.

Era un trabajo sucio, dijo Josué. Sin embargo, eliminada la basura, empezaban a aparecer las sorpresas, los tesoros. No se podían imaginar las cosas que encontraban.

Los guió hasta el final del pasillo, hacia dos habitaciones cerradas con gruesos candados. Tenía las llaves en un manojo que llevaba colgado a la cintura.

Al entrar vieron estantes de todo tamaño repletos de libros colocados en hileras de dos y hasta de tres en fondo. Las ventanas estaban cerradas y la única luz provenía de la puerta entornada. Penetraron en silencio, casi de puntillas. Josué cerró la puerta y prendió una lámpara de neón adosada a la pared.

—Ésta es nuestra biblioteca —anunció, su tez verdosa por la luz macilenta—. Tenemos ediciones que datan desde 1980. Fue una idea del profesor Morris.

Melisandra caminó entre los estantes. Tomó varios ejemplares abriéndolos delicadamente. Raphael hizo lo mismo. Nunca había tenido tanto libro, físicamente, a la mano. Visitaba las bibliotecas virtualmente. Ya no era necesario hacerlo de otra manera. Se accedía a los libros vía Masterbook, matriz electrónica con la ductilidad de un libro, cuyo texto se podía proyectar en la pared —para leer mientras se tomaba un baño, por ejemplo— o convertir a audio, si es que debía uno realizar otra actividad, como conducir o cocinar. Increíble pensar en el espacio que se requería antes para guardar los libros y la concentración exclusiva que leerlos requeriría, por no mencionar el derroche de papel. Imaginó la cantidad de copias producidas, los árboles talados. El Masterbook no requería ni papel ni espacio. Al tomar los primeros ejemplares, Raphael se encontró buscando el control para ampliar la página y verla mejor. Se burló en silencio de su reflejo automático. Se movió entre los estantes tocando lomos y abriendo aquí o allá las páginas con los distintos tipos de imprenta. Ciertamente que pasar la mano por las páginas era más sensual. Cualquier *Booksaver* se volvería loco aquí, pensó. Recordó al viejo que día tras día aparecía de pronto en la Worldnet demandando el retorno del libro y su protección como especie en vías de extinción. Imaginó sus ojos enrojecidos y cansados iluminarse ante la visión de aquel cuarto.

Melisandra pensó en su abuelo. Quizás allí podría encontrarle libros en español, o incluso en francés o italiano, lenguas todas que él dominaba. Notó que estos ejemplares databan en su mayoría de fechas anteriores a la adopción del inglés como lengua oficial universal.

—¿No sabés, Josué, si hay aquí libros en español? —preguntó Melisandra.

—Se los llevamos todos a Engracia. Ella los tiene en su apartamento.

—¿Y quién lee estos libros? —preguntó Raphael.

—A mí me gusta venir a oler los libros —dijo Josué, acercándose a uno de los anaqueles, tomando un ejemplar y hundiendo la nariz en el tomo abierto—. Me gusta mucho su olor. Me calma. A veces me pongo a hojearlos pero la verdad es que aquí queda muy poco tiempo para leer.

Melisandra tomó un libro y, poniendo la cara muy cerca de sus páginas, cerró los ojos. A ella también le gustaba oler los libros. Ahora el olor la transportaba al río, a su infancia en el estudio del abuelo mientras él escribía interrumpiéndose a menudo para hablarle, usarla de interlocutora como si fuera una adulta y no la niña que, sin entender, se quedaba embobada escuchando sus palabras.

—Aquí también guardamos las fotos de familia —continuó Josué, señalando un ancho mueble con gavetas llenas de fotos.

—Fotos ¿de qué familia? —preguntó Raphael.

—No sabemos. Son fotos que nos gustan. Vienen en la basura. Hay quienes se pasan horas y horas hojeándolas. A mí me gusta ver la ropa que usa la gente, imaginarme sus vidas. Es muy entretenido. Hay paisajes muy hermosos y ciudades increíbles.

Melisandra se acercó con Josué para mirar las fotos. Raphael se apoyó en la esquina del mueble. Los observó, fingiendo ocuparse en unos libros. Melisandra pasaba las fotos lentamente por sus manos, como si se asomara a un planeta desconocido. Qué pensará, se preguntó Raphael, avistando las instantáneas de familias congregadas, perros, bebés gordos gateando, parejas frente al vasto paisaje de un pinar, una mujer cruzando la calle en Nueva York. Se inclinó y pasó los dedos por las fotos arrugadas, de esquinas rotas, descoloridas, antiguas fotos desenfocadas, algunas más recientes. Ninguna de las personas en las fotografías habría sospechado que compartiría la intimidad de sus bodas, de sus cumpleaños, sus vacaciones, con estos jóvenes habitantes de la basura. Sintió el pecho oprimido. Era absurda la biblioteca con libros que nadie leía y absurda la idea de conservar esas viejas fotografías. Era absurdo pero hermoso, dulcemente triste.

Estuvieron largo rato en silencio hasta que Josué dijo que era hora de que se reunieran con Engracia. A las once se abría allí el mercado y después nadie tendría tiempo de atenderlos.

CAPÍTULO 19

Josué caminaba a paso rápido. Llegaron al ala opuesta del edificio, donde residía Engracia. La aglomeración de objetos empezó a disminuir. Las cosas habían sido sometidas a una clasificación más rigurosa. Una fila de candelabros de distintos tipos colgaba del techo, muebles apenas estropeados se alineaban contra la pared y entre las columnas. Sobre un largo estante se veían relojes, adornos, botellas, floreros, retrateras de marcos dorados, almohadones, estatuillas de Budas, de bailarinas, de leones, reproducciones de pinturas, cuadros de olas y paisajes de otoño. Los ojos de Melisandra saltaban de uno a otro montón de cosas. Le sería imposible describir aquello, pensó, deteniéndose en el acto de redactar una carta mental a su abuelo.

De pie, desde la puerta, Raphael divisó el brillo del brazo de Morris. Poco después cruzaron el umbral del aula convertida en oficina.

—¡Aquí están! —exclamó Engracia en alta voz, envolviéndolos en una mirada curiosa.

La mujer se levantó y observó divertida el efecto que les causaba.

«La hermana de Gulliver en el país de los enanos»,

pensó Raphael, levantando la cabeza para sonreír al mujerón que, tras el escritorio, extendía su larga mano.

—A vos te conozco —dijo Engracia, dirigiéndose a Melisandra—. Sólo que nunca nos hemos visto.

Los invitó a pasar a su recámara. Era un *budoir*, pero también una tienda de beduino en el desierto, o de califa de las *Mil y Una Noches*. Había sillones recubiertos con damascos desteñidos, divanes, poltronas, mesas de bronce con patas de elefante, lámparas con sombreros Tiffany y art-déco, manos iluminadas, candelabros dorados, una araña de cristal en el techo. En el centro de la sala, la cama tenía pilares de bronce y un dosel del que colgaban telas con dibujos de arabescos. Por todos lados, macetas con plantas. Un loro se paseaba por entre los muebles.

Engracia se reclinó en un sofá.

—Este cuarto es fantástico —exclamó Melisandra.

—Bueno, vivir en un lugar como éste puede ser cabrón —dijo Engracia, jovial—. Hay que saber aislarse del conjunto, crearse las condiciones para imaginarse uno muy lejos.

Engracia poseía el don de lo terreno. Era práctica y poco dada a la solemnidad. Melisandra pensó que más que un halo de soledad la rodeaba un dolor viejo que no aceptaba compartir porque Engracia no era melancólica, ni introvertida. Reía con ganas y era afable y generosa con sus dones. En poco tiempo, Raphael y ella sintieron como si la conocieran de antes o fuera la madre o hermana de alguien que les era familiar. Les ofreció jugos de frutas, pan, galletas, higos enormes y dulces.

—Para entender lo que pasa en Cineria y más allá se tienen que quedar conmigo varios días —dijo—. No pueden ponerse en camino sin más. Llegar a Waslala es un asunto de poder interpretar los acertijos. Ésa es mi teoría. Pero claro, no tengo nada con qué sustentarla. Yo nunca he llegado a Waslala, ni siquiera lo he intentado. Pero, bueno, como todos en Faguas sí me he ocupado en pensar cómo lo haría.

La gente se pasaba años diseñando esas expediciones imaginarias, dijo. Era un pasatiempo heredado de padres a hijos, un juego que los niños empezaban desde la infancia. Hallar el paraíso perdido, el tiempo perdido, todo lo que la humanidad había perdido aun antes de aprender a nombrarlo, era un antiguo juego de adivinanzas.

—Buscar la utopía es un entretenimiento viejo —dijo—. Pero una cosa es jugar y otra tomárselo en serio.

—O sea que tú no crees en Waslala... —intervino Raphael.

—Claro que sí —respondió ella, encendiendo un cigarrillo y expeliendo el humo en aros—, pero no necesito ver para creer. Me da lo mismo si existe o no. Me conformo con el juego.

—Pero ¿por qué? —preguntó Melisandra—. ¿Por qué conformarse si hay evidencias de que existe?

—Ya nos vamos a meter a filosofar —sonrió Engracia—. Si yo fuera nieta de tu abuelo posiblemente haría lo que vos estás haciendo. Siendo quien soy, no tengo tiempo. Prefiero ayudarles a ustedes.

Raphael tocó algo duro debajo del sofá donde estaba sentado, algo que se deslizó a impulsos de su zapato. Se inclinó para ver de qué se trataba. Engracia captó su gesto.

—Son libros —dijo—. Están debajo de todos los muebles. Ya no sé dónde ponerlos. Los que voy leyendo están debajo de mi cama. De allí pueden sacarlos, si les interesa alguno.

CAPÍTULO 20

Hacia mediodía los predios del edificio se habían convertido en un gigantesco bazar con grupos de compradores de toda descripción y edad vagando entre las montañas de objetos, empujando antiguas carretillas de supermercado en las que transportaban a sus niños o lo que deseaban intercambiar. El ruido de las voces de quienes regateaban, de los críos llorando o gritando, se mezclaba con el cacarear de gallinas, los gruñidos de cerdos y los balidos de terneros. El olor rancio, a basura seca, se confundía ahora con el de hierbas, legumbres y flores que los clientes llevaban de aquí allá esperando el momento de completar el trueque. Sentada tras una sólida mesa de madera con Josué y otros varios ayudantes, Engracia decidía si lo que se ofrecía de una parte equivalía a lo que se obtenía de la otra. Las transacciones se llevaban a cabo con gran celeridad entre conversaciones a través de la mesa donde, además de pedir rebaja y discutir, se le referían a Engracia noticias de conocidos, fechorías de los Espada o relatos de muertos, heridos y escaramuzas.

En poco tiempo, Raphael vio acumularse en el corredor cantidades de vegetales, huevos, telas, animales, jarras de leche, quesos, contenedores con mantequilla, tortillas, pan, confecciones de repostería, cestos de naranjas, mangos y aguacates, bloques de hielo, jarras de refrescos.

Se hubiera quedado allí todo el día, fascinado, observando y filmando aquel mercado *sui generis*, pero Melisandra estaba impaciente porque fueran a visitar Cineria en la motocicleta de Josué.

La moto era el orgullo del muchacho. La mantenía brillante y aceitada con sus celdas eléctricas cargadas al máximo, el motor de cerámica impecable.

—El sistema de navegación funciona perfectamente —se ufanó.

Raphael miró asombrado la motocicleta y le pasó la mano por encima con respeto. Era una verdadera antigüedad, una belleza cromada y reluciente. Melisandra preguntó si podía conducirla.

—El camino es malo —advirtió Josué, mirando a Raphael.

—Tengo total confianza en Melisandra —sonrió éste acomodándose en el asiento de atrás mientras ella, ni corta, ni perezosa, alzaba la pierna y se situaba tras el volante.

Dieron varias vueltas a la rotonda frente al expectante Josué y poco después atravesaron la cancela de hierro y tomaron el camino polvoso hacia Cineria.

Sujetando con sus dos manos la cintura delgada y tensa de Melisandra, Raphael se dispuso a disfrutar la experiencia. No había ningún asomo de inseguridad en los movimientos de ella. Al contrario, con el viento en la cara apoyándose en él de rato en rato, ella iba muy cómoda.

Vivían en un mundo patas arriba, pensó Raphael, alzando la cámara para filmar el lago, la sucesión de casuchas a ambos lados del camino hacia Cineria. Calles así de miserables ya no quedaban ni en el recuerdo del mundo desarrollado. Los medios sólo se ocupaban de las plagas y catástrofes de estas zonas descalabradas, estas «naciones productoras de oxígeno», como las llamaban ahora. «Cada nación para sí misma» era el lema de moda en el mundo. Ya ni para experiencias exóticas era necesario viajar. Con el realismo virtual se hacían viajes imaginarios, asépticos, perfectos, sin riesgo. Pero, claro, por los resquicios se filtraba esa realidad de comercios ilícitos: drogas, órganos para transplantes, experimentos genéticos. Los rumores de laboratorios que empleaban especímenes humanos, personas por cuya suerte nadie preguntaría, había renovado el interés de los medios por enviar reporteros hasta aquí para hacer labor de detectives. Él se tomaría el trabajo con calma. Le interesaba aquella gente. Paró de filmar. Apretó a Melisandra y le estampó un beso en la nuca. Sintió el olor a colonia de hombre. Sonrió. En el baño ella le registró sus cosas con ávida curiosidad. Se afeitó las piernas con el rasurador. Usó su champú. Olía bien, Melisandra, el olor de su piel sumado al del lago y sus algas disipó el hedor a basura impregnado en sus fosas nasales.

Los propulsores de la motocicleta levantaron polvaredas a su paso pero ya se podía ver el final del camino de tierra y el inicio del pavimento. Eran las dos de la tarde cuando entraron a Cineria. La moto se acalló sobre el asfalto. Se sacudieron el polvo y, aliviados del trote accidentado, se dispusieron a deslizarse por la ciudad.

El estilo colonial español era patente en las elegantes construcciones con las que se cruzaron, pero aquí las casas no sólo exhibían, como en Las Luces, remiendos hechos con restos de artefactos metálicos caprichosos, sino que sus fachadas, calle tras calle, estaban manchadas por pintas y letreros que cubrían también las aceras, cunetas y hasta el pavimento, de manera que los rasgos arquitectónicos aparecían y desaparecían dejando en el ojo la sensación de haber visto una ilusión momentánea, un espejismo, una ciudad dentro de otra. Consignas patrióticas, slogans de productos, nombres propios, mensajes de amor, citas de negocios y religiosas, anuncios de misas de difuntos, de alguien que vendía todo su mobiliario a cambio de una dosis de penicilina, vivas y condenas a los Espada, mensajes ambientales escritos unos sobre otros en las paredes constituían una narración, una historia de imágenes aparentemente inconexas que a través de cuadras y esquinas relataban su espontánea crónica. Continuaron avanzando sobre la misma calle recta en busca del centro, que intuyeron cuando el carácter de las casas empezó a ser más rotundo, los remiendos más estrafalarios, las puertas más anchas, las aceras más angostas y desgastadas, las plantas sobre los balcones menos frondosas. Se empezó a sentir el olor a tráfico, a apretujamiento, al pan que se horneaba o vendía en alguna parte. Sería quizás por la hora, pero se habían topado solamente con dos viejas meciéndose a la sombra de un portal, un vendedor de cordones de zapatos, un cura caminando a paso apresurado y un hombre que cargaba un bebé. Ahora ya se veían grupos de mujeres, algunos vendedores ambulantes, hombres con mochilas y cartapacios.

La ciudad perdió su aire sonámbulo en las calles umbrosas, con árboles en las aceras. Los graffiti en las paredes eran tan abundantes y abigarrados, que se hacían ya completamente ilegibles, y daban a las fachadas un aire moderno, como si un Pollock nativo se hubiese ensañado con ellas.

Las huellas de la guerra eran evidentes por todas partes. Cineria parecía haber sido construida, como los templos mayas, sobre ruinas sucesivas que súbitamente asomaban sus contornos: allá alguien había improvisado una ventana y hasta puesto cortinas en el agujero de una bomba, aquí una pared medio destruida servía de línea divisoria entre dos casas. Al fondo de un patio, niños jugaban en lo que debió haber sido una capilla. En numerosas paredes o clavadas en las aceras se veían cruces con nombres escritos toscamente sobre el travesaño horizontal y coronas de flores marchitas o de papel. Muchas viviendas habían sido reparadas con planchas de zinc o pedazos de carrocerías fijados sobre los agujeros mientras otras lucían sus boquetes sin vergüenza, de manera que el transeúnte podía ver en lo profundo del aire interior de las casas a las familias ocupándose de sus vidas, totalmente indiferentes a la curiosidad de los paseantes.

Todas las calles, siempre y cuando se doblara a la izquierda, conducían al parque. Giraron en esa dirección y en el callejón estrecho se toparon al fin con otro vehículo. Raphael miró fascinado el carruaje, que no era sino un automóvil antiquísimo cercenado a la altura del motor y jalado por un caballo. La carrocería, pintada de amarillo, ostentaba sobre la puerta un rótulo que anunciaba: TAXI.

Finalmente desembocaron en la plaza central y al parque donde se aglomeraba la gente. Enormes laureles de la India, guanacastes, chilamates y malinches se disputaban el espacio con los balcones salientes de los edificios. Las ramas de varios árboles imperturbables se abrían paso dentro de los balcones creando la ilusión de que éstos flotaban en medio del verdor como gigantescas pajareras o quioscos ingrávidos. Una melodía modernísima, compuesta con sintetizador, pistón y juego electrónico, sonaba desde alguna parte distorsionada por la brisa y el follaje. Cerca de un quiosco amarillo se hallaban estacionados en fila una cantidad de taxis estrambóticos. La gente se paseaba moviéndose en un tiempo que no existía más que allí. La vegetación era tan abundante que era imposible determinar con exactitud dónde terminaba el parque y empezaban los edificios que lo flanqueaban, algunos de los cuales no eran más que ruinas donde crecían a su antojo enredaderas de buganvillas.

Melisandra y Raphael aparcaron la motocicleta y caminaron con paso lento entre las bancas de concreto pintadas de un azul descascarado, donde personas mayores muy juntas en los asientos conversaban, leían, tejían o simplemente observaban a los demás. Grupos de hombres y mujeres jóvenes jugaban a cartas, dados y hasta a ajedrez sobre andenes elevados a lo largo y ancho del parque. El área más concurrida estaba dedicada a los juegos de azar: ruletas, máquinas traga monedas, backgammon, juegos de mesa, dados, parchís, monopoly, canicas, juegos electrónicos. Muchachas y mujeres de toda edad dedicadas a la prostitución se paseaban entre los jugadores, que las apostaban poniendo prendas femeninas sobre los tableros. Niños y adolescentes se perseguían o jugaban en las ramas bajas de los árboles. Había vendedores de agua fría, de granizados con miel de tamarindo. Cerca del centro del parque, en una glorieta que conociera días mejores, un hombre anunciaba periquitos leedores de la fortuna al lado de una jaula tosca donde pericos amontonados cantaban y saltaban de percha en percha sin parar.

La escena del parque con su combinación de ocio y vicio resultaba más punzante por la presencia de una desproporcionada cantidad de lisiados que se asoleaban o movían de aquí allá en toscas sillas de ruedas.

Raphael fue el primero en ver a Maclovio. Sentado a la sombra de un árbol, semejaba un maestro rodeado de discípulos. Cuando los divisó se levantó apartando a los muchachos con el ademán de quien se sacude enojosos insectos de la solapa.

—¡Salieron al fin del vientre de la ballena! —exclamó acercándose sonriente—. Ya decía yo que más temprano que tarde tendrían que salir a respirar aire puro. ¿Qué les parece Cineria? Gran ciudad, ¿no es cierto? Plena de historia. Desafortunadamente cada año hay más humedad y más calor... Permítanme que los invite a tomar un refresco en el hotel Europa... Es aquí, muy cerca.

Poco después se encontraron los tres acomodados en la terraza del hotel, contemplando a través de las ramas y copas de los árboles la multitud del parque y el hombre con los pericos leyéndole la fortuna a sus clientes.

—Ese narizón de pelo largo es pintor —dijo Maclovio, señalando hacia abajo el cliente de turno del pajarero-adivinador—. Se levanta a mediodía de sus borracheras nocturnas y lo primero que hace antes de bañarse es venir a leerse la fortuna con los pericos.

—Nunca oí de pájaros que leyeran la fortuna —comentó divertido Raphael.

—Aquí abundan los magos y las adivinadoras, ché —dijo Maclovio—. Aquí sólo con magia puede predecirse el futuro.

—¿Siempre está tan concurrido el parque? —preguntó Raphael.

—El parque es el centro de las apuestas y los juegos de azar. Los cinerinos han elevado las apuestas a categoría de arte. Además de las clásicas peleas de gallos, se apuesta a adivinar el sexo de los niños en los partos, la duración de las enfermedades, el número de cachorros de una perra o una gata, las equivocaciones de una ciega, quién ganará o perderá en la ruleta, el número de gotas de agua con que se llena un vaso, quién dará cuenta de quién en los encuentros entre pandillas. Es de nunca acabar. Se apuestan los siembros, las gallinas, los huevos, los perros, los gatos, el mobiliario, las esposas, los esposos y hasta los hijos, ché.

—¿Qué pasa con lo que el país recibe a cambio de oxígeno? —preguntó Raphael.

—Maclovio sabe tan bien como cualquiera de nosotros que los Espada lo pasan al mercado negro. La gente se mata, entre otras cosas, por congraciarse con ellos, compitiendo por traficar con lo que nos debería pertenecer a todos —dijo Melisandra.

—Los Espada hacen con esas mercancías lo que tu amiga Engracia con la basura, ché. Cada quién tiene su monopolio. No vas a acusar a unos y eximir a la otra.

—¡Qué comparaciones las tuyas! —dijo Melisandra—. Los Espada son gángsteres. Nadie se mata por la basura de Engracia. Los Espada no trafican con basura; trafican con cosas nuevas, con medicinas, con repuestos, con vacunas, con abono, con semillas... Obligan a la gente a ser sus policías, sus aliados incondicionales, les cobran tributo, los echan a pelear...

—Parala, parala, mujer —dijo Maclovio, gesticulando con las manos—. Se ve que en tu hacienda sólo se enteran de lo que quieren. Sin los Espada la anarquía sería peor en este país. No es que yo, porque sean mis socios, defienda todo lo que hacen, pero los que están con ellos, que son bastantes, no se quejan. Al menos pagan bien la lealtad. Decime vos, ¿quien que es poderoso no trata bien a sus aliados y mal a sus enemigos?

—Los Espada usan un lenguaje nacionalista para promover sus intereses y hacer aparecer sus manejos como una cruzada de honor —dijo Melisandra, exaltada.

—¿Y del tráfico de drogas se encargan también ellos? —inquirió Raphael.

—Por supuesto —afirmó rotunda Melisandra.

—Nada de eso sé yo. Sólo les vendo armas. No soy su abogado, pero como le ofrecí a Raphael, puedo llevarlos a que los conozcan —dijo Maclovio—. Se podrán formar una opinión por ustedes mismos. Además, ellos sí que pueden ayudarles a llegar a Waslala —añadió, mirando a Raphael sin parpadear.

—Me parece una gran idea, Maclovio —dijo Raphael—. Mi reportaje no sería completo sin los Espada.

—No creo que nos puedan ayudar a llegar a Waslala —dijo Melisandra descartando la sugerencia—. Antonio Espada es uno de sus mayores detractores.

—Vamos, mujer —insistió Maclovio—. Es una buena oportunidad la que les ofrezco. ¿No dicen que, en toda guerra, hay que conocer bien al enemigo?

Melisandra miró al parque. La idea la atraía y disgustaba a la vez.

—Vamos, Melisandra —insistió Raphael—. No tenemos nada que perder.

—No se te ocurra filmarlos o sacar ningún aparato —advirtió Maclovio a Raphael.

CAPÍTULO 21

Damián Espada tenía expresión de iluminado. Miraba a su alrededor como quien ve desde una apreciable distancia. Costaba decidir si se estaba ante la presencia de un santo o de un desalmado cuya soberbia era tan extrema que se confundía con la modestia. Damián Espada era delgado, de baja estatura, con rasgos afilados, bigote hirsuto y voz rasposa. Para captar cuanto decía era necesario prestarle total atención. Sus labios finos apenas se movían al hablar. Discretamente apartados, sus guardaespaldas lo escuchaban con adoración y una total y fanática fe en sus palabras. Raphael observó curioso la muda interacción entre el jefe y los subordinados. Espada hablaba como si estuviese en una plaza, sin fijar la mirada en sus interlocutores, consciente de la admiración de sus adláteres. La pleitesía de éstos parecía ser el combustible que daba vigor a sus palabras. Debía ser un hábito, una deformación profesional, pensó Raphael; aun en la soledad existiría para él un público imaginario vitoreándolo.

Para llegar hasta allí tuvieron que atravesar retenes y satisfacer engorrosos y complicados sistemas de seguridad. El enclave de los Espada era una antigua base militar mezcla de fuerte, mazmorra y cuartel desordenado, al que se llegaba por un camino abrupto, de tierra apisonada que al desviarse de la carretera subía no sólo hacia la cima de la colina, sino hacia un mundo medieval donde, esperando la guerra, la soldadesca se dejaba mecer por el ocio. Sólo en el área más inmediata a la residencia y oficinas de los hermanos la atmósfera se tornaba tensa, alerta: los soldados recobraban su porte marcial, reinaba la disciplina y el respeto, como si se tratase de un mundo dentro de otro.

—La única manera como nosotros podríamos concebir el negocio de la basura sería si ésta sirviera para todos, si no se traficara con ella. Ya es suficientemente indigno el hecho de que nos la envíen... pero ¿hacer negocio con ella? ¿Enriquecerse aprovechando la miseria de los demás? No podemos estar de acuerdo con eso. Hemos dedicado nuestra vida a luchar por la dignidad del pueblo —decía Damián Espada, sin mirarlos—. ¿Cómo lograr esto mientras haya quien acepte que intervengan en la decisión de cómo usamos nuestros recursos naturales a la vez que, por otro lado, nos utilizan como basurero y nos niegan el derecho a existir?

—Pero ustedes no sólo se las ingenian para existir, sino también para prosperar en lo personal —dijo Raphael.

—Somos expertos en las migajas —sonrió Espada—, la pobreza alimenta la creatividad.

—Y la falta de escrúpulos. No lo digo por ustedes —sonrió cortés Raphael—, pero se habla de que países como Faguas se especializan en tráficos ilícitos... órganos humanos, drogas mutantes.

—Cuentos chinos, propaganda, justificaciones para seguir interviniendo...

Damián Espada encendió un cigarrillo y subió las piernas sobre el escritorio ingeniosamente construido con el ala de un avión montada en rústicas patas de tubo niquelado. Sobre la superficie nítidamente pulida, se reflejaba su cara angulosa. Sus ojos fijos, inquisidores, lucían cansados. El ceño constantemente fruncido daba a su rostro un aire de crónica preocupación sin ningún trazo de humor. Se pasó la mano por el pelo rizado ya escaso y se alisó el nítido uniforme verde oliva.

Se imaginaba a sí mismo como un revolucionario fogoso e idealista, pensó Raphael, pero su imagen anacrónica y nostálgica padecía de una ridiculez que inspiraba compasión y melancolía. Sería inútil insistir sobre las drogas, pensó, al menos en ese primer encuentro.

Melisandra se había propuesto no hablar desde que, al ver la mirada de Damián Espada, se convenció de que éste no podía escuchar más que su propia voz. No pudo contenerse, sin embargo.

—Nadie se acuerda de nosotros y usted sigue insistiendo en que otros son responsables de nuestras desgracias. Ningún extranjero es soldado en nuestras guerras —dijo Melisandra, mirándolo fijamente—. Esos tiempos ya son historia.

—Al menos podríamos colaborar entre nosotros, compartir, no seguirles el juego a los extranjeros, no defender sus intereses, como lo hace su amiga Engracia. Ella ha mantenido vivo el tráfico de basura.

Damián tenía que saber que estaba mintiendo, pensó Raphael. La existencia de Engracia no podía ser más irrelevante para las corporaciones ambientalistas. Decir que ella era responsable de que el tráfico continuara era una gigantesca falacia. «El éxito de los Espada es la simplificación», había dicho Morris. «Son expertos en encontrar culpables, chivos expiatorios, y en dirigir las frustraciones de sus seguidores hacia objetivos bien definidos. Engracia es uno de ellos.» Lo irónico del asunto era que aquel cuartel demostraba que las necesidades prácticas tenían más peso que las ideas. El mobiliario de la oficina cuidadosamente escogido para crear un efecto *high-tech*, provenía sin duda de los contenedores. Engracia les había comentado sobre las veces que los Espada habían emboscado la carga, cuando ésta transitaba del Pacífico hasta el lago. Organizaban festines, les dijo, cuando se descargaba un contenedor robado. Las hijas de Damián Espada eran famosas por sus indumentarias estrafalarias, sacadas de los botines de basura a los que los hermanos lograban echar mano.

—No venimos aquí a oír juicios sobre Engracia —señaló Melisandra.

—Lo sé —admitió Damián—. Siento mucho tener que referirme a su amiga en términos poco amables, sin embargo comprenderá que es relevante para su proyectado viaje a Waslala. Pensamos diferente y nuestros métodos, nuestras redes, son diferentes. Nosotros podríamos agilizarles la movilización por el país de manera más efectiva. Viajar por Faguas sin protección puede ser peligroso, como estoy seguro usted sabe. Si se comparan con nuestras redes, las de Engracia son irrisorias.

—¿Cuál es el precio? —preguntó Melisandra—. Me imagino que no nos está poniendo a la disposición sus redes sólo por su buen corazón.

—Quiero pruebas de que Waslala existe —dijo Damián, levantándose y caminando de un lado a otro de la habitación—. Eso es todo. Pruebas contundentes. No para usarlas en nada, me entiende, sino para convencerme yo mismo. Para serle honesto, hace tiempo que desistí hasta de pensar en Waslala. Hubo una época en que creí fieramente en su existencia pero me he convencido de que mi hermano tiene razón y que Waslala es un espejismo. Sin embargo, hay algo dentro de mí que se resiste a pensar que una quimera así surgiera únicamente de la imaginación colectiva... Pruebas contundentes, eso es lo que quiero —volvió a decir Damián Espada.

—¿A qué se refiere? —sonrió Melisandra, irónica. No sabía por qué aquel hombre, con su aire de ceremonia, le hacía pensar en un niño díscolo pero desvalido—. ¿Quiere que le traiga aire de Waslala en una botella? ¿Fotos?

—Se dice que poseen una biblioteca —dijo Damián—. Tráigame uno de sus libros.

Damián Espada se tocaba el bigote. De vez en cuando se hurgaba la nariz. Cada vez que ella contradecía a su interlocutor, o bromeaba o le hablaba con ironía, los guardaespaldas, los asesores, la envolvían con sus miradas como si quisieran, en el mejor de los casos, hacerla callar. Se puso de pie. Se alisó la blusa y miró a Raphael indicándole con los ojos que debían marcharse.

—Creo que no necesitamos su ayuda. Muchas gracias —dijo Melisandra—. Pero le traeré ese libro —sonrió mordaz.

—A mí me interesaría saber un poco más de ustedes —dijo Raphael—, de su historia. ¿Aceptaría una entrevista, tal vez?

—Tal vez —dijo Damián Espada, levantándose—. Nos volveremos a ver, seguramente.

CAPÍTULO 22

La habitación de Engracia estaba llena de humo. Morris se paró frente a la ventana y miró al patio. El aire estaba contaminado tanto dentro como fuera del cuarto, pero a él no le preocupaban sus pulmones. Engracia fumaba recostada en el sofá. Desde la ventana, él veía el cigarrillo chisporrotear en la oscuridad. Afuera aún perduraba el atardecer pero dentro de la habitación había caído la noche. Los muebles exudaban el calor almacenado durante el día. A Engracia le gustaba descansar a esa hora. Echarse en el sofá hasta que las dos noches, la de afuera y la de dentro, se igualaban. Callada, pasaba revista a las memorias del día para escoger cuál valía la pena guardar. La manía de seleccionar era un hábito adquirido en su trabajo. Morris y ella habían almorzado a la orilla del lago, sentados entre las lechugas agrestes que se amontonaban en la costa. A Morris le gustaba inventarse momentos, como ese de ir de pic-nic, donde pretender que eran seres normales. Él habló de sus recuerdos. Se los narró como si pertenecieran a una tercera persona y no a él. Hacerlo así lo protegía de las lágrimas, le dijo. Cuando pensaba que él era el protagonista de sus recuerdos, lloraba. Lloraba aunque el recuerdo fuera bueno, porque le parecía que su vida entera era una continua nostalgia.

Él habría podido tener un hijo, le contó, almorzando a la orilla del lago. Cuando veía los muchachos acomodando la basura con sus brazos, sus caras, sus piernas y sus pechos jóvenes, pensaba en su hijo. En cada joven de más o menos veinticinco años, dijo, lo veía. Durante dos semanas, sin fronteras entre el día y la noche, había discutido con la mujer que habría sido la madre. Se llamaba Rachel y era una muchacha de caderas anchas, fuerte. Taza tras taza de café, en cualquier cafetería del Bronx, deliberaron. Era invierno. Hacía frío. Una y otra vez creyeron decidir el futuro de los tres. Aliviados, salían a la calle, caminaban sobre los tragantes donde el vapor brotaba en humaredas blancas, hasta que se cruzaban con alguna pareja empujando un coche de bebé. Rachel veía la cara regordeta asomándose por el agujero del traje de invierno. «No puedo», decía. Y tomaban otro café. Volvían a discutir en otra cafetería o regresaban a la precaria habitación y ella se veía en el espejo, se tocaba los pechos pesados y empezaba a llorar. Al final la convenció. No sabía cómo, pero al final la acompañó al hospital y ella se dejó llevar en la madrugada. Él dormía en la sala de espera cuando ella salió, pálida y silenciosa. Le tocó el brazo. Le dijo que podían irse.

Las lechugas iban y venían sobre la costa. Con el batir de las olas, raaas, raaas, rozaban sus hojas contra la arena. Engracia mordía un banano. Lo masticaba despacio mirando el lago. Morris describía bien las cosas. La clínica. El médico. Las cafeterías de Nueva York. El barrio. Taza de café tras taza de café. Y él pensando en las células reproduciéndose, las formas cada día definiéndose más y más, amenazándolo con una presencia repentina que alteraría el curso de su vida. El ser humano no estaba preparado para jugar a Dios, decía. Uno se convencía de que podía, debía tomar ese tipo de decisiones pero después se veía acosado por la culpa, los sueños obsesivos, la nostalgia, las imágenes de los muchachos.

Tanto tiempo con Morris y hasta ahora nunca le había contado esa historia. Lo abrazó. No le dijo nada.

—¿A qué hora esperan el contenedor mañana? —preguntó Morris, al tiempo que encendía la luz.

—A media tarde —respondió ella, levantándose del diván—. Tengo hambre —añadió—. Creo que haré sopa con el pescado que trajo Josué. Algo caliente nos caerá bien.

Raphael dormía con la boca abierta. No bien se dormía la soltaba del abrazo y se retiraba a soñar solo. Ella no tenía sueño. Con las manos bajo la cabeza, veía las sombras en el techo. Pensó en Joaquín. Al compararlo con Raphael, se preguntó cómo había sido capaz de admitir en su vida aquella otra relación tan llena de silencio y tensa hostilidad. Seguramente fue la soledad, su romanticismo, lo que la llevó a pensar que él era el fauno y ella la ninfa retozando a la orilla del río, la bella liberando a la bestia de sus miedos, humillándose ante él para obligarlo a creer en la entrega, la generosidad, la posibilidad de amar sin autoritarismo, sin dominio, ella siempre fingiendo que su irascibilidad no le importaba, no la tocaba, que era capaz de ver la cara amable tras la mueca. Al final, le tocó a ella ser cruel. Dejarlo de un día para el otro. Tenía ese lado suyo que actuaba con la fuerza del instinto de supervivencia y la salvaba de las trampas y desbordes de su imaginación. Debía ser herencia de su abuela ese sentido común, decidido, frío. Todavía le costaba creer que se había atrevido a marcharse, a romper con él.

Raphael era muy distinto: se conocía, analizaba el trasfondo de sus emociones. Era capaz de reírse de sí mismo, de reconocerse falible y no tomarse demasiado en serio. Temía su sensibilidad, ser vulnerable, pero al menos lo admitía. No cambiaba de estado de ánimo bruscamente. No tenía que estarlo adivinando. Se sentía segura con él. Podía desenvainar la ternura. Joaquín le hacía daño a su alma: nunca sabía qué era lo real, si su hostilidad o su afecto, si la amaba u odiaba. Quizás por eso precisamente volvía donde él una y otra vez, quizás ésa era la trampa: obligarla a resolver el enigma, a romper el hechizo, tentarla con la posibilidad de que la bestia se convirtiera en el príncipe encantado gracias a ella.

Era inevitable que los comparara pero no había comparación posible. Lo de Raphael tenía la delicia y el dolor de lo efímero, sucedería en un plazo limitado. Él volvería a su mundo. La recordaría perdida entre los árboles, desapareciendo cuando llegaran las lluvias, como la princesa de leyenda de los guatuzos. Era un amor condenado al desencuentro, a esfumarse cuando él regresara a sus amistades cibernéticas, a su casa auto-suficiente donde los robots hacían las tareas domésticas y hasta ponían flores en los floreros.

Se volvió de costado y lo miró. La ternura le subió a los poros con una efervescencia que le hizo cosquillas. Había una cierta inocencia en Raphael. Tenía capacidad de asombro y una curiosidad insaciable por el comportamiento humano, fuera éste noble o miserable. Aunque se esforzara por mantener la objetividad, no se engañaba pensando que siempre podría darse el lujo de no tomar partido.

Se acercó a él. Se colocó levemente entre sus brazos. Le abrazó dormido, sin despertarlo.

CAPÍTULO 23

El tiempo era perezoso en Cineria. Había transcurrido una semana desde que el bongo los dejara en el muelle. Melisandra pasaba gran parte del día con Engracia, o en la biblioteca, hojeando libros y fotografías, en tanto que Raphael no lograba que sus indagaciones arrojaran ninguna clave relevante. Todos los caminos llevaban a los Espada pero, precisamente por eso, sus veladas averiguaciones sobre el tráfico de drogas y la filina se topaban con un espeso silencio. Tendría que optar por una ruta quizás más arriesgada, jugar con las cartas más expuestas, hacer preguntas más abiertas y ver si esto provocaba alguna reacción.

Raphael se dirigió al cuarto de los libros a buscar a Melisandra. Maclovio los esperaba en Cineria para conducirlos de nuevo al cuartel de los hermanos.

Al llegar al parque de la ciudad, Melisandra y Raphael vieron de nuevo a la gente ambulando con la inalterable actitud de ocio estoico a la que se habían resignado: los más jóvenes jugando con canicas en la acera, los más viejos simplemente sentados bajo los árboles, inmóviles, pensativos. Los jugadores y las prostitutas inmersos en sus tableros y ruletas, los corredores de apuestas voceándolas en las esquinas.

Encontraron a Maclovio al lado de la jaula de los pericos adivinadores de la buena fortuna. Los convidó a que se la hicieran leer. Le ofreció cigarrillos al dueño de los pericos, que tenía cara de buen observador y un inagotable buen humor. Entre cliente y cliente, el dueño animaba a sus pájaros repitiendo con ritmo de ronda infantil: «Periquito real, de Portugal, vestido de verde y sin medio real» y les ofrecía bolitas de masa de maíz.

—Escojan su pájaro —dijo el hombre, sacando de un lado de la jaula la bolsa con los papelitos de la suerte.

«Son todos iguales», pensó Raphael, contradiciéndose no bien se vio obligado a mirarlos detenidamente. Melisandra dio varias rondas a la jaula y señaló con el dedo a un perico solitario que, con expresión amodorrada, apoyaba las alas en los barrotes de la rústica pajarera sostenido de la barra más alta sobre una pata.

—La señorita tiene buen ojo. *El Dormilón* rara vez se equivoca.

Gentilmente, sacó el pájaro, lo paró sobre su dedo y le ofreció la bolsa con los papelitos. *El Dormilón* se tomó su tiempo. Melisandra miró a Raphael sonriendo. Se imaginó que aquella escena podría resultar divertida en su reportaje. Era una escena propia para ese parque de árboles irreverentes y sonámbulos asoleados.

El pájaro al fin hundió el pico y levantó uno de los papeles.

—Vamos a ver —dijo el hombre postergando la lectura hasta que retornó con parsimonia el pájaro a su percha. Con calculado suspenso abrió el papel y leyó solemne:

—«Nunca dejaremos de explorar. Y el final de todas nuestras exploraciones será llegar al sitio de donde partimos y conocerlo por primera vez.»

—T. S. Eliot —dijo Raphael—. *Los cuatro cuartetos.* Esto es mejor que las galletas chinas.

El perico que escogió Raphael se apodaba *El Gordito*. El dueño repitió la operación. *El Gordito* no vaciló. «No hay peor ciego que el que no quiere ver», rezaba el papel.

—Refrán popular —dijo Melisandra—. Sólo que usualmente se refiere a los sordos. Este sistema es como el I Ching —añadió—. Tiene demasiadas interpretaciones posibles.

—Adivinar el futuro es complicado —dijo filosófico el hombre de los pericos—. Por eso mi clientela es muy selecta. Hay quienes prefieren leerse las cartas y que les digan mentiras. Ya le encontrarán sentido más adelante a lo que acaban de oír.

—Ya ves, ché, te lo dije. Se lo digo cada vez que vengo —sentenció Maclovio, volviéndose hacia ellos—. Estos pericos son demasiado intelectuales. Nunca le va a prosperar el negocio.

—Jamás se equivocan —dijo el hombre, con una sonrisa enigmática en su cara larga, morena, cruzada por arrugas incontables.

Desde el parque, con Maclovio, emprendieron camino. Antonio Espada los recibiría esta vez. Con él sí valía la pena hablar, dijo Maclovio, Damián, el pobre, era un soñador, una buena persona, pero su capacidad intelectual era limitada. Se había aprendido un discurso y lo repetía sin captar las sutiles diferencias que hacían que a una situación no se le pudieran aplicar los mismos remedios que a otra. Claro, era más popular que

Antonio. Tenía un carisma casi religioso. Era un creyente. La gente estaba ávida de alguien que creyera y les creara la ilusión de que aún existían causas nobles en Faguas.

—Con Antonio es más fácil la comunicación. Ése es mi socio, ché. Damián nunca deja de incomodarme. En un rinconcito de mi corazón siempre he dudado que alguien en este siglo pueda aún tener esa especie de ignorante inocencia —añadió Maclovio.

Del parque a la fortaleza era un buen trecho de camino. A media tarde había poca gente en las calles. Sólo en los retenes que separaban un barrio del otro mediante barricadas levantadas con piedras, mesas, sillas, sacos en desuso, se encontraban grupos de jóvenes armados con el cuerpo decorado con cicatrices de heridas autoinfligidas, pálidas líneas formando cruces irregulares, grotescas paralelas.

—La misma idea del tatuaje —dijo Maclovio.

Sólo que aquí no era cuestión de acudir al artista y dejarse impregnar delicadamente los poros de color. Las cicatrices requerían mucho más impulso, sangre fría: tomar la navaja, abrirse la piel, dejar que sangrara. Melisandra se frotó los brazos instintivamente. En cada retén, Maclovio entonaba el santo y seña. Lo dejaban pasar. Lo conocían.

La oficina de Antonio Espada era pequeña, meticulosamente ordenada. El escritorio habría sido alguna vez la hoja de una puerta magnífica, aún se podían ver las heridas de las bisagras y cerrojos. El hecho de que fuera de madera era la afirmación de que aquel hombre no seguía las reglas establecidas. El ayudante los hizo pasar a la habitación, los invitó a sentarse en sillas también de madera.

En el alféizar de la ventana ancha, florecían begonias en maceteras. En una mesa auxiliar, la vieja computadora estaba tapada con una tela plástica transparente. Maclovio y el ayudante los dejaron solos.

—Todavía no sé qué estamos haciendo aquí —dijo Melisandra—. No sé qué vamos a sacar de hablar con Antonio Espada. Hubiera preferido regresar a ver el descargue del contenedor. Esta oficina me da frío.

—Tendremos tiempo para eso, también —dijo Raphael—. Pero nunca las cosas serán más interesantes que las personas.

—Vos has vivido rodeado de cosas —dijo Melisandra—. En cambio, yo he vivido rodeada de personas.

Antonio Espada entró sigilosamente cerrando la puerta sin hacer ruido. Era notorio que acostumbraba vivir entre enemigos y acechanzas. Alto, voluminoso y pálido, no daba la impresión ni de fuerza ni de buena salud. Sin embargo, en su mirada y sus gestos se percibía la voluntad de superar lo mal que aquel cuerpo le sentaba a su alma, la rabia de un espíritu fogoso e infatigable obligado a habitar aquel marco blandengue y frágil. Se les acercó con la mano extendida y una sonrisa que oscilaba entre la amabilidad y la burla.

Melisandra extendió la mano inmediatamente incómoda por la manera en que él prolongó el contacto, dándole al simple acto del saludo una connotación distinta, no sólo sexual, sino de complicidad. Notó que hizo lo mismo con Raphael, como si los quisiera conocer a través del tacto, como si en vez de la mano hubiera alargado un bastón de ciego que pudiera indicarle el tamaño preciso del obstáculo situado frente a él.

Sin dejar de mirarlos y haciendo comentarios sobre el gusto de conocerlos al fin personalmente, se sentó tras el escritorio. Calló un momento, aparentemente absorto por unos papeles sobre la mesa.

—¿Está enterada de que su abuelo no está muy bien? —dijo de pronto, levantando la cabeza, observando a Melisandra.

—¿Qué pasó? —preguntó ella, enderezándose, asustada.

—La gota lo tiene tendido en cama.

«La gota», pensó Melisandra. Respiró hondo y volvió a recostarse en la silla. Se había imaginado lo peor. Un ataque de gota se le hizo casi irrelevante. Mercedes sabía qué hacer. Su abuelo tenía ataques de gota por lo menos una vez al año.

—¡Ah! —dijo—. Otra vez la gota.

«Lo mencionó para asustarme», pensó. «Para ablandarme.»

—Bueno, usted sabe, a su edad las cosas usualmente no mejoran —agregó Espada—. Sacó un cigarrillo de su bolsa y lo encendió despacio. Lanzó una densa bocanada de humo.

—No quise asustarla —dijo—. Me imagino que le interesa estar informada.

—Claro, claro —respondió Melisandra, sonriendo, esforzándose por recomponerse.

La mención del abuelo la había trasladado momentáneamente al olor del río, a la visión de la boina y el bastón, el portazo de las mañanas.

Raphael se encorvó en la silla para aflojar los músculos de la espalda. Se había sobresaltado también. Reconocía el juego. Apenas entrar a la habitación, Antonio Espada había ganado el primer round. La figura de don José, vigilado, amenazado, quedó flotando sobre la nube de humo de su cigarrillo.

—Y ¿cómo lo supo? —preguntó ella, con sarcasmo.

—No puedo decir que lo sepamos todo. Casi todo es más que suficiente para mí. Es la razón por la que Damián les dijo que les convenía usar nuestras redes en la búsqueda del lugar que insisten en encontrar.

—Nos está amenazando —dijo Melisandra.

Espada se levantó y se acercó a la maceta de begonias. Tocó levemente una de las flores y se volvió hacia ellos.

—No tengo por qué amenazarlos. No son un peligro para mí. Waslala no existe. Aun si existiera, no es algo que me quitaría el sueño.

—Entonces ¿para qué invertir tiempo y esfuerzo en nosotros, en nuestra búsqueda? Usted tendrá ocupaciones más importantes, seguramente —intervino Raphael.

—Tengo un socio —respondió Espada—. Para ese socio este asunto es relevante. Además, no tengo nada que perder. Para mí es un asunto de asignarles un guía, brindarles alojamiento a lo largo del viaje, protegerlos, advertirles qué rutas los alejarán del objetivo, cuáles los acercarán. Tenemos un récord bastante exacto de las narraciones y relatos de los que supuestamente han estado allí. La mujer de mi hermano es muy organizada y ése es su pasatiempo: escribir. No es como si fuera a destacar una columna de mi ejército para acompañarlos. Es un asunto sencillo para mí. Pero si prefieren no contar con estos recursos... Es asunto suyo.

—Y, usualmente, esas redes de las que habla ¿a qué se dedican? —indagó Raphael.

Espada sonrió. Había regresado a la silla tras el escritorio y jugaba ahora con dos lápices, enfrentándolos como espadachines.

—Antes las guerras se ganaban o perdían —dijo

Espada—. Ahora es un asunto de continuidad, de conservar lo ganado. Ya no hay ni amigos ni enemigos claramente definidos. La información es primordial. La estrategia es más compleja. Se combate en muchos frentes al mismo tiempo y por razones distintas. Los contendientes de hoy pueden ser los aliados de mañana. «Guerra fluida», lo llamo yo. Requiere de mucha memoria.

—Pero ¿cuál es el propósito ulterior? Usted parece un hombre inteligente. No creerá que la independencia absoluta, la soberanía nacional de antaño que dice anhelar su hermano, sea concebible —continuó Raphael.

—No veo por qué no —respondió Espada—. Usted mismo cree que es posible... ¿Qué otra cosa es Waslala, si es que existe, si no una comunidad soberana, ubicada en un vacío social?

—Pero, técnicamente, Faguas no es siquiera un país ya. Las fronteras están oficialmente eliminadas en toda esta zona.

—Lo que usted dice prueba precisamente mi afirmación —dijo Espada—. Técnicamente quizás estén eliminadas las fronteras, pero no lo están conceptualmente.

—¿Lo que quiere decir es que ustedes luchan por un *concepto*, aunque no tenga ningún asidero concreto? —preguntó Raphael.

—¿Quién fue el que dijo: Dadme una idea y moveré el mundo...? —interrogó Espada.

—Pero ¿qué pasa con los muertos en esta guerra fluida? Usted mismo reconoce que no puede ganarse o perderse. Ésta es una guerra que quizás fue válida en algún tiempo, pero que ahora sólo gira alrededor de sí misma: se autoalimenta, se autoinventa. A la postre, no

se hace más que cumplir un designio autodestructivo...
—intervino Melisandra.

—Es un asunto de fuerza —dijo Espada, levantándose de nuevo, frotándose las manos—, de acumular fuerzas. Tiene usted razón que los conceptos no son suficientes. Se requiere la fuerza. Eso es lo que me hace a mí diferente de otros, de los más idealistas. Yo no soy autodestructivo.

—¿Se refiere a su hermano? —preguntó Melisandra.

—Mi hermano es un Quijote. Ha leído demasiados libros de caballerías. A menudo se engaña creyendo que la realidad es maleable y que puede parecerse a sus sueños. Es un mal nacional. Demasiados poetas en este país. ¿A quiénes si no a los poetas se les ocurrió Waslala? Y la idea prendió. ¿Cómo no va a querer la gente creer en un lugar encantado, sin conflictos ni contradicciones? En un país maldito como éste, es una noción irresistible. Sólo que es mentira. La única verdad posible, la única certeza, es tener poder, ser fuerte para imponer las reglas del juego, para ser el principal jugador. «En río revuelto, ganancia de pescadores.» Creo que con ustedes no necesito andar con remilgos.

—Tengo un interés particular —dijo Raphael—. Se habla de algunos recursos que se manejan en países como Faguas, precisamente por esta fluidez de los marcos estructurales. Me refiero a ciertos experimentos: en los últimos años, nuestros países han sido inundados por una droga mutante, la filina, que se afirma se produce aquí, pero también se habla de tráfico de órganos humanos, pruebas con virus letales. ¿Qué me puede decir sobre eso?

Antonio Espada sonrió. Maclovio no andaba errado.

—Ya me parecía a mí que sólo por Waslala no lo habrían enviado a usted hasta aquí. ¿A quién le importa la posibilidad de una utopía? Lo macabro da para noticias más jugosas.

—Mi editor es un hombre sensible. Pinta en sus ratos libres —dijo Raphael—. El interés por esto que le pregunto es personal. Me he aficionado a los reportajes sobre los ritos, cultos y negocios de las pandillas urbanas. Circulan muchos rumores entre ellos.

—No le voy a decir, como podría hacerlo mi hermano, que todo eso es una fabricación enemiga. Conocemos la filina. Se cultiva aquí. No sabemos dónde pero ocasionalmente hemos intentado ejercer cierto control sobre su tráfico. Sobre virus y órganos no sabría decirle. Faguas no tiene condiciones para ese tipo de industria. Recursos, sí. Sobraría quien vendiera el hígado de un contrincante o sus propios riñones pero la logística es complicada. Hace mucho que no vemos ni siquiera un avión. El aeropuerto está lleno de maleza. El mar está menos controlado que el espacio aéreo, por eso lo de la filina es más factible, pero lo tendrá que averiguar en su viaje a Waslala. Pregunte. Preguntando se llega a Roma —sonrió Espada—. Yo me encargo de otras cosas.

Melisandra siguió el intercambio con curiosidad. Ya no podía pensar que la insistencia de Raphael sobre las drogas era casual. ¿Sería el verdadero propósito de su viaje? Hablaba con los apostadores en el parque, con los muchachos de Engracia, examinaba arbustos. Tendría que cerciorarse de que su interés por esto era secundario. No quería interferencias que la desviaran de Waslala o los pusieran en peligro. Ahora mismo, la conversación se desviaba y era peligroso que los Espada se sintieran amenazados. Era improbable que Raphael tuviera una idea clara de con quién trataba. El comportamiento de los Espada no delataba las negras historias tejidas alrededor de ellos. Sería mejor que se marcharan. Además, se hacía tarde. Morris los estaría esperando.

—Perdónenme si los interrumpo —intervino Melisandra— pero nosotros debemos irnos.

Raphael miró su reloj y no tuvo más que asentir.

—Todavía no hemos acordado nada sobre el viaje —dijo Espada, encendiendo otro cigarrillo, como si tuviera todo el tiempo del mundo.

—Muchas gracias, pero preferimos hacer esto solos —dijo ella—. Venimos a hablar con usted por curiosidad.

Raphael sonrió, pretendiendo limpiarse una pelusa del pantalón para que Antonio Espada no viera cuánto le complacía la temeridad de Melisandra.

Cuando salieron de la oficina de Espada, Maclovio ya no estaba. El guarda les dijo que podían regresar por donde habían llegado. Nadie los molestaría. Les condujo, a través de corredores húmedos, hasta el arco donde empezaba el camino. A esa hora, el paisaje desde lo alto de la colina estaba teñido por la luz amarillenta del incipiente crepúsculo. Desde allí, Cineria parecía cualquier ciudad placentera y ensimismada. A lo lejos se veía la torre de la catedral con el campanario blanco recortado sobre la cadena de montañas que se alzaba desde el lago. Faguas era un país de volcanes. Erizado como un arisco animal de mar, lleno de espinas. La gente tenía que acomodarse en las planicies, sobre las faldas de los cerros, vivir sobre el magma que corría ardiente en el subsuelo. Algo de ese calor, de esa combustión se albergaba en sus habitantes, pensó Melisandra, recordando los ojos de Antonio Espada, fijos, penetrantes. Era sin duda más de temer que Damián y, sin embargo, lo prefería. Quizás el hecho de que fuera tan enclenque permitía que uno se congraciara con él.

—Melisandra, tenemos que hablar —dijo Raphael interrumpiendo el silencio que llevaban cuesta abajo.

—Me leíste el pensamiento. Yo también quería hablarte.

—¿De qué? A ver si coincidimos.

—A ver... te concedo el turno.

—Aceptar la oferta de los Espada no cambiará nada. Aquí no hay temas morales ni causas en disputa. Es el *modus vivendi* —dijo Raphael.

—No estoy de acuerdo. Eso es lo que quisieran hacerte creer. Son malévolos.

—Vamos a ver si nos entendemos —dijo Raphael, saltando sobre una piedra en medio de la vereda—, las guerras existen desde antes de que vos y ellos tuvieran memoria. Todos saben que las justificaciones son vagas, que de lo que se trata es de acumular poder por el poder mismo. La ley del más fuerte.

—Son guerras sin propósito —dijo Melisandra.

—No necesariamente. Lo que pasa es que el propósito escapa a la nación, al colectivo. Son guerras individuales por el poder: individuos poderosos contra otros individuos poderosos. Guerras feudales, de clanes, de familias, de tribus, sin ningún concepto de nación.

—Al no haber causa, ni concepto de nación, no hay reglas. A eso es a lo que querés llegar, ¿no? Pues estás equivocado. Aun en el desorden, existe cierto orden, límites al menos, respeto a ciertos principios. De ninguna manera nos podemos aliar con ellos.

—No voy a insistir. Sé que Engracia te inspira más confianza. A mí también, sin duda, pero la situación es clara: no hay santos ni villanos. Es cuestión de analizar qué nos conviene más.

—Tal vez a vos te convenga acercarte a los Espada para tu otro reportaje. No es mi caso. Están preocupados. Por las razones que sean hay expectativas sobre mi viaje. Se piensa que por ser nieta de mi abuelo, por lo de mis padres, mis chances de encontrar Waslala son mayores. Vos y yo tenemos un compromiso. No sé si tu verdadero propósito al venir aquí era encontrar Waslala, pero ahora no podemos desviarnos. Si seguís insistiendo sobre la filina, nos meterás en problemas a ambos.

—Digamos que ambos reportajes son compatibles.

—Quizás sí, quizás no. Digamos que para mí la prioridad es Waslala. Si es necesario podemos separarnos aquí mismo.

—De ninguna manera —dijo Raphael—. Soy un hombre de palabra.

—Sos periodista —dijo Melisandra.

—Tenés que entender que venir aquí no fue fácil para mí —dijo Raphael, deteniéndose—. No es censurable que haga varios reportajes. Después de todo es improbable que me envíen de nuevo a Faguas... Creeme, Melisandra, que en ningún momento pondría en peligro tu viaje.

Llegaron al pavimento y se internaron en las calles de Cineria. Esta vez, al traspasar los retenes, se sintieron reconocidos. Muchas personas, como ella indicara, sabían del viaje a Waslala. En varios sitios los detuvieron brevemente para hacerles preguntas y ofrecerles consejo. Que no llevaran mucha carga, dijo uno, nunca se había oído que alguien con mucho equipaje llegara a Waslala; los que llegaban lo hacían accidentalmente, sin estar preparados, sin premeditación. Que le pusieran atención al viento, dijo otro. Se decía que en Waslala el viento cambiaba de forma. En uno de los retenes, los esperaba una anciana con una vieja fotografía de su marido. Alguien lo había visto en Waslala. Quería que le dijeran que ella estaba viva, que lo estaba esperando para morirse. Raphael no perdía oportunidad de hacer preguntas sobre los Espada, los comunitaristas, los lados del conflicto. No obtuvo más que frases respetuosas sobre unos y otros, sin abierta afiliación o especial lealtad a ninguno. Retazos indiscriminados de las ideas de Damián Espada y de Engracia se confundían en una enrevesada maraña de justificaciones bélicas. Identificaban a los Espada con el nacionalismo y a Engracia con la noción de formar una comunidad abierta al mundo.

—¿Te das cuenta? —le decía Raphael a Melisandra—. Nadie está con nadie y todos están con todos. Las enemistades o lealtades dependen de cómo piensan obtener un balance entre las relaciones con uno u otro lado.

Melisandra se quedó callada. Para ella lo más importante era comprobar que por razones ajenas a la lógica, cada quien pensaba que sólo el descubrimiento de Waslala redimiría a Faguas de su maldición bélica y les permitiría dedicar su heroísmo a una causa honorable. Waslala era considerada el último reducto del orden, lo único que podría devolverle a Faguas la perspectiva de una manera alternativa de vivir. O quizás, como pensara Joaquín, era tan sólo el recurso colectivo final agotadas todas las otras ilusiones. Era un juego de espejismos del que nadie en Faguas escapaba. Y ella era parte de ese juego. Siempre lo había sido. Lo hubiera sido aun sin proponérselo.

CAPÍTULO 24

Habían acordado encontrarse con Morris en el hotel. Cuando entraron al vestíbulo ya estaba encendido el candelabro de cristal que daba al lugar el aire de un distraído siglo diecinueve que acampado allí rehusara marcharse. Viejos sillones de forros raídos pero con las maderas aceitadas y brillantes se asentaban en las esquinas confiriendo al vestíbulo el aliento de una dignidad perdida hacía mucho. Brillaba también la madera del mueble de la recepción detrás del cual una mujer en las postrimerías de su juventud aparentaba ocuparse de numerosos oficios administrativos. Raphael y Melisandra experimentaron al unísono la compulsión de moverse de puntillas, la mujer, sin embargo, los presintió antes de que ellos hicieran ningún ruido y les ofreció una cortés frase de bienvenida.

Raphael dejó que Melisandra se encargara de indagar por el paradero de Morris y se entregó a la contemplación del lugar, donde lo colonial y lo art-déco convivían con la misma desenfadada realidad con que se codeaban alegremente Cineria y todos sus habitantes. Pasó la mano por el lustroso escritorio bajo la lámpara, atraído por su exótica pulcritud. Chasqueó los dedos. Todo allí lucía brillante: los viejos ceniceros de plata, los espejos, los vidrios de los ventanales por donde se veían los enmarañados árboles del parque.

La conserje había abandonado su lugar tras la recepción y al verla salir Raphael notó la nitidez de su atuendo, la falda y chaqueta negra, las medias de nylon, los zapatos de tacón. Durante el viaje por el río, Hermann le habló varias horas sobre Jaime y el hotel, como uno de los fenómenos que ilustraban la capacidad de la gente de Cineria para crearse un tiempo que se movía en sentido inverso al del resto del mundo. Jaime se había propuesto hacer que los huéspedes del hotel pensaran que se encontraban en un pasado predecible y galante. El personal se comportaba con tal dignidad y propiedad, las habitaciones, los manteles, los muebles eran tan pulcros, que al poco tiempo el huésped empezaba a preguntarse si las anomalías de la realidad fuera de aquel recinto eran producto de su imaginación. Cualquiera fuera su nivel de confusión, al final no le quedaba más que reconocer que la dignidad profesional podía existir aun en las peores circunstancias. Había visto llorar, le dijo Hermann, a varios contrabandistas de los más duros, conmovidos por aquella rara especie de heroísmo. Él mismo, en cada uno de sus viajes, rendía homenaje a Jaime proveyéndole de libreas y atuendos para su oficio o llevándole libros raros para adornar su ya profusa colección de memorias y biografías de mayordomos de otrora.

La conserje apareció al poco rato y les indicó que pasaran a una oficina detrás de la recepción. Allí estaba Morris acompañado por Jaime. Raphael se sorprendió al ver que su rostro era, efectivamente, el de uno de esos personajes míticos. Su porte era reservado y respetuoso, sus ojos bondadosos denotaban el hábito de saber observar y adivinar los deseos ajenos, sus labios estrechos revelaban la ausencia de pasiones propia del oficio de la discreción y sus manos bien cuidadas y finas daban al conjunto un aire que lo invitaba a uno a ser digno huésped de alguien tan empeñado en hacer un arte de las atenciones que procuraba sin un ápice de servilismo. Viendo a su alrededor, Raphael se preguntó dónde habría adquirido este hombre la noción de que el servicio podía ser llevado a la categoría de arte. Jaime les ofreció asiento y les brindó una hospitalidad sin esfuerzo, haciéndoles servir una merienda consistente en café, pastelería y pequeños emparedados de pepino.

La oficina era sobria y pulcra. Una de las paredes altas estaba revestida de estantes en los que se veían los libros a los que se refiriera Hermann. Otra de las paredes lucía una vasta colección de fotografías en las que se documentaba la remodelación de la vieja casona, la inauguración del hotel y algunos de sus huéspedes ilustres, entre los que sobresalía Gerard Shummer, el primer hombre que pisó Marte y que luego, en misión de buena voluntad del propio presidente de los Estados Unidos, viajó por las principales regiones olvidadas del mundo, hablando sobre las maravillas del cosmos. Jaime expresó sus respetos por el linaje de la familia de Melisandra. Recordaba aún a doña María cuando era joven, dijo. Ella se aburría en compañía de sus parientes y se pasaba las fiestas departiendo con el servicio, probando de primera los bocadillos que salían de la cocina.

Era una gran dama, dijo, a pesar de que nunca quiso que la confundieran con una y siempre hizo lo posible por no parecerlo. Lo cierto era, añadió, que, en tiempos de la abuela de Melisandra, muchos en Cineria aparentaban ser lo que no eran y él mismo terminó por cansarse de querer servir bien a quienes no podían distinguir un tenedor de pescado de uno de ensalada. Por eso se esforzó hasta que la vida le permitió comprar la casona en la que pudo al fin demostrar la excelencia de su profesión. Ni la ignorancia provinciana ni la necesidad de un salario doblegaron su determinación de hacer honor a las estrictas normas de su oficio.

Jaime era muy formal. Su aire de ceremonia bien podía atribuirse a algún desvarío de la mente, obligada a buscar inusuales cauces para su afán de perfección. Sin embargo había en su obsesión una inequívoca nobleza de espíritu, una instintiva sabiduría, la conciencia de que algún elemento de redención universal encerraba el hecho de que una persona encontrara sentido y dignidad en hacer bien su trabajo por muy insignificante que éste pudiera parecerle a otros. El hotelero les relató historias contadas por huéspedes del hotel que afirmaban haber estado en Waslala. No eran muchos, dijo, quizás tres o cuatro extranjeros que nunca volvió a ver por allí, pero todos ellos decían haber sido transformados por la experiencia y hablaban de aquel lugar en el Norte del país al que habían llegado por accidente y que se les esfumara misteriosamente durante el sueño.

Mientras Jaime hablaba, Morris miraba constantemente el reloj incrustado en su brazo metálico sin poder disimular la impaciencia por regresar donde Engracia. Se había pasado la tarde donde un relojero de su confianza utilizando sus finas herramientas para calibrar sus instrumentos y poder evaluar adecuadamente el cargamento que a esa hora ya los muchachos debían estar descargando en el muelle. La llegada de Melisandra y Raphael prolongaba más de lo previsto lo que él planeara como una corta visita. La noche se avecinaba rápida y él tenía una larga jornada por delante. Sin embargo le daba pena interrumpir el coloquio. Sabía de la fascinación que Jaime y su entorno eran capaces de producir. En el contexto caótico de la ciudad, el hotel no sólo era una isla de orden y eficiencia, sino la reliquia de un tiempo ido y olvidado. Jaime era un personaje curioso. A pesar del tiempo que tenía de conocerlo, era incapaz de saber a ciencia cierta si el hotelero había encontrado una suerte de cordura en la locura, o si era la absoluta coherencia de su locura la que creaba la ilusión de cordura. No lograba decidir si el mundo que Jaime había creado sería su salvación o su ruina. Optó por guardar silencio otros quince minutos, al cabo de los cuales se levantó e indicó a Melisandra y Raphael que era hora de marcharse.

Salieron del hotel cuando caía la noche. Un viento templado soplaba del lago acrecentando la humedad del clima. Melisandra se apretó la blusa cruzando las manos sobre el pecho y se acurrucó contra la carrocería del jeep buscando cómo protegerse de la brisa en el vehículo descapotado. Raphael viajaba en el asiento delantero con Morris. Vistas por detrás, las cabezas de ambos parecían los extraños bulbos de alguna flor exótica. Conversaban sobre los Espada, pero el viento se llevaba sus palabras y ella apenas alcanzaba a escuchar alguna sílaba deslizándose veloz por su lado cuando el ángulo del camino hacía que el sonido viajara en su dirección. Podría haberse inclinado hacia delante pero no lo hizo. Prefirió apoyar la nuca en el helado metal que sobresalía del tapizado de los asientos y mirar al cielo ya oscuro. Joaquín tendría un enfoque muy distinto al de Raphael sobre los Espada. Para él sólo había dos clases de gente y los Espada pertenecían a la categoría opuesta a la suya. Era una maniqueísmo simple pero efectivo. Con Raphael nada era tan sencillo y quizás era esto lo que la atraía de él: su deseo de comprender las motivaciones ocultas de las personas sin juzgarlas por las apariencias, sin situarlas inmediatamente de un lado o del otro. Para él, el bien y el mal eran componentes intrínsecos de todo y todos. Claro que esa visión del mundo podría terminar convirtiéndolo en observador e impedir que se entregara a nada. Esa posición acarreaba el riesgo de la parálisis, del escepticismo. Él no podía contar con la fuerza que emanaba cuando se procedía de acuerdo a ciertos principios.

Se sintió mal, nerviosa, repentinamente amedrentada, con ganas de cerrar los ojos y despertar en un lugar seguro. Años más tarde en su vida, reconocería ese estado de ánimo como una premonición. El vehículo transpuso la cancela de hierro de la entrada del colegio. Antes de llegar, Morris se detuvo para mirar abajo, hacia el muelle iluminado por las lámparas de estadio. La barcaza se balanceaba en el agua mientras un nutrido grupo de muchachos descargaba los contenedores. El edificio en cambio estaba en tinieblas, en silencio. Un contraste extraño, pensó Melisandra al entrar. Esperaba encontrar al interior una escena similar a la del muelle y no la incongruencia de las luces apagadas, el sopor que envolvía los corredores por los que se adentraron escuchando el hueco resonar de sus pasos camino a las habitaciones de Engracia.

Morris avanzó primero, con urgencia, mirando a su alrededor con la evidente expectativa de explicarse lo que también le resultaba extraño. Cuando llegaron a los aposentos de Engracia, los tres iban ya corriendo sin otra razón para hacerlo que el inusitado silencio.

Morris encendió las luces y caminó entre los muebles. Despierto súbitamente, el loro empezó a volar torpemente por la habitación graznando y batiendo las alas que Engracia le había recortado para que no se escapara.

Melisandra se acercó instintivamente a Raphael y volvió a cruzar los brazos sobre el pecho sin atinar a hacer otra cosa. Esperaron a que Morris terminara de andar por las habitaciones. Regresó diciendo que no daba con Engracia. Definitivamente, algo raro sucedía.

—Creo que nos estamos alarmando demasiado —dijo Raphael—. No hay señales de violencia y si algo hubiera sucedido, los del muelle se habrían dado cuenta. Seguramente, Engracia y los muchachos andan por aquí. No tendríamos que oírlos necesariamente, este lugar es muy grande —añadió, como convenciéndose a sí mismo. Salió al corredor y se asomó a los patios para ver si divisaba algo en la oscuridad.

Melisandra fue la primera en ver las luces desde la ventana de la habitación.

—Morris, Morris —llamó—. Vení a ver esto.

Era difícil saber de qué se trataba. Al fondo del patio, cerca del incinerador, algo resplandecía: objetos brillantes, pequeños, redondos, se movían emitiendo una luz azulada, irreconocible.

—¡Dios mío! —exclamó Morris—. ¿Qué diablos es eso?

Una repentina ráfaga de viento les trajo el sonido de risas. Raphael, que había bajado corriendo al patio, los llamó en ese instante. Descendieron por las escaleras presurosos.

—Creo que están allá —dijo Raphael—. Allá donde se ve esa luz. Oí voces. Creo que escuché a Engracia.

Morris activó la luz de su brazo metálico y los tres empezaron a caminar entre los desechos y la chatarra hacia el incinerador.

No quería pensar lo que estaba pensando, se dijo Morris. No lo pensaría. Era imposible. Rodeó el volumen cuadrado de un frigorífico industrial alrededor del cual se amontonaban esqueletos de refrigeradores. Tuvo cuidado de no tropezarse con motores herrumbrados. Extendió su brazo para alertar a Melisandra, cuya respiración acelerada escuchaba muy cerca. El viento mecía las palmeras haciendo chasquear sus hojas. Otra vez escuchó las risas. El cielo estaba nublado. Una flaca media luna, como una ceja arqueada o como el nítido trazo de la letra de un alfabeto desconocido, se recortaba momentáneamente en la oscuridad sólo para ocultarse tras amontonamientos de nubes que el viento hacía rodar como largos ovillos sobre su cabeza. No quería pensar lo que estaba pensando. Tenía que estar equivocado. Le dolía la boca del estómago. La posibilidad de que fuera cierto lo que pensaba, lo que no quería pensar, le desató el fluir de los ácidos gástricos. Se concentraba en no tropezarse. Era difícil. Aun a pleno sol apenas se podía caminar por el patio. Tubos oxidados, varillas, láminas de aluminio aquí y allá. Se lo dijo a Engracia muchas veces. Un día de estos habría que traer más gente y limpiar. Era peligroso. Se preguntó si los muchachos se pondrían las máscaras o trajes que les dio. Melisandra no decía nada. Morris miró hacia atrás y vio que ella y Raphael avanzaban a corta distancia. Los apuró. La iluminación del brazo no era suficiente para los tres y él no podía detenerse y alumbrar hacia atrás. Estaban por llegar. Las voces, las risas, eran más claras ahora. La silueta del incinerador empezaba a ocultar las palmeras del fondo. Se oía el chasquido del viento lanzando las palmas como espadas unas contra otras.

Creyó verla. Creyó ver el rostro brillante sobresaliendo, destacándose sobre los demás. Estaban reunidos en un círculo alrededor de un resplandor fosforescente. Hombres y mujeres iluminados. Muchachos. Sus manos, sus caras resplandecían azuladas. Alguien se inclinaba y sacaba los brazos espolvoreados de luz del recipiente de metal al centro. No quería pensar lo que estaba pensando, se dijo Morris, sólo que a esa distancia, ya casi llegando, no podía dejar de hacerlo.

Emergió de las sombras, los vio resplandecer, se acercó al recipiente, un cilindro de metal macizo, y mientras los demás caían en el silencio de los descubiertos niños traviesos, hundió el brazo metálico en el polvo fosforescente.

Engracia se aproximó a él. Se había pintado más que nadie. Hasta la capa exterior del pelo le brillaba. Los dientes. Parecía una Medusa mítica. Le dijo que no les llegara a aguar la fiesta con esa cara fúnebre, era nada más pintura fosforescente, le dijo. Solamente se estaban divirtiendo un rato, añadió.

Morris sacó el brazo metálico y echó una mirada a los indicadores del panel de instrumentos. Luego se volvió hacia Engracia y la abofeteó. La cara de ella giró a un lado y al otro. Una. Dos. Tres. Cuatro veces. Los muchachos se tiraron encima de él. Golpeó a uno de ellos. Escuchó el sonido de los huesos del joven al caer pesadamente al suelo. Raphael, Josué, y los demás se abalanzaron para contenerlo. Las partículas de luz estaban ahora en su camisa, en sus zapatos. Engracia no había emitido ningún sonido. Ya lo habría adivinado, pensó Morris, súbitamente exhausto, dejándose caer al suelo indicando con sus gestos que ya no era necesario contenerlo, metiendo la cara entre las manos, desplomado, solo, en medio del círculo de rostros, brazos, manos fosforescentes, voces que aún lo llamaban profesor, que demandaban que explicara qué le pasaba al profesor, por qué había hecho eso si ellos sólo se estaban divirtiendo, una diversión inocente. Creían que se había vuelto loco, pensó Morris. Por eso no lo agredían. La misma Engracia se le estaba acercando ahora. Por primera vez desde que la conociera pudo ver el halo de soledad que la rodeaba como un muro a la vez translúcido y sólido.

Los miró compungido, avergonzado de su propia reacción. La rabia le subía y bajaba en oleadas por el cuerpo dándole la sensación de un péndulo descontrolado que se balanceara en su pecho. Se lo había dicho, pensó. Tantas veces se lo había dicho.

El grupo lo miraba expectante, amedrentado. Un pesado cansancio invadió a Morris súbitamente. No quería llorar pero empezó a hacerlo roncamente. «Creerán que estoy loco», se dijo. Extendió la mano para tocar a Engracia, la Medusa.

—Siento mucho —dijo al fin—. Les pido disculpas por haberme violentado, pero les dije tantas veces que tuvieran cuidado. Se lo dije precisamente para evitar un accidente como éste. Ese polvo brillante que tanto les ha divertido es cesio 137. Es un isótopo radioactivo. La dosis letal varía entre 500 y 600 rems. Calculo que cada uno de ustedes debe haber recibido al menos eso. Se van a poner muy enfermos. En unas cuantas horas sufrirán de vómitos, fiebre, dolor de cabeza, quemaduras, la piel les arderá. Perderán fluido y electrólitos en los espacios intercelulares, sufrirán de daños a la médula espinal, se les caerá el pelo... ¡Qué estupidez, Dios mío, qué estupidez!

A medida que hablaba perdía la compostura. Se levantó poseído otra vez por la rabia, los puños cerrados. De nuevo hundió el brazo metálico en el cilindro. Nadie decía nada. Josué, que no se había untado el polvo, estaba sentado sobre una máquina de lavar y se miraba atentamente las uñas. Engracia daba vueltas alrededor del círculo. Los muchachos continuaban en el suelo. Morris sacó el brazo y miró los instrumentos.

—Nadie sobrevive a una dosis como ésta —dijo—. Habrá que ponerles electrólitos por vía intravenosa.

—¿Cuánto tiempo? —preguntó Engracia.

—Una, dos semanas —dijo Morris—. Con suerte, dos semanas... ¿De dónde sacaron ese polvo?

—Quebramos el cilindro que rescatamos de aquella máquina —señaló un muchacho indicando una esquina del patio.

Morris no necesitó acercarse para identificarla. Era una de las máquinas que se habían utilizado para irradiar enfermos de cáncer antes de que la recién descubierta terapia genética permitiera aislar y neutralizar el gen en los recién nacidos.

Raphael se salió del círculo. Tomó a Melisandra del brazo y la hizo a un lado. Morris volvió a sentarse en el suelo. Sollozó con la cara sobre el brazo. Los demás lo oían llorar en silencio. Engracia hizo el ademán de acercarse pero se miró las manos enormes, resplandecientes, y se detuvo. «Pobrecita», pensó Morris, levantando el rostro. La furia lo había abandonado. Se puso de pie, le extendió los brazos. Ella lo trató de esquivar. Se contaminaría también, dijo. Sería mejor que no la tocara. Él parecio no escucharla. Con el brazo metálico la atrajo hacia él, la abrazó, la sostuvo contra sí. Le besó el rostro premeditadamente, cada beso transfería a sus labios puntos de luz. Un agujero perforaba la noche, pensó Melisandra, y ellos habitaban por un instante ese espacio de claridad donde la textura del aire nocturno se desgarraba poblado por enormes luciérnagas. Se veían tan hermosos. Engracia semejaba una Diosa antigua, terrible y magnánima, recién llegada de un viaje astral. Los muchachos tenían la magnificencia y levedad de efebos andróginos salidos de la selva sagrada. Cada movimiento del grupo fluía, ondulaba, se movía ingrávido sobre la pasta densa de la noche negando la oscuridad en el preciso acto de afirmarla. Era difícil imaginar que algo tan bello fuera mortal, que la muerte se agazapara en tonos iridiscentes jamás imaginados, en los rostros sobrenaturales, angélicos, que la luz había hecho emerger al alumbrarles los huesos, los cartílagos, las órbitas, como un faro encendido en la misma sangre, en la atmósfera interior de cada cuerpo. Quizás la belleza los atontó, pensó Melisandra. No pensaron en las consecuencias. Se dejaron llevar por la luz, por el efecto deslumbrante del polvo sobre la piel transfigurándolos en criaturas míticas. Y quién podía culparlos, pensó Raphael. Quién podía reprochar a estos habitantes del desecho, la chatarra y la basura, que al encontrarse de sopetón con la esencia del resplandor, quisieron poseerlo como hubiera hecho cualquier alquimista o mago, sobrecogido por la necesidad de transmutarse, de olvidarse por un rato de la opaca, imperfecta condición humana.

En el centro del círculo, Morris y Engracia continuaban abrazados moviéndose lentamente en una especie de danza ritual del silencio. De pronto, ella se soltó y se volvió a los demás.

—Hay que cantar —los retó, dando palmadas con las manos como para romper el trance en que habían caído—. La mejor manera de desintoxicarse es cantar. Josué, trae tu guitarra.

Morris se acercó al contenedor metálico. Miró el fulgor fijamente y antes de que nadie pudiera intervenir, se inclinó sobre el contenedor y con movimientos rápidos y definitivos, como minero eufórico que se topara con oro en polvo, se pintó de luz la cara, el brazo sano, el pelo y el pecho.

Toda la noche se escucharon los cantos desde el patio. Toda la noche hicieron el amor Raphael y Melisandra, como si al hacerlo se protegieran de un maleficio. Empezaron llorando como niños. Ella reclamándole, golpeándole el pecho, rabiosa, y terminaron mordiéndose como fieras adoloridas que quisieran confirmar su bestial vitalidad a través del dolor. Entre una y otra cosa se colmaron de ternura. Él se agarró del cuerpo femenino buscando en él a su madre, dejándose amamantar y acurrucar, dejando que ella lo protegiera, olvidándose de la piel, olvidándose de genitales, roces y orgasmos, simplemente dejándose estar en otro cuerpo para sentirse menos solo, acompañado. Ella, primitiva y poderosa, sintió de golpe que el principio femenino de su cuerpo saltaba a la superficie con su carga de alimento y refugio, haciendo desaparecer de golpe las maldiciones de la civilización y sumiéndolos en las bienaventuranzas del instinto y lo primitivo. Le dio de beber y comer, se miró en sus ojos y a través de ellos vio también a sus padres amándose. Incestuosa, evocó las caricias que ellos jamás le dieran y disfrutó el efecto de sus redondeces sobre los ángulos y aristas del cuerpo masculino.

Nunca se sintió tan porosa, tan abierta a otro ser humano. Comprendió entonces por qué el amor podía salvar y por qué se lo temía.

En el patio, Morris seguía cantando. Su voz se alzaba sobre las otras con el tono exaltado, profundo, de himnos ancestrales y memorias colectivas, como si su garganta estuviese poblada de fantasmas. Melisandra cerró los ojos y volvió a verlo embadurnado del polvo brillante. Recordó los ojos de Engracia posados sobre él como dos cucharas redondas, acunándolo, cuando él se echó a bailar una danza tribal para invocar la lluvia haciendo música con una hoja de aluminio. La lluvia nunca llegó, a pesar de los relámpagos incandescentes a lo lejos, sobre el lago. Luego oyeron a Morris entonar una canción bella y consoladora, cuyas notas flotaron entre la mugre, la chatarra, el polvo resplandeciente, imponiendo el silencio del recogimiento, del llanto: *Amazing grace / how sweet the sound / that saved a wretched man like me / I once was lost / but now I'm found / I once was blind / but now I see.*

(Hermoso es el sonido de la gracia, que salvó a un hombre desgraciado como yo. Estuve perdido pero he sido hallado. Estuve ciego pero al fin veo.)

Raphael sollozó. Entornó los postigos para seguir escuchando a Morris cantar. Oyó los cantos hasta la madrugada. Parecían cantar para conmover a la muerte. Melisandra se sintió sola. Tapó con las cobijas a Raphael y se cubrió también. Amanecería pronto. Pero esa noche larga era tan sólo el principio.

Escucharon el regreso de los que estaban en el muelle, Morris no dejó que nadie más tocara el polvo brillante. Sin explicarles nada aún, los mandó a acostarse.

Raphael habló de cuando regresara a su país.

—Tu país... —murmuró Melisandra—. Si estas cosas suceden, me pregunto para qué ha servido el desarrollo.

CAPÍTULO 25

¿Cuánto tiempo les quedaría?, pensó Morris, poniéndose una almohada sobre la cara. La luz del amanecer dispersó la reunión en el patio. Estaba exhausto.
La garganta le dolía y apenas si podía hablar. Quizás era
mejor. No sabría qué decir. Creía haberlo dicho todo
cantando, cantándole a la vida, a la muerte, al gozo y la
tristeza. Lo malo era que ahora le tocaría ser explícito.
No hablar por señas, mediante símbolos, sino nombrar
a la muerte por su nombre, calcularle plazos a la vida,
compartir la condena mortal con Engracia y cada uno
de los muchachos. Todavía le parecía increíble lo sucedido. Tener no sólo que documentar sus peores temores
sino vivirlos en carne propia. ¿Por qué no lo escucharían?, se agitó, mirando a Engracia dormida a su lado,
sintiendo otra vez la espuma de la rabia y la impotencia
alzándosele dentro. Era inútil enfurecerse, se dijo, conteniendo las ganas de zarandear a Engracia. Se lo dijo
tantas veces: cualquier día, si no eran cuidadosos, se en-
contrarían con una sustancia letal, la manipularían sin
darse cuenta. Por eso los trajes, las máscaras, los guantes. Empeño inútil. La ignorancia era una de las cosas

más difíciles de traspasar, sobre todo si, como sucedía con Engracia, se la consideraba una virtud y no un defecto. Tal vez él mismo era responsable de esto. Él con sus diatribas contra los demonios de la civilización. Su mismo amor por ese lugar olvidado de Dios, por ella y su manera de ser elemental, primaria, verdadera. ¡Qué ironía!, se dijo, morir así. Y, sin embargo, algo de justicia poética había en ello. Su muerte conmovería a la comunidad científica, podría convertirse incluso en un hecho noticioso, adquirir un cariz político. La muerte, pensó. El resplandor del amanecer empezaba a deslizarse sobre la noche, alguien en alguna parte vaciaba litros de quitamanchas sobre la tinta negra. La muerte se le hacía inmensamente larga. En las noticias, sin embargo, su muerte podría ser relatada a lo sumo en unos minutos. Toda su vida sería reducida a su nombre, a una circunstancia. Las familias lo escucharían comiendo, hablando sobre el día, mirando la pantalla. Sintió un escalofrío y náusea. Miedo. Terror. ¿Cómo sería?, pensó. Cuánto tiempo antes de que todo se tornara oscuro, antes de que el último pensamiento se desvaneciera. No temía el cuerpo, sino la conciencia. Siempre tuvo dificultad para convencerse de que la conciencia se detenía, como reloj sin cuerda, a una hora determinada. *«Oh, God, let it stop!»*, rogó. Se pasó la mano por el estómago tratando de aliviar el espasmo, el dolor. Se miró la mano luminosa. Sintió rabia otra vez, ganas de llorar. Ninguna vida valía mucho, pensó, vista en el contexto mundial. Los seres humanos estaban acostumbrados a ver morir. A nadie le espantaba demasiado la muerte impersonal de un desconocido, de cientos de desconocidos. Mucho menos aún les importaba la muerte de los que habitaban estas regiones. Por eso había sido tan difícil convertir en crimen penable la introducción de sustancias letales en la basura. Con tal de que no se contaminaran los países ricos, mientras sólo afectara a quienes, de todas formas, tenían una muerte prematura en agenda, era un mal menor. Qué más daba que murieran de una u otra forma. El mundo «civilizado» no podía admitirlo, por supuesto, pero eso era lo que subyacía en sus razonamientos.

Qué tontería que le diera por pensar en las repercusiones de su muerte. Y sin embargo era tan natural el morbo de imaginarse el propio funeral, sobre todo si uno sabía que pronto iba a morir. Se imaginaba qué dirían los amigos, los enemigos.

El loro caminaba sobre el suelo arrastrando sus patas, las garras largas haciendo un ruido plástico sobre el suelo. Todos los días despertaba a Engracia picoteándole suavemente la cabeza. Ella se dejaba acariciar un buen rato. Morris lo vio acercarse. Vio sus ojos de pájaro. ¿Para qué evitar que se envenenara también?, pensó, diciéndose que no haría nada por impedir que picoteara la cabeza brillante de su dueña. Pero no fue capaz. Al final extendió el brazo metálico, levantó al loro del suelo. Lo llevó al extremo de la habitación, lejos de Engracia.

Después se sentó frente a su comunicador y empezó a marcar números.

En el ala opuesta del edificio, Raphael despertó de súbito, asustado. Melisandra dormía a su lado un sueño inquieto. Raphael hundió su cara entre las manos. ¡Qué tragedia!, pensó, ¡qué tragedia más horrorosa! Y ellos haciendo el amor toda la noche. En alguna parte leyó que el instinto sexual se avivaba en las catástrofes. El instinto de supervivencia hacía privar el cerebro límbico. La piel se calentaba. El corazón bombeaba sangre desaforado, palpitando fuerte, diciendo aquí estoy, aquí estoy. Pronto sería de día. En situaciones similares él se tornaba operativo. Mientras los demás se abandonaban a la emoción, él se hacía cargo. Así fue con Lucho. Organizó el funeral del niño. Se encargó de la familia. Así lavó sus culpas. La familia terminó queriéndolo. Habría que enterrar el recipiente con el polvo radiactivo, pensó. Enterrarlo lo antes posible, cercar el área. Morris sabría qué podía esperarse en términos de síntomas físicos y qué hacer para mitigar el dolor. El ADN mutaría, le había dicho. Las células se enloquecerían. Sería rápido. Tendría que filmarlo, se dijo, recuperar la perspectiva, hacer su trabajo, cubrir la noticia. Volar sobre la tragedia como los buitres. Caer sobre la carroña. Odió su profesión.

Se levantó y se asomó por la ventana. Amanecía sobre la chatarra, las moles de llantas, los marcos de ventana, los cadáveres de refrigeradores, las cocinas, el aluminio, el incinerador, las palmeras que recuperaban el verde engullido por la noche. La mirada de Raphael flotó sobre el patio poblado de objetos inanimados, el cementerio aquel de cosas que la humanidad creaba y descartaba sin pensarlo dos veces. Imaginó las vidas de las que aquellos objetos habrían formado parte, las palabras que habrían rebotado sobre sus superficies frías, silenciosas. Pensó en la rabia de Melisandra, en los que pagarían el precio de lo que se consideraba desarrollo, avance, progreso, riqueza, capacidad adquisitiva para cambiar lo viejo por lo nuevo, lo antiguo por lo moderno. Vidas sacrificadas a la luz, a la energía que movía todo aquello, que dotaba de alma a lo que desde la ventana lucía tan muerto, fundamentalmente inútil después de todo.

CAPÍTULO 26

No había forma de lavarse la piel. Estaba bajo la ducha aplicándose detergente, pero su piel no se desmanchaba. En la oscuridad del baño continuaba brillando. Sentado sobre la tapa del inodoro, Morris la miraba con tristeza, diciéndole que era inútil, que, por favor, por Dios, por todos los santos o todos los demonios, tenía que creerle.

¿Cuántos años tengo?, se preguntó Engracia, hace tiempo perdí la cuenta, se dijo. En algún momento dejó de envejecer, demasiado ocupado su cuerpo en seguir creciendo. «¿Qué edad crees que tengo?», interrogó a Morris, volviéndose a echar detergente en la cabeza. «Nunca me ha preocupado», respondió él, poniendo los pulgares sobre los ojos, apretándolos con un gesto de cansancio. «¡Qué importa, Engracia! ¿Qué importa la edad que tengás?», le decía. Pero claro que importaba, reflexionó ella. Algunas edades eran mejores para morir que otras. Cualquiera fuera su edad había vivido bastante, pensó. Sería quizás suficiente. La vida se las ingeniaba para brindarle una salida honrosa a su descalabrado sistema endocrino, que probablemente le habría reservado una ancianidad de giganta solitaria. Claro que su propia muerte no sería por mucho rato la mayor de sus preocupaciones. Estaba el problema de los muchachos: los sanos y los enfermos, el problema de su negocio, de sus asuntos, pero cada cosa a su tiempo. Por el momento, se dijo, era natural pensar en sí misma, permitirse el espacio para pensar en sí misma, en su propia y personal desaparición del mundo de los vivos. Curiosamente se sentía excitada, como si la noción de una fecha precisa, de un tiempo determinado, la relevara de una angustia prolongada demasiado tiempo. Nunca pensó que le hiciera ilusión la idea de morirse pero no se sentía desesperada ni furiosa. Estaba en calma. Lo mismo experimentaría si se tratara de un viaje largo ante el cual debía dejar su casa en orden. Trató de pasarse un peine por el pelo pero se había tornado duro e inmanejable. Tendría que cortarlo, pensó, y se lo dijo a Morris, que sonrió otra vez, la sonrisa triste reluciendo ahora en el fulgor de su cara negra.

—Por lo menos tenés la sonrisa iluminada —dijo Engracia—. Vieras que bonito el efecto.

No se iba a poner dramática con nadie. Menos aún con Morris. El dramatismo de él era suficiente para los dos, pensó, volviendo a enjabonarse. Muy en el fondo, fondo de su corazón no creía todo lo que él dijera. Quería darle oportunidad al agua de lavar aunque fuera un poco la sustancia pegada a su piel que él comparara momentos antes con un tatuaje. De todas formas el agua sentaba bien después de la noche de desvelo. Bañarse era uno de los placeres de su vida. No quería salir de la ducha. La verdad era que temía enfrentar de nuevo a los muchachos. Ciertamente que la muerte no era gran acontecimiento en Faguas. Nadie esperaba llegar a viejo, ni hacía planes para futuros distantes. Eso es lo que Morris no podía comprender viniendo como venía de una sociedad donde la muerte era una preocupación, donde la gente se ocupaba con toda seriedad y esmero por vivir el mayor tiempo posible. Pero, claro, los muchachos habrían esperado una muerte heroica y quizás ésa sería su misión: proveerlos de un modo de morir digno, no dejar simplemente que la luz los consumiera, les botara las uñas, el pelo, los extinguiera como fuego ardiendo en su propio ardor.

—Vamos a tener que buscarle un modo de morir más adecuado a los muchachos, algo más propio para su edad —dijo, saliendo del baño, enrollándose una toalla sobre el cuerpo, estrujándose el pelo para que escurriera—. En este país, los jóvenes no se mueren en la cama.

No quería que los Espada se dieran cuenta de nada. Habría que mantenerlo en secreto. Menos mal que Josué no estaba contaminado. Conocía toda la operación tan bien como ella. Aunque, claro, los Espada tratarían de cercarlo y sería difícil para él defenderse una vez ella desapareciera.

Morris tenía la mirada ausente. La escuchaba a medias. Ella continuó sus abluciones, lavándose los dientes, amarrándose el pelo con un pañuelo. Advertía que él estaba desmadejado, sin fuerzas, profundamente triste. ¿Tendría tanto amor a la vida?, se preguntó. Se deslizó el calzón por las piernas. No era eso, sin embargo. Sabía de qué se trataba. Luego de su estúpido acto de locura, de embadurnarse para compartir su suerte, ella ni siquiera le agradeció el gesto. Ni siquiera pretendió haberse percatado. Él habría esperado que se le echara en los brazos, quizás, pero a ella solamente le dio rabia. Lo habría podido abofetear, igual que él hizo con ella. Pero prefirió simplemente quedarse callada. Tendría que perdonarlo, se dijo. Aceptar su suicidio como un acto de amor. Pero era absurdo. Pobre Morris, pobre, pobrecito hombre.

No se dio cuenta, se lamentaba Morris. Así es la vida, se dijo. Engracia no se había percatado de su homenaje, de su decisión de autoinmolarse. No es que él lo hiciera para que ella se lo reconociese. Ni siquiera lo pensó demasiado. Le pareció natural hacerlo. Morirse con ella, con los muchachos en cuyas caras constantemente veía la cara del hijo que nunca tuvo. Pero ahora, observándola vestirse, amarrarse el pañuelo en la cabeza, ponerse los calzones, los pantalones de mezclilla, la camisa de cuadros, deseaba su reconocimiento. Si ella no se percataba, su gesto de pronto le parecía inútil, romántico, descabellado y la fosforescencia de su piel, en vez de acercarlos y darles un destino común, no hacía más que perfilar, agudizar, la mutua soledad.

—Estás pensando que yo debería hacer algo... —dijo Engracia, ya en la sala, mientras el café hervía en la estufa—. Mejor deberías decírmelo y no mirarme con esa cara de reclamo.

No era nada, aseguró él. Lo estaba imaginando. Por qué tenía que pensar que sus actitudes se referían a ella, a algo que ella hiciera o dejara de hacer. Cómo quería que tuviera el semblante distinto cuando lo que se les venía encima no era que pudiese tomarse a la ligera.

—Y vos, Morris —dijo Engracia volviéndose de pronto con la cafetera en la mano—. ¿Por qué te untaste vos del polvo ese sabiendo que nos mataría?

Caminó hacia él, dejó la cafetera en la mesa, lo abrazó, lo envolvió dulcemente.

—¡Cómo pudiste hacer semejante cosa, mi amor, mi negrito lindo!

Morris cerró los ojos, aspiró el olor conocido a ropa limpia, a su cuerpo recién bañado, el olor ligeramente metálico de sus brazos resplandecientes.

Melisandra despertó. Se pasó las manos por la cabeza. Se levantó y volvió a sentarse en el suelo, las piernas recogidas contra el pecho, la espalda contra la pared, la cara vuelta hacia la ventana donde estaba Raphael, de espaldas. Por qué no se podría retroceder, desvivir lo vivido, deshacer la tela. Si al menos ciertos espacios de la vida se pudiesen aislar. Pero al ir viviendo de acontecimiento en acontecimiento, uno mismo iba uniendo los pedazos, haciéndolos inseparables, indivisibles. La araña con el hilo brotando del estómago atrapándose, enredándose a cada paso, encerrándose en su propio diseño.

Raphael se volvió y empezó a hablar pero ella apenas lo escuchaba. Ocupándose en detalles, él pretendía de alguna manera mágica conservar el control sobre la situación. Al fin pareció darse cuenta de que ella estaba ensimismada, lejos.

—No me has contestado —dijo—. Tenemos que ponernos de acuerdo sobre lo que haremos.

—No sé qué podemos hacer, aparte de ayudarles —respondió—. Tendremos que sufrir esto. No podemos engañarnos pensando que hay mucho que hacer.

Melisandra se levantó y extendió las sábanas sobre los colchones.

—Vamos donde Morris y Engracia —dijo—. Vamos a ver qué necesitan.

Salieron de la habitación. En el patio la actividad de los muchachos se había reanudado. Los que la noche anterior descargaban el contenedor en el muelle, entraban al edificio jalando carretillas con pacas de basura. Una cuadrilla cortaba alambres para abrirlas y clasificarlas. El olor era más penetrante, olía a basura reciente. Raphael notó que los muchachos se habían puesto al fin los trajes, los guantes, las máscaras. Desgraciada costumbre humana, pensó, la de tomar precauciones sólo cuando ya es demasiado tarde, sólo después de algo irreparable.

La escena le avivó los sentimientos de culpa. Se durmió sintiéndose culpable y ahora, despierto, el sentimiento volvía a perseguirlo. «No podés juzgar una sociedad sobre la base de este incidente», le dijo a Melisandra la noche anterior. Sentirse culpable no aliviaría nada y, sin embargo, él era allí el único representante de la opulencia y el descarte. Morris era diferente y había optado, además, por inmolarse, por la crucifixión en compañía de los pobres ladrones de despojos.

Buscó entre los muchachos a los que se habían contaminado y sólo vio a uno de ellos, apartado, frotándose los brazos con jabón junto a un balde lleno de agua. Se contaminarían todos, pensó, ellos también. ¿Quién imponía una cuarentena? Aunque quizás no era necesario. Morris sabría. Estaba reaccionando con la típica cobardía de su generación, que terminó dividiendo el mundo entre los sanos y los enfermos, los que tenían y no tenían, se dijo. Melisandra acertaba diciendo que él preferiría escapar, no enfrentar el dolor. Su única salida fue siempre darle la espalda, ocuparse, recuperar de alguna manera el control.

Encontraron a Morris y Engracia abrazados frente a la mesa y las tazas de café. La luz del día opacaba la fosforescencia de la noche anterior. Sobre su piel el cesio brillaba como una leve capa de pintura aceitosa aplicada al descuido, en brochazos irregulares. Semejaban figuras de carnaval: la mujer enorme con sus grandes manos, la mirada considerablemente dulcificada por una humildad recién adquirida y el hombre con el reluciente brazo metálico y la sonrisa oscura delineada en azul pálido.

Algo debían hacer, dijo Raphael dirigiéndose a Morris. Si le explicaba la situación detalladamente, él podría llamar a su editor, documentar el suceso, señalar a los responsables. Además tendrían que buscar medicinas. Cualquier cosa que pudiera aliviarlos. Juntos le harían frente a la desgracia.

—Por lo pronto me parece que es urgente enterrar la sustancia esa —dijo.

Morris asintió regresando de dondequiera que estaba. Se pasó las manos por los pantalones. La piel empezaba a arderle. Tenía náuseas.

—Hay que conseguir electrólitos intravenosos —dijo.

Fue una tarde de febril actividad. Se terminó de descargar el contenedor pero no se continuaron abriendo las pacas. Los muchachos sanos, finalmente informados de lo sucedido, estaban sumidos en el estupor, varios de ellos llorando, consolándose entre sí. Con los cinco muchachos contaminados, Morris se encargó de abrir, bien al fondo del patio, una fosa profunda cuyas paredes y suelo revistió de chatarra. Allí depositaron el cilindro con el polvo letal y luego cercaron el cuadrado de tierra, poniendo a su alrededor letreros de peligro. Josué y Melisandra fueron al hospital y consiguieron el suero necesario para mantener hidratados a los siete enfermos, que ya al caer la tarde sufrían de dolores de estómago y vómitos, así como de quemaduras en la piel. Melisandra se encargó de habilitar uno de los cuartos como enfermería. Con la asesoría de Morris y una enfermera amiga de Engracia, se administró la primera dosis de suero a los pacientes.

Ni los dolores ni el mareo habían conseguido detener las reflexiones de Engracia. Acostada en la cama contemplaba hipnotizada las gotas del líquido intravenoso que se deslizaban por el tubo de plástico hasta el catéter en su brazo.

Por la ventana el sol empezaba a palidecer sobre las palmeras. Sintió ganas de llorar, sintió nostalgia por los atardeceres, por sus ojos que detectaban los tonos cambiantes del día y que ya no lograrían siquiera abrirse. Echó de menos a su madre. Si se quedaba allí sin hacer nada más que esperar acabaría llorando, pensó. Se le ablandarían los huesos. La mejor manera de no sentir dolor era morirse cuanto antes, morirse antes de convertirse en otra cosa, una materia blanda, postrada, plañidera. No se iba a morir en la cama, pensó. Ni ella ni sus muchachos se iban a morir así. Si algo bueno podía sacarse de esta certeza de tener los días contados era el no preocuparse ya por la vida y ver las cosas con otra luz, sin miedo. Un descuido, un accidente, el destino, prefirió pensar, y de golpe les estaba dado el heroísmo. No se podía despreciar la oportunidad de una muerte heroica. La muerte debía ser puesta a buen uso ya que no la vida. No se podía desperdiciar. De no haber sucedido aquello jamás se le habría ocurrido, se admitió. No se le ocurriría arriesgar ni su vida ni la de sus muchachos en una empresa tan aparentemente descabellada. Pero la idea de acabar con los Espada la perseguía desde tiempo atrás. La descartaba sólo para verla aflorar, subir a la superficie con persistente constancia. Más de una vez, a solas, sin compartirlo con nadie, se imaginó qué pasaría, qué escenarios sobrevendrían si los Espada desaparecieran y el

país dejara de estar atrapado en la insaciable y pernicio-
sa voracidad de los hermanos. Morris no estaría de
acuerdo, pensó. Lo consideraría una acción reprobable,
un asesinato, un crimen. No es que ella pensara que los
Espada eran responsables absolutos de la calamidad del
país pero era indudable que se nutrían de ella y la nutrían. Alimentaban al monstruo. Vivían para alimentar-
lo. Sin ellos no habría quien le echara leña al fuego. Se
desintegraría su ejército, caería el gobierno, que no era
más que un títere de sus designios, los pequeños ejérci-
tos se dispersarían en el desconcierto y la red comunitarista se fortalecería. Quizás para entonces ya Melisandra
y Raphael habrían llegado a Waslala. El hallazgo de Waslala validaría la filosofía que animaba a las comunidades.
Pero mientras existieran los Espada, estaba convencida,
nadie podría llegar a Waslala. Ellos eran maestros de la
confusión. Era prácticamente imposible que alguien escapara de sus redes y no terminara exhausto de dar vueltas en redondo. A estas horas sin duda ya el país estaba sembrado de trampas contra Raphael y Melisandra.
Trampas que harían funcionar con precisión de relojeros
sin que nadie las detectara, ni las reconociera como tales. En sueños ella había visto saltar en pedazos el cuartel de los Espada, la explosión, el fuego. Ahora comprendía que eran sueños premonitorios y no sólo producto de sus deseos. Habría quizás que excluir a Morris,
pensó. Pero no, se dijo. No podía abandonarlo. Tendría
que decidirlo él mismo. Esperó pacientemente hasta que
la bolsa con el líquido cristalino se arrugó sobre sí misma y la última gota quedó balanceándose en el pequeño
receptáculo. Llamó a la enfermera y le pidió que le sacara la aguja. Tenía cosas más importantes que hacer, le
dijo, que estar acostada en aquella cama.

CAPÍTULO 27

En menos de veinticuatro horas, replicó Morris, no sólo tenía que contemplar la idea de su propia desaparición sino la de hacer desaparecer violentamente a otros. Era demasiado y no se sentía con fuerzas para largas discusiones.

Recostada en el sofá, Engracia se esforzaba por aparentar un estado de ánimo que pudiera reconocer como de ella y no la urgencia, la agitación que la invadió desde que la idea se le ocurrió y comprendió que el tiempo avanzaba en su contra devorándole el cuerpo y que de no proceder con celeridad nadie tendría fuerzas para llevar a cabo su plan.

Morris la miraba preocupado. Sus ojos estaban enrojecidos y el tono ligeramente violeta de sus labios lucía pálido y opaco. Los dos hablaban casi sin moverse entornando los párpados a ratos, cuando el dolor de estómago o la náusea los agredían.

No se trataba de discutir, dijo Engracia, la opción era obvia. Había momentos en la vida en que a uno le tocaba jugar el papel de Dios. A él le había pasado. ¿Acaso no había decidido, tan sólo la noche anterior, quitarse la vida? La vida no era un don absoluto. Si la vida de un ser humano significaba la muerte de muchos, se justificaba que el colectivo actuara en defensa propia. Ante los ojos de la justicia era aceptable matar al asesino antes de que éste lo matara a uno. La sociedad también tenía derecho a protegerse. Más tarde, si Melisandra y Raphael encontraban Waslala, quizás las cosas cambiarían, quizás se instituiría la magnanimidad; pero mientras los Espada estuvieran vivos, nadie descubriría Waslala. Ni siquiera Melisandra. A esas horas ya los Espada debían haber sembrado el camino de trampas.

—Es irracional. ¡Estás tratando de justificar lo irracional! —dijo Morris, pasándose la mano por la cabeza con los ojos cerrados.

Al contrario, insistió ella, era lo más racional que se le ocurriera en mucho tiempo. Se sentía responsable por los que quedaban. Los Espada destruirían en poco tiempo lo que a ella le había costado años construir. Y no, no estaba siendo soberbia al pensar que, en lo que se refería al Comunitarismo, ella era indispensable. Aun en las comunidades que funcionaban bien, los Espada tenían infiltrados. Constantemente le tocaba a ella apagar conatos de enfrentamientos entre líderes comunitarios que los Espada se ingeniaban para echar a pelear entre sí. No se engañaba pensando que era su estatura —la física o la moral— la que le permitía interceder y mantener un mínimo de consenso. Era su control sobre el recurso de la basura, la dependencia que logró crear a través de los años, la que le confería autoridad. Cuando ella desapareciera y la basura quedara en manos de los Espada, como indudablemente sucedería, el Comunitarismo se acabaría. La única esperanza de Faguas de algún día recomponerse se haría trizas. En Faguas vivían en la Edad Media, dijo, y lo que ella estaba planteando era una justa, una cruzada, una acción de los Fantasmas de Wiwilí.

—¡Eso es! ¡Eso es! —exclamó súbitamente, levantándose como poseída por el espíritu de Arquímedes gritando «Eureka».

Sería un acto mágico, decía atropellando las palabras, incapaz de hacerlas coincidir con el ritmo acelerado de sus pensamientos. Nadie sabía que ellos brillaban en la oscuridad y cualquiera que los viera pensaría que eran apariciones, seres del más allá. Se podían pintar más, dijo, pintarse todo el cuerpo y brillando en la noche, a la vista y espanto de todos, penetrarían al cuartel de los Espada como si se tratara de un cortejo de ultratumba, una embajada de emisarios fantasmagóricos a los que nadie se atrevería a cerrar el paso. Pedirían una audiencia y una vez encerrados con ellos haría lo que más de una vez ensayara en su imaginación: detonaría los explosivos.

—Basta que una sola persona lo atribuya a los Fantasmas de Wiwilí, para que nadie dude que fueron ellos los que hicieron justicia. Será un castigo divino, una señal inequívoca —añadió— de que el camino a Waslala ha quedado abierto. Además —dijo, sentándose, retomando el aliento, cambiando de pronto la excitación por una especie de mística euforia—, creo que será cierto. Creo que, después de todo, Melisandra y Raphael lograrán llegar a Waslala.

—No me gusta lo del explosivo —dijo Morris, recostándose de nuevo, volviendo a cerrar los ojos.

—Será rápido —dijo Engracia.

—Precisamente —apuntó Morris.

Explosivos, pensó. La jungla. Desde hacía tanto tiempo estaban confundidas en Faguas las fronteras entre el bien y el mal. Pero... muerte por explosión, cuando a él ya había empezado a seducirle la idea de recibir a la muerte como a alguien que le hubiese enviado una nota anunciándole una visita inevitable, alguien que llegaría a velar sus noches, a aguardarlo como una amante ansiosa con el rostro velado. No poseía un espíritu heroico, ni siquiera respetaba demasiado la heroicidad, si es que se podía considerar heroica la acción que Engracia estaba planteando. Le parecía más bien un acto de desesperación, de miedo a confrontar la muerte como la mayoría de los seres humanos: una muerte sin artificios, inevitable, humillante, que doblegaría cualquier noción de que uno podía controlar la propia vida, que forzaría a la orgullosa conciencia en su último instante a reconocer la dimensión exacta de la vulnerabilidad e impotencia de la especie. Se le hacía más heroico morir sin gloria. Aceptar la soledad absoluta de ese momento, tener el coraje de enfrentarla con dignidad.

La angustia se había apagado en el rostro de Engracia. Sentada, a contraluz, semejaba una estatua magnífica, plácida, dispuesta para la eternidad.

—Me odiarás por decirlo, Engracia, pero pienso que no es el bien del Comunitarismo sino tu miedo lo que te ha llevado a urdir este plan. Estás buscando cómo tomar el control, cómo tomar las riendas de tu propio fin, sentirte menos impotente. Si el Comunitarismo acaba con tu muerte, la muerte de los Espada no lo recompondrá. Es más, estarás actuando como ellos. ¿Qué puede nacer de una acción así sino más violencia?

—Habrá un vacío. Se podrá hacer borrón y cuenta nueva.

—¿Realmente crees que eso es posible? La historia

no admite borrón y cuenta nueva. Al menos tomémonos uno o dos días para meditarlo. Analicemos las posibles consecuencias.

Engracia puso la cabeza entre las manos. Se tocó el pelo áspero.

Qué sabía Morris, pensó. Él venía de otra parte. En Faguas la racionalidad era un lujo. Sintió náuseas. Su excitación se disolvió como una pompa de jabón, efímera y translúcida.

—¿Te parece que podemos esperar dos días? —preguntó.

Podrían esperar más, pensó Morris. Ahora más que nunca ella debía reconocer que el mismo accidente cuyas consecuencias brillaba en sus cuerpos, era producto de ese orgullo del que padecía y que la hacía desafiar y saludar los peligros como si la única manera de afirmar la superioridad de la especie consistiera en arriesgarse constantemente para transmutar la debilidad en fuerza, igual que había transformado la basura en un medio de sobrevivencia.

—Trata de descansar —le dijo, levantándose, arropándola con dulzura—. Voy a revisar el estado de los muchachos.

—¿Te enloqueciste? —bramaba Brad por el comunicador, visiblemente alterado—. Tenés que salir de allí cuanto antes. Te contaminarás. ¿No te das cuenta del peligro? Ese lugar debería ser clausurado, sellado.

—Estoy corriendo un riesgo calculado, Brad —respondió Raphael, conservando a duras penas la ecuanimidad—. Pero no puedo dejar morir a esta gente sin ayuda. Morris, el científico del que te hablé, me ha asegurado que el contacto con ellos sólo nos expone a una mínima dosis de rems. Sellaremos la fosa con cemento.

—Pero están viviendo allí. Al menos vos y la muchacha esa deberían irse a un hotel.

—Esta noche nos iremos al hotel. ¿Podríamos hablar ahora del reportaje? Es importante que esto se conozca.

—¿Y la filina? ¿Qué pasó con eso?

—Tendrá que esperar, Brad.

—No creo que se pueda crear gran revuelo con la basura tóxica, Raphael. Ayer pusieron una bomba en Maine. Un grupo fundamentalista religioso protestando contra una película con escenas de sexo interactivo. Más de cincuenta muertos. Quizás en unos días podamos transmitir tu reportaje. Vi un informe en la Worldnet. Una carta de tu amigo Morris.

—No es suficiente —lo cortó Raphael.

—No, no, claro. Veremos qué puedo hacer.

Raphael cerró el comunicador. La luz atraía los insectos. Desde el pasillo vio a Melisandra en la enfermería, inclinada, dándole agua a uno de los muchachos. Morris la hizo ponerse el traje amarillo. Brad tenía razón. Se contaminarían. Una dosis mínima de rems, decía Morris, que de todas formas insistió en que se trasladaran al hotel de Cineria para pasar la noche y salir cuanto antes para Waslala. Melisandra se negaba rotundamente a dejarlos. La situación se complicaba cada hora. Los enfermos sufrían. Se les abrían llagas en la piel. Dos de los muchachos tenían fiebre alta. Engracia, estoica, vomitaba sin parar. Morris se había desmayado en la tarde. Los sanos se turnaban para cuidar a los enfermos. Enfundados en los trajes, sudaban copiosamente.

Raphael caminó por el pasillo. Lo había recorrido

una y otra vez. No podía aceptar la impotencia. Insistía en que llamaran un médico, pero Morris y Engracia se negaban. Un médico les daría el mismo tratamiento. Era lo único que se podía hacer. Además, si los Espada llegaban a enterarse podrían cercarlos, caer sobre el edificio, y ellos estarían indefensos. Habría que conservar el secreto, al menos hasta que pudieran reunir un grupo comunitarista de confianza. Josué había salido a buscarlos.

A las diez de la noche, Melisandra aceptó finalmente irse al hotel con Raphael a descansar un rato. Josué les había dejado la motocicleta. Esta vez, Raphael tomó el volante. Ella se abrazó a su espalda, decaída, exhausta. El parque estaba oscuro y silencioso, las calles, desiertas. Las noches en Cineria eran tensas. A lo lejos, esporádicamente, se escuchaban disparos, ráfagas de metralleta. Jaime los recibió en el hotel, solícito y compungido. Josué lo había enterado del accidente.

—Quisiera hablar con usted —le dijo a Raphael en un aparte—. Vamos a instalarla a ella para que descanse y luego venga a tomarse un café conmigo.

Jaime los llevó a la mejor habitación del hotel. Impecable. Con techos altos y cama de bronce antigua. En la esquina, un lavamanos esmaltado con dibujos de flores y una jofaina, las toallas nítidamente dobladas sobre el brazo del sofá tapizado con damasco floreado. Jaime salió discretamente. Melisandra se dejó caer sobre la cama. Raphael le quitó los zapatos, la desvistió y arropó como a una niña. Ella se dejó mimar. La ternura de él le llenó los ojos de lágrimas. Si lloraba ahora no podría detenerse, se dijo. No recordaba haberse sentido jamás tan derrotada y triste. El dolor físico sin posibilidad de alivio hacía vibrar no sólo la compasión, sino el terror a los misterios de la propia piel. El dolor de ellos le dolía. La empatía la hacía arder, tener sed y náuseas. Cerró los ojos.

—Voy a salir a tomar un café con Jaime —le susurró Raphael al oído, sentado a su lado en la cama.

Ella asintió con la cabeza. Le sonrió desde la almohada y cerró los ojos.

El hotel estaba en penumbra. En el vestíbulo de la entrada, una mujer joven, de pie, hacía cuentas tras el mostrador bajo una luz de neón.

—Don Jaime lo está esperando —dijo al ver a Raphael, indicándole que pasara a la oficina.

Jaime se levantó al verlo entrar. Lo invitó a sentarse y se dirigió a cerrar la puerta. Luego sirvió dos tazas de café y no retornó a su lugar tras el escritorio sino que ocupó la silla al lado de Raphael.

—Perdone que lo importune —dijo—, debe estar usted muy cansado pero entiendo que la situación de nuestros amigos es muy grave y quisiera ayudar.

—Lo peor es la impotencia —dijo Raphael—. Morris insiste en que no hay nada que hacer. No me permitió buscar un médico. Dice que sólo les prescribiría electrolitos intravenosos, que es lo que se les ha estado aplicando.

—Hay algo que se puede hacer —dijo Jaime, levantándose—. Es arriesgado, pero creo que vale la pena el riesgo si contribuye a aliviarles el dolor. Soy hipocondríaco —sonrió brevemente—. Tengo varias enciclopedias médicas. Leí sobre los efectos de la radiación. Sufrirán mucho, pero se me ocurre una manera de atenuar sus padecimientos...

—Le escucho —lo animó Raphael.

—La filina. Tenemos que conseguirles filina. No sé si usted conoce esa droga: es una mezcla de marihuana y cocaína. La marihuana les aliviaría las náuseas. Se ha usado para tratar el cáncer. La cocaína les adormecería las terminaciones nerviosas, los anestesiaría en alguna medida.

La mención de la filina despabiló a Raphael. No habría imaginado segundos antes que ése sería el rumbo de los remedios de Jaime.

—Sé de la filina —dijo—. ¿Se produce en Faguas, no es así?

—Aquí se creó —dijo Jaime, sentándose de nuevo—. Hay grandes plantaciones. La cosecha se exporta en su totalidad. Quienes han tratado de obtenerla para el consumo local han sido eliminados por los Espada. Castigos ejemplares han desanimado cualquier intento de traficar con ella localmente. Maclovio es el jefe de la operación, pero ni él mismo escapa al control férreo de los hermanos. Se dice que las plantaciones están cerca de Timbú, el pueblo de los huérfanos, en la misma ruta donde se supone se encuentra Waslala. Por eso ya hace muchos años que impiden que nadie se acerque por allí. Sospecho, además, que usan las mismas barcazas que transportan la basura para exportar la filina. De muchas cosas me entero yo en este hotel —esbozó una sonrisa irónica—. Uno de los capitanes de las barcazas se emborracha conmigo cada vez que viene por aquí. Yo tomo jugo de manzana y él, whisky.

—¿Y piensa que yo soy la persona indicada para obtener la filina? —intervino Raphael.

—Exactamente. Las dos holandesas que se dirigían a Timbú lo conocen a usted. Puede buscarlas a ellas. Saben de la filina. Vi unas hojas una vez en su maleta. Las oí conversar. Les preocupan los huérfanos. Hablaban de hacerse cargo del pueblo y quemar las plantaciones.

Discutieron mucho cuando estuvieron en Cineria en un viaje anterior. Las paredes de este hotel no aislan los sonidos muy bien.

Raphael lo escuchaba atónito. El rostro de Jaime era noble, pero inexpresivo, un rostro de esfinge, imperturbable, quieto, observándolo todo, armando rompecabezas, acertijos, descifrando enigmas, discreto, en silencio. De no haberse presentado esta situación, pensó Raphael, a Jaime jamás se le habría ocurrido hablar, compartir sus especulaciones con nadie. El sigilo era su profesión, debía considerarlo una obligación para con sus clientes.

—Me da la impresión de que ya tiene usted un plan para mí —sonrió conmovido Raphael—. Lo escucho.

CAPÍTULO 28

El hombre de los pericos adivinadores se llamaba Lucas.

Su oficio nocturno consistía en recabar la información necesaria para el pago de las apuestas: los resultados de los partos de mujeres, animales domésticos y ganado. Esta labor le permitía moverse sin riesgo dentro y fuera de la ciudad en un carromato antiquísimo que era un compendio de carro de golf y motocicleta, con la pajarera colgando del tubo posterior del techo de latón. A medianoche se personó en el hotel para recoger a Raphael.

Viajando sin detenerse, dijo Jaime, llegarían a Timbú más o menos a las seis de la mañana y podrían estar de regreso la tarde del día siguiente. No los detendría nadie, aseguró. Lucas era el salvoconducto perfecto. En cuanto a Melisandra, él se encargaría de explicarle la situación y asegurar que regresara al depósito de Engracia sin contratiempo.

Lucas proporcionó a Raphael una camisa oscura a cuadros y una gorra. Se despidieron de Jaime y partieron.

—Hágase el dormido —sugirió el pajarero— hasta que yo le avise.

Con los ojos cerrados, Raphael meditó sobre el giro que en unas pocas horas habían tomado los acontecimientos. Conmocionado aún por la tragedia, la idea de viajar con el hombre de los pericos adivinadores en el vehículo destartalado se le hacía tan insólita e imprevista que no podía menos de apreciar la ironía de las vueltas del destino que así lo conducía a la filina.

—¿Quién le iba a decir, eh, amigo, que le tocaría viajar conmigo, no? —dijo Lucas.

—«No hay peor ciego que el que no quiere ver» —dijo Raphael—. Profético su perico.

—Nunca se equivocan, se lo dije. Y ahora, silencio. Lo mejor que podría hacer es dormir de veras.

Cerró los ojos y se sumergió en un mundo de sonidos extraños, de voces y gritos remotos que se mezclaron con disparos cercanos. Se encogió cuanto pudo en el incómodo asiento. Lucas apretó el acelerador pero el vehículo no desarrolló mayor velocidad.

—Malditos muchachos vagos. ¡No tienen nada mejor que hacer que matarse por gusto! —rabió el pajarero.

Los pericos se despertaron. Canturrearon. Raphael sintió el chirriar de las llantas. Tomaron una curva cerrada y poco rato después las detonaciones cesaron, retornó el silencio de las calles desiertas.

—Estamos cerca de la vereda —anunció Lucas—. Es más segura.

No pasó mucho tiempo antes de que un súbito golpe anunciara que el camino asfaltado era cosa del pasado. Avanzaban sobre grava. De cuando en cuando alguna pequeña piedra saltaba yendo a rebotar contra el latón de la carrocería.

—Puede abrir los ojos ahora. Dudo que nos topemos con alguien por aquí a estas horas.

Raphael se encontró en un túnel. A la luz de los faros macilentos, adivinó el camino hundido en abundante vegetación cerrándose sobre sus cabezas.

—Parece un río seco —dijo.

—Eso es exactamente —sonrió Lucas con su cara larga y arrugada—. Es un antiguo cauce. Alguna vez bajó un río por aquí desde las sierras. De día este camino es muy hermoso. A mí siempre me recuerda el principio del mundo.

Lucas amaba la poesía y los poetas. Eran profetas, le dijo, en una conversación que se inició con el paraíso terrenal y continuó entre mariposas nocturnas y pájaros que se alzaban de pronto desde las orillas del camino como lazos fúnebres. Él no se metía en política ni en pleitos, explicó mientras conducía despacio, pero soñaba con Waslala. Le era suficiente saber que un grupo de poetas la concibieron y fundaron. El abuelo de Melisandra era un gran hombre, le afirmó. Sus prosas, sus poemas, los engrandecían a todos, demostraban que, aun en su miseria, Faguas albergaba belleza, grandes pensamientos. Por eso la gente irrespetaba cualquier cosa menos la poesía. Personalmente, él pensaba que Waslala debía ser la república de los sabios apasionados.

—Porque, usted sabe, la sabiduría sin pasión no es más que sapiencia. No cambia nada. Hay que tener pasiones en la vida. A mí la única pasión que me queda es Waslala. Por eso acepté acompañarlo. Sé que usted y la nieta de don José llevan ese rumbo. No vaya a creer que hacer un viaje como éste es natural para mí. No, señor, no soy adepto a los riesgos, ni las aventuras. A Engracia le tengo cariño porque me presta libros o me los da a cambio de las predicciones de mis pericos, pero yo soy un solitario, no tomo partido. Leo poesía, cuido mis pájaros y, por las noches, recojo información para los corredores de apuestas. Pero si encuentran Waslala y yo puedo escuchar, tan sólo escuchar, cómo es ese lugar, consideraré que puedo morir tranquilo.

El vehículo ascendía trabajosamente una cuesta. El amanecer los vio aparecer pequeños e insignificantes sobre la vereda en el filo de la montaña.

Desde una colina avistaron el valle, los techos de tejas de Timbú. El pueblecito parecía no ser parte de Faguas sino de un país anterior, más gentil y reposado. Altos, gráciles cipreses brotaban como velas verdes entre los techados. El reloj del campanario amarillo marcaba la hora, las calles del centro estaban asfaltadas y en los extremos del pueblo las aspas de varios molinos de viento giraban sin cesar.

—Vamos a pasar un retén. Hágase el dormido. Lo voy a dejar frente al hotel y yo me voy a ir al parque a darle trabajo a mis pericos. Ésas fueron las instrucciones de Jaime. Usted sabrá por quién preguntar. Yo lo esperaré el tiempo que sea en el parque.

Atravesaron el retén sin contratiempo. El hotel estaba en el antiguo edificio del orfelinato. En la fachada aún se leía: Hogar de Huérfanos San Vicente. A Raphael se le erizó la piel. No esperaba reaccionar así. Rara vez, ya adulto, pensaba en su propia orfandad. Nunca, nunca debía considerarse huérfano, le había repetido hasta el cansancio su madre adoptiva, su madre simplemente, la única. Quienes lo concibieron cumplieron su misión, le decía, traerlo al mundo. No debía guardarles resentimiento. Sabía Dios cuál sería su historia. Por qué motivos se separaron de él. Raphael no creía en el desamor, sino en las circunstancias. Las de él, a fin de cuentas, fueron afortunadas. Sus padres eran sus amigos. Se consideraban igualmente afortunados de haberlo encontrado.

A menudo ponderaban el amor que los unía y consideraban que era un lazo aún más profundo que el que resultaba del vínculo genético y biológico: un amor más allá de la piel. Unos niños se concebían en el vientre, le decía su madre, otros, en el corazón. Raphael nunca siquiera investigó su origen, como lo hacían tantos. Ahora, sin embargo, frente al edificio, experimentaba un sentido de identidad, como si aquel letrero lo situara frente a la embajada de su patria inexistente.

El edificio era un cuadrilátero con corredores que desembocaban en un patio interior: un modesto jardín cubierto de césped, con cuatro palmeras rodeadas de helechos en las esquinas. El hotel ocupaba un ala del mismo.

—Busco a dos señoritas holandesas. Krista y Vera —dijo, acercándose al mostrador de madera de pino, rústico y sencillo.

El muchacho gordo y displicente lo miró de abajo arriba. Luego se volvió hacia los casilleros donde colgaban las llaves con los números de las habitaciones anotados con pintura roja.

—Están en la número nueve, al fondo —indicó señalando el corredor.

Raphael imaginó que aquel joven sería también huérfano. Lo miró de reojo antes de encaminarse a la habitación número nueve. Lucas había dicho que todos allí eran huérfanos. Le contó que, en una de las guerras más largas, Timbú había quedado desolado. Los huérfanos, abandonados a sus propios recursos en el orfelinato, crecieron, hicieron funcionar el pueblo y se casaron entre ellos. Para reproducirse, en vez de procrear, decidieron formar sus familias con niños que nuevas guerras u otras circunstancias habían dejado sin padres.

Caminó frente a la hilera de puertas. Los cuartos eran pequeños, con apenas unas delgadas ventanas altas para ventilación. ¿Cuántos niños habrían dormido en cada uno, en literas alineadas, en una oscuridad sin padres, sin nadie que llegara a consolarles el llanto? Niños solos en la noche durmiendo en la humedad de sus propias lágrimas.

Llegó frente a la habitación número nueve. Le tomó un momento recomponerse de su emoción, recordar por qué estaba allí. Golpeó.

CAPÍTULO 29

Melisandra se levantó confusa al oír golpes en la puerta. La abrió sin preguntar quién era, imaginándose que sería Raphael. Era Jaime que le llevaba el desayuno.

—Buenos días, Melisandra —saludó Jaime, colocando la bandeja sobre la mesa redonda en la esquina y encaminándose a descorrer las cortinas.

—Muchas gracias. ¿Sabe qué pasó con Raphael? —preguntó acercándose a la bandeja, que olía a café y pan caliente.

—Raphael tuvo que salir de la ciudad, pero no vaya a preocuparse. Está seguro. No quiso despertarla. Regresará hoy por la tarde. Creo que logramos conseguir medicinas para nuestros enfermos. Él fue a traerlas.

—¿Medicinas? ¿Qué clase de medicinas? Según Morris, no hay medicina efectiva para ellos —dijo.

—Algo para que sufran menos, para quitarles el dolor. Hierbas.

Melisandra lo miró en silencio. Tomó un sorbo de café. Empezó a hablar de pronto.

—Eso es, Jaime, hierbas. Perfecto. No tenemos por qué creer que ellos lo saben todo y nosotros no sabemos nada —dijo con un sarcasmo cercano al llanto—. Tendría que haber visto a Morris, Jaime. Se pintó a sabiendas de que el polvo era radioactivo. Y no fue sólo por su amor a Engracia. Estoy segura. No habría tolerado verlos morir, sentirse de algún modo responsable —dejó el pan sobre el plato sin tocarlo.

—Lástima que sean siempre las personas nobles quienes se inmolen —dijo Jaime, pensativo—. Los Espada se regocijarán con esta tragedia.

—¿Usted piensa que Waslala existe, Jaime?

—He oído tantas historias que a veces pienso que debe existir.

—Pero ¿cree que no saben lo que ocurre en Faguas? ¿No le parece incomprensible que reserven ese estado de gracia para unos cuantos?

—Pensarán que aún no es el momento propicio. Tiene que comer, Melisandra —dijo, observando que ella no daba bocado—. Van a ser unos días largos y difíciles.

CAPÍTULO 30

Krista abrió la puerta. Se puso un dedo en los labios. Sssshh.

Tras la hoja entornada, Raphael vio a Vera sentada en una mecedora con un bebé en los brazos, ausente en el oficio de acunarlo; apenas si levantó los ojos para ver quién llamaba. Al reconocerlo desplegó una sonrisa de ángel devuelto al cielo.

Krista salió al pasillo.

—Perdona, Raphael, pero estamos como tontas, como niñas disputándonos quién pone a dormir o le cambia los pañales al bebé.

—¿Es niño o niña?

—Queríamos una niña, pero es niño y ya no nos importa. Es bellísimo.

Raphael sonrió y ofreció sus congratulaciones. Krista caminó hacia un conjunto de sillas en medio del corredor, invitándolo a sentarse. Se movía con levedad, desalojada de pronto del cuerpo robusto y rudo que parecía ahora simplemente rollizo, suave, sin asperezas.

—Lo tenemos hace dos días. Lo llamaremos Hans —dijo—. Apenas tiene seis meses. Quienes lo cuidaron hasta ahora se quedaron muy tristes de verlo partir, pero ya tienen seis niños en la casa. ¿Cómo llegó aquí? —preguntó arrugando el ceño, despabilándose de pronto.

—Muy largo de explicar. Lamento no traer buenas noticias —dijo Raphael—. Ha sucedido algo muy grave y necesito su ayuda.

El sol de la mañana, radiante y manso, caía sobre el corredor. Las palmeras atrapaban la luz con manos de múltiples dedos. Sus sombras se delineaban sobre los ladrillos. El rostro de Krista se contrajo oyendo las noticias. Con los puños cerrados, se golpeó las rodillas.

—Necesito... Es imperativo que obtenga filina. Les mitigará los dolores —dijo Raphael.

—Yo necesito aire —se levantó Krista—. Vamos a caminar un rato. Le avisaré a Vera que voy a salir.

Caminaron por una calle que al terminar se convertía en una vereda, un camino angosto sobre la hierba que subía hacia la cima de una colina.

Krista era fuerte, pero resoplaba subiendo. Raphael la ayudó tomándola del brazo. Era peligroso hablar de la filina en Timbú, le dijo ella, tema prohibido. No se mencionaba. Significaba un riesgo para todos. Él, como periodista, debía ser cuidadoso. Podía costarle la vida. No exageraba, dijo Krista. No era dada a exagerar.

—Pero ¿crees que se puede conseguir? —insistía Raphael—. Engracia, Morris y los muchachos la están necesitando.

Krista se secó el sudor con un pañuelo. Tenía la cara enrojecida por el esfuerzo.

—Considerando que hace apenas dos días di a luz, estoy en buena forma física, ¿no te parece?

Rieron los dos para luego quedarse en silencio cerca de la cima, contemplando el pequeño pueblo a sus pies.

—Yo también fui huérfano —dijo Raphael—. Mis padres me encontraron en la banca de una iglesia y me adoptaron. Lo olvido a veces. Nunca sentí la orfandad y, sin embargo, hoy al ver el letrero del orfelinato tuve un sentimiento de total identificación. No sé cómo explicarlo.

—Gracias por la confidencia —sonrió Krista—. No estoy acostumbrada a que los hombres confíen en mí. El hecho de que seas huérfano quizás te permita actuar como persona y no como periodista en este caso —dijo, levantándose con dificultad.

Poco antes de llegar a lo alto de la colina, le indicó que se echara en el suelo. Se arrastraron el último trecho. Asomaron la cabeza ocultos en el pasto. Soplaba una brisa fresca y el paisaje era estupendo. Del otro lado del pueblo una cadena de montañas azules se alzaba desde el valle feraz y verde. Espaciados aquí y allá se veían torreones toscos de madera.

—Entre esas montañas, según se dice, está Waslala —susurró Krista— y aquí nomás, confundida con las plantaciones de maíz, esas parcelas verdes que ves, se cultiva la filina, única fuente de trabajo de este pueblo solidario y hermoso que vive del tráfico de drogas, de la adicción y el derrumbe de nuestros coetáneos. Ciertamente que puedo conseguir la filina —añadió, volviéndose hacia él, sonriendo con benevolente ironía—. No me es tan difícil pero tendrás que prometer que guardarás este secreto. Estarás consciente de que no pasaría mucho tiempo, si escribís ese reportaje, entre su publicación y el arribo de los aviones de la Policía Anti-Drogas. Calcinarían todo esto.

—Estoy consciente. No creas que no me causa repugnancia la idea de que los periodistas hayamos terminado cumpliendo funciones de detectives sin sueldo. ¿Qué son esos torreones?

—Vigías de Maclovio, de los Espada. No se sabe dónde termina el uno y empiezan los otros. Timbú obtiene su apacible estabilidad a cambio de un precio. Sus habitantes tienen limitada libertad de movimiento. Nosotras nos enteramos de la filina por un hecho fortuito, que no viene al caso. Los Espada nos amenazaron. Hans es el pago por nuestro silencio.

—Acabaremos siendo cómplices todos.

—¿Quiénes somos nosotros para venir a imponer aquí moralidad? —exhaló Krista al tiempo que hacía la pregunta—. ¿A cuántos de tus suscriptores les importará que Timbú se muera de hambre? ¿Por qué les vamos a pedir a los huérfanos que viven aquí que se preocupen por nuestros drogadictos, por los jóvenes probando la filina por primera vez, excitados por la transgresión? Vámonos —añadió—. Es mejor que volvamos y te quedes con Vera en la habitación mientras yo obtengo la filina. Pensándolo bien, nadie más debe verte.

—Un momento —pidió Raphael, arrastrándose otra vez a la cima, mirando el paisaje sereno, los plantíos mecidos por el viento, la hondonada entre las montañas, los picos azules tenues entre las nubes, las torres de los guardas. Su equipo estaba en el hotel pero le era fácil imaginar cómo habría sido el reportaje: la voz en *off*, la cámara en un *panning* lento, el zoom telescópico.

—Vámonos, Raphael —insistió la voz de Krista desde abajo.

Él pensó en Lucho. ¿Qué utilidad tuvo al fin su reportaje sobre las pandillas, sobre los jóvenes y sus guerras ritualistas, los sacrificios humanos, los corazones arrancados todavía palpitando, las pintas hechas con

225

sangre en los callejones, el incipiente canibalismo, las orgías con filina, heroína, las drogas sustitutas, las inocuas, sintéticas, mezcladas con aditivos, reactivos cuyas fórmulas obtenían los adolescentes jugando con las computadoras? Fue el rostro de Lucho, su cuerpo pequeño de muñeco de trapo, tirado, yerto, al lado de los contenedores de basura, el grito en medio de la lluvia de balas, la mujer que entra en cuadro y la filmación que de pronto se interrumpe, lo que cautivó al público. Pasaría lo mismo esta vez. La noticia duraría un instante y el problema de fondo no se abordaría. Cuando aparecieran los aviones a quemar las plantaciones, quizás los huérfanos de Timbú recibirían, igual que Lucho en la funeraria, los gigantescos osos de peluche, flores, globos, hasta cajas de chocolate en forma de corazón que envió la compungida población de Nueva York, en un confuso intento de lavarse las manos, ofreciéndole al niño, en la muerte, una tardía, patética, extravagante fiesta de cumpleaños.

Se arrastró hacia abajo a reunirse con Krista.

Más tarde, en la habitación, con Vera, escuchando el gorjeo de Hans, se dejó caer sobre la cama y se quedó dormido.

CAPÍTULO 31

¿Cómo llegué hasta aquí?, se preguntaba incesante Melisandra, tratando desesperadamente de rehacer los hechos. Revivió la sucesión de imágenes luminosas: el parque, Cineria, el lago, ella en la moto sobre el camino de tierra, el sol, la mujer haciéndole señas, clamando ayuda, algo sobre un niño enfermo, los frenos, bajar de la moto al rancho oscuro. Una y otra vez buscó cómo hilvanar los retazos, recuperar el eslabón perdido de su memoria, aunque sólo fuera con el propósito de mantener la mente ocupada para desatenderse de la asfixia de la capucha oscura sobre su cabeza, que la ahogaba en su propio aliento. No escuchaba ningún sonido a su alrededor. Tenía las manos y los pies fuertemente atados por las muñecas y los tobillos con un cordel tosco que se le clavaba en la piel. Acostada boca arriba, sentía el piso frío y húmedo a través de la espalda. Estaba aterida, mareada, temblando. Trató de darse vuelta. Las ataduras la obligaban a moverse impulsándose con el torso. Lo intentó varias veces hasta que logró cambiar de posición. Boca abajo se sintió más protegida aunque los brazos, por el peso del cuerpo, empezaron a dolerle. La habrían drogado, pensó. En su último recuerdo, la oscuridad de la choza olía a tierra mojada. Que venga alguien, rogó. Sufría de claustrofobia. Nunca sirvió para estar encerrada. Movió la cabeza fuertemente de lado a lado. Intentó morder el material de la capucha, sacó la lengua para sentirlo. Era áspero, olía a moho. Le ardía el pecho como si el corazón se le hubiese hinchado de sopetón y empujara sus pulmones y costillas. Respiró hondo. Si no venía alguien se asfixiaría. Cada vez que respiraba su cuerpo rechazaba el olor denso a moho. Su diafragma se negaba a aspirar. Era eso y, además, el miedo. Toda ella temblaba con violencia, su cuerpo poseído de pánico, más sabio quizás que su razón. Si tan sólo pudiera respirar hondo, relajarse. «Relajate», Melisandra, se ordenaba, se gritaba mentalmente. «Si no te relajás, te vas a morir. Al menos averiguá de qué se trata esto, qué pasa, quién te trajo aquí.» Imágenes. Una imagen lava la otra. Tenía que evocar algo que la tranquilizara. El río, intentó. Lo vio fugazmente. Otra vez la choza y el olor a tierra, el lago, la motocicleta, el polvo. El río, repitió. Imágenes dispersas, agua, el río, el agua, el lago, el agua del vientre.

Golpeó la frente contra el suelo, una y otra vez. Se sintió más tranquila. Ahora tenía los ojos llenos de lágrimas, la nariz le goteaba, sentía el sabor salado en la boca. Le dio risa. Si lloraba sería un desastre. Se le inundaría la cara. No tenía posibilidad de limpiarse. Se tragaría sus propios mocos. «Hijos de puta. Vengan, vengan ya, hijos de puta», musitó. No quiso gritar. Le castañeteaban los dientes, pero maldecir ayudaba. El temblor había disminuido. Se volvió boca arriba. Trató de alzar los brazos y de algún modo secarse la cara con la capucha. No lo logró, pero la capucha se movió unos milímetros. Trató de ver. Se vio el pecho. Gran triunfo. La camiseta blanca. Se sentaría, pensó. Se sentía menos mareada. Le inyectarían algo, seguramente. Trató de recordar la sensación de la pistola de inyectar, el aguijón. Vagamente recordó algo. Se empezó a mecer levantando las piernas, doblándolas contra su pecho, uno, dos, uno, dos, balanceándose hasta que estuvo segura de su impulso. Se sentó. Metió la cabeza entre las rodillas. La sensación de abrazarse fue inefable. Estaba más calma. Nada era peor para la desesperación que la pasividad. Tenía que mantenerse ocupada.

Ahora buscaría una pared para apoyar la espalda. Visualizó el cuarto, tratando de percibir el volumen de la pared. Tenía que ser pequeño. El piso era desigual. La oscuridad no era absoluta. En algún lugar habría una ventana, un agujero al menos, responsable de la penumbra. Movió la cintura, las nalgas, uno, dos, uno, dos, dando pequeños saltos. Se salvaría de ésta. No sabía cómo, pero se salvaría. Encontró la pared. Se apoyó para deslizarse a saltitos, uno, dos, uno, dos, hasta que recorrió el cuarto pequeñísimo por los cuatro lados. Era rectangular. La precisión espacial le pareció importante. Ahora sabía dónde quedaba la puerta de aluminio o latón, fría. Se arrastró hasta calcular que estaba al medio de la pared opuesta. Logros. Conquistas. Había dejado de poner atención a la capucha. Colocó otra vez la cabeza entre las piernas. «Que vengan, Dios mío, por favor, que vengan.» No se oía nada. Tenía el trasero del pantalón húmedo, quizás desgarrado. No se le ocurría otra cosa que hacer y empezaba a sentir sed, ganas de orinar.

CAPÍTULO 32

Raphael despertó con el llanto del niño. Vera lo levantó de la cuna, se sentó y lo pegó a su pecho. Desde la cama él la observó un rato ofrecerle el pezón al niño repetidamente.

—Vera, Vera —dijo—. No crees que estás exagerando un poco. Dale leche. Tiene hambre.

—En mi casa tuvimos una perrita salchicha que era aún virgen cuando mi hermana llevó un gatito recién nacido. El gatito confundió a la perra con su mamá y, al poco tiempo, ella empezó a producir leche y amamantarlo. Varios años le dio de mamar. Es asunto de estimular las glándulas mamarias, estoy segura.

—Pero hacelo cuando no tenga hambre. Lo vas a frustrar.

—¡Qué sabrás tú de eso!

—Las mujeres no tienen el monopolio de la maternidad.

Se recostó en la cama otra vez. Vio su comunicador. ¿Su silencio salvaba a los huérfanos o los condenaba a continuar subordinados y sujetos a los Espada? ¿A quién secundaría él? ¿De quién sería cómplice? El bebé lloraba a todo pulmón. Vera calentó la leche. El niño despachó el biberón en un santiamén y lo dejó lleno de espuma.

—Debería dejarlo llorar —dijo ella—. De lo contrario nunca estimulará las mamas lo suficiente, pero como ves no tengo estómago para eso.

—Afortunadamente —dijo él, justo cuando Krista entraba, cargando una mochila de turista en su espalda.

—Aquí está —dijo, dejándola caer en la cama. Se veía roja, agitada—. Caminé tan rápido como pude, pero me costó más de lo que pensé. Mi amigo estaba nervioso. Dijo que la vigilancia se ha incrementado en estos días. Tuve que explicarle de qué se trataba para que me la diera. El pajarero te espera en el parque. Creo que será mejor que no te acompañe. ¿Qué tal comió Hans? —añadió, dirigiéndose a Vera, que le mostró el biberón vacío.

—No quiere mis pechos.

—El pobre está entre la espada y la pared; los míos son demasiado grandes y los tuyos demasiado pequeños —dijo, riéndose y besando a Vera cariñosamente—. Nos tendremos que resignar.

—No hay duda que la maternidad lo asienta —sonrió Raphael, pensando en el erróneo juicio que se formara de ellas en el viaje, considerándolas dogmáticas y sin humor.

Krista le indicó que se sentara. Quería cerciorarse, le dijo, de que él comprendía la magnitud del desastre que sobrevendría en Timbú si él filtraba la información sobre las plantaciones de filina. La policía ambiental las incendiaría. Y para nada. Los Espada montarían su plantío en otra parte y los perjudicados serían los huérfanos.

—No estoy convencido de que les beneficie que yo

me calle —dijo Raphael—. No soy de los que piensan que el fin justifica los medios. Éste es un dilema moral.

—Mandar basura tóxica es inmoral. No hablemos, por favor, de moralidad —dijo Krista—. No es ése el tema.

—Pero sí el problema —dijo Raphael—. Una cosa no justifica la otra. Mientras los huérfanos sobrevivan de la filina, su idílica existencia tendrá un matiz perverso. De hecho, son cómplices de los Espada.

—No creas que no nos hemos planteado ese dilema —intervino Vera, plácida, con el niño dormido entre sus brazos—. A nosotras tampoco nos hace gracia que los huérfanos formen parte del esquema de los Espada.

—No disponemos de mucho tiempo para discusiones filosóficas —dijo Krista—. Para mí los principios nunca estarán antes que las personas. Hagamos un trato: nosotras desde hace tiempo hemos venido pensando en pegarle fuego a las plantaciones y que nuestra matria se haga cargo del sostenimiento de Timbú. Pensamos que podemos convencer a los mismos huérfanos de que nos secunden, pero necesitamos su anuencia de previo. Queremos que ellos hagan la decisión moral, no hacerla por ellos. Vos prometés no hacer el reportaje y nosotras nos encargaremos de convencerlos de quemar los plantíos. No mañana, ni pasado. Necesitamos tiempo. Podrás hacer el reportaje después, sobre un hecho consumado por ellos mismos.

Era casi mediodía. El cuarto, con la poca ventilación de la única ventana alta y estrecha, olía a pañales sucios. El olor lo transportó al basurero de Engracia. Lo estarían esperando. Los vómitos, las quemaduras, los dolores serían más intensos hoy que ayer. De todas formas, tendría que postergar su reportaje.

—Ahora tengo que irme —dijo, levantándose— pero volveré tan pronto pueda. Tienen mi palabra de que no transmitiré lo que sé. Hay que pensar bien todo esto.

Raphael se encaminó al parque. No hacía calor en Timbú. La cercanía de las montañas dotaban al pueblo de clima fresco. El aire olía a cipreses y pinos. No se veían allí pintas o trazas de guerra. Las construcciones eran toscas, pintorescas, de pequeños ladrillos rojos cocidos, pobres pero limpias, con diminutos jardines. Setos bordeaban las aceras de grava. Pasó al lado de un patio cercado con varillas de metal, donde jugaban niños vestidos todos con el mismo material, tela floreada que debió pertenecer a una pieza para fabricar cortinas. Pensó en Lucho.

CAPÍTULO 33

—Qué extraño que Melisandra y Raphael no hayan regresado —dijo Engracia.

Sentía que una mano invisible le había sacado la columna vertebral, como si se tratara de la ballena de un corsé. Recostada sobre las almohadas, se pasó la mano por la cara. Le dolía la cabeza. Notó que el tiempo avanzaba no por minutos, ni por horas, sino por intervalos sin medida que la iban desalojando por dentro de sí misma. La vida se le iba a pedazos mezclando, desde antes de la muerte, el más allá con el más acá, de manera que en la misma habitación donde preguntaba por Melisandra y Raphael, podía ver, como si se tratase de una fotografía superpuesta, un espacioso salón de paredes blancas y gran claridad donde su madre tejía sentada en una mecedora elegante y dorada, levantando de vez en cuando los ojos del tejido para mirarla con una mirada llena de infantil alegría y hacerle con la manos gestos cómplices para que se diera prisa.

Abrió los ojos de nuevo. Sacudió la cabeza y la imagen del más allá se tambaleó como si fuera el reflejo de un estanque. Su madre se agarró de los brazos de la mecedora para no caerse.

—Me oíste, Josué —repitió—. No es natural que no hayan vuelto. Andate al hotel en el jeep a ver si Jaime sabe algo de ellos.

—No va a ser necesario —respondió Josué, asomado a la ventana—, Jaime está llegando ahora mismo.

—Llevale un traje amarillo. Que se lo ponga antes de entrar aquí —dijo Morris desde el diván, inclinándose agitado.

Jaime se detuvo incierto frente al patio inmóvil. Toda actividad había cesado: no se escuchaba el incesante zumbido de la gente regateando, ofreciendo intercambiar sus mercancías, ni el constante arrastrar de los objetos hacia los carretones o las carretas donde se los llevaban. No se oía afuera el pregón de los braceros ofreciendo sus servicios. Diríase que era domingo, un domingo estático, triste. Ni la luz del sol cayendo en cascada sobre los objetos y las palmeras lograba disipar la sensación de día gris, los malos presagios.

Se estremeció. ¿Qué otra cosa esperaba?, se dijo. Pero la mente nunca dejaba de jugar sus trucos, de aguardar lo habitual aun en medio de las tragedias.

La figura de un muchacho atravesó el patio en dirección a la biblioteca. Iba a llamarlo cuando apareció Josué, con un traje amarillo doblado sobre el brazo.

—Tiene que ponerse esto, Jaime.

Lo miró desconcertado. Por qué se lo iba a poner él y no Josué, preguntó.

—Yo lo tenía puesto hace un momento. No lo ando todo el tiempo, pero si el profesor Morris no nos ve con el traje, se altera.

Lo condujo hacia el ala de las habitaciones de Engracia. Jaime, torpe, enfundado en el traje, preguntó por los cinco muchachos enfermos. Habían preferido tenderse sobre mantas en el suelo de la biblioteca, explicó Josué, cada uno conectado a su bolsa de suero, cada uno entretenido en ver las fotos preferidas, los libros con ilustraciones. Ninguno quiso continuar en la enfermería. Los otros muchachos los acompañaban, no los habían dejado solos ni un instante.

—¡Estoy anonadado! Demasiadas desgracias en tan corto tiempo —dijo Jaime—. ¡Los Espada tienen a Melisandra en uno de los sótanos del fortín! Me acabo de enterar.

Entró a la habitación. Josué se retiró al corredor. Lúgubre y formal, conmovido por la escena, Jaime abrazó a sus dos amigos, al tiempo que repetía lo de Melisandra. Engracia no le dio tiempo para que se condoliera. Quería detalles sobre lo que sabía.

No tenía muchos, advirtió Jaime, pero un cocinero que, ocasionalmente, trabajaba en el cuartel para la tropa, escuchó a dos soldados disputándose quién le llevaría de comer a la pelirroja.

—Me llegó a avisar después del almuerzo, tan pronto terminó su turno —dijo—. Salí de inmediato para acá. Pensé que vos, Engracia, tendrías más recursos.

—¿Y Raphael? ¿Qué pasó con él? ¿No estaba acaso con ella?

—No —dijo Jaime, con aire de compungida dignidad, procediendo a narrarles lo que ambos acordaran, la posibilidad de que la filina les mitigara los dolores, la salida de Raphael a Timbú, su intención de hacer acompañar a Melisandra y la salida apresurada de ella, sola, en la mañana.

—¡Claro! —exclamó Engracia desfallecidamente—.

Usarán a Melisandra de tapabocas de Raphael. Ay, Jaime, Jaime. Gracias, pero no, gracias.

Engracia se recostó en la cama y se quedó quieta.

—Ya ves, Morris —dijo por fin, con los ojos cerrados—. ¡Mis visiones premonitorias de una explosión en el cuartel de los Espada se cumplirán, después de todo! ¡Los Fantasmas de Wiwilí visitarán a los hermanitos esta misma noche!

—Pero ¿qué pasará con Melisandra? —preguntó Morris, inclinándose.

—Nos la entregarán, no te preocupés. Antes de que todos volemos, ella saldrá de allí.

—¿De qué hablan? —preguntó Jaime, espantado.

—Mis muchachos no se van a morir en una cama, Jaime. Ni ellos ni yo. Nos llevaremos a los Espada al otro mundo. Cuando primero se me ocurrió esto, no me animaban más que razones abstractas, humanitarias. —Sonrió irónicamente entre arcadas de náusea que alivió sobre un balde al lado de la cama—. Perdón, Jaime. Gajes de este oficio de basurera. Como decía, ahora tenemos una razón concreta, palpable, justa, que espero convenza a mi profesor allá al lado.

—Pero ¡es una locura! —exclamó Jaime.

—Quiero decirte, mi amigo, que es una decisión de todos los afectados que esta muerte no debe prolongarse mucho. Tenemos poco suero y cuando termine, si aún estamos con vida, vamos a sufrir, con filina o sin filina, más de lo que ninguno de nosotros quiere. Así que llegaremos donde los Espada cubiertos de luz y gloria. Nos vamos a pintar hermosísimos. Nadie en Cineria olvidará esta noche y, para los no iniciados en el secreto, esta noche no seremos nosotros, sino los mismos Fantasmas de Wiwilí los que visitarán a los queridos hermanos —fanfarroneó Engracia, con una mueca burlesca que apenas cabía en el enorme cuerpo decaído sobre la cama, al lado del pedestal metálico de donde colgaba la bolsa de suero.

—Pasame, por favor, un papel y una pluma —pidió Engracia—. Tengo que escribirle algunas recomendaciones a Melisandra.

El loro se balanceó plácidamente sobre el pedestal. Desde el diván, Morris miró a Jaime con expresión resignada.

CAPÍTULO 34

La humillación de ser privada de la luz, del aire, amarrada como un animal. Después de meditarlo como si se tratara de una decisión trascendental, Melisandra decidió que no le quedaba otra alternativa que dejar que el líquido caliente saliera, descargarlo antes de que la vejiga le explotara. No aguantaba ya el dolor en el bajo vientre.

¡Ah! Placer de mandar al fin al carajo la decencia, la dignidad, y mojarse los pantalones. Sentirlo como liberación, un orgasmo incesante, largo. Melisandra lloró. Podía tolerar todo aquello si alguien llegara a confirmarle que estaba viva, que no había muerto súbitamente y aquello era el infierno. Eran los otros quienes le confirmaban a uno la existencia. En un mundo oscuro, sin movimiento, sin sonidos de alegría y dolor, cómo se comprobaba el ser, ¿cómo se separaba la realidad de la ilusión?

Cuando escuchó los pasos, tenía tanta sed que intentaba bajar la cabeza hasta el suelo entre sus piernas y tocar, al menos, a través de la capucha, la humedad de sus propios orines. Era imposible, por supuesto, pero la actividad la entretuvo hasta que oyó el sonido hueco, rítmico, acercarse. ¡Qué paradoja sentir semejante alegría, qué absurdo! Si el guarda, al abrir la puerta, hubiese podido ver su cara, encontraría en ella una sonrisa desplegada, ancha, eufórica, y un rostro que, de haber sabido si era mañana o tarde, le saludaría de buenos días, hola, o buenas noches, como el náufrago que saluda al primer ser humano en la isla desierta, pero Melisandra calló a tiempo, pudo reconocer la desesperación de su impulso amable y no tardó mucho en desear desesperadamente estar sola otra vez.

El hombre no habló nada al principio. Le alzó la capucha lo imprescindible para dejar libre la boca y le pegó el plato a los labios. Melisandra tuvo un primer impulso de rechazo; de sentir que el guarda la trataba peor que a un animal, que al menos puede ver lo que come, pero decidió comer con saña lo que fuera que tuviera al frente y pegó la boca, los dientes, a la mezcla de arroz y frijoles que se le escurría inevitablemente. Oyó la risa sádica, leve, del hombre y retiró la cara.

—No puedo comer eso así. Mejor me da agua —dijo, implorando mentalmente su compasión.

—¿Agua, querés? ¿Así es la cosa? —dijo la voz de cuyo dueño ella sólo veía las botas militares.

—¿Quién es usted? ¿Por qué estoy aquí? —preguntó.

—Te mojaste en tus pantalones... shhhh —siseó censurándola, perverso.

—No pude encontrar el baño —dijo ella, sarcástica.

—Si te doy agua, lo vas a hacer otra vez —le dijo.

—¿Y qué? Ya estoy mojada.

—Lástima que tengo órdenes de no tocarte... por hoy, al menos. Ya se verá más tarde —farfulló, al tiempo que se le acercaba y le pasaba los dedos levemente por la piel del brazo—. No te voy a tocar, pero me vas a tener que oír, mamacita —bisbiseó—. Te voy a decir qué es lo que te haría y, después, si me oís quietecita, te voy a dar agua.

CAPÍTULO 35

—Gracias a Dios y a la majestad divina que apareciste —lo saludó Lucas—. Demasiado nos tardamos. Mirá que hasta mis pericos están impacientes. Ya estaba teniendo que repetir los mismos papeles para los clientes. Soy honrado, sabés. No creás que uso las mismas predicciones día tras día. Cada noche me siento y las escribo —hablaba mientras se afanaba para poner en marcha el vehículo. Raphael sentado en el asiento del pasajero y él acomodándose tras el volante.

—¿Todo en orden? —le preguntó a Raphael.

—Todo en orden —sonrió éste, palmoteando la mochila sobre sus piernas—. Aquí mismo llevo lo que quería.

—L. J., pues —dijo Lucas.

—¿Qué dijiste?

—Los juimos —rió Lucas—. Es una manera de abreviar campesina de nosotros. No sólo ustedes los gringos usan abreviaturas. Es una broma también sobre la ortografía —añadió—. ¿Vos sabés el cuento del señor que le dio un derrame cerebral y se quedó sin habla? —Raphael negó con la cabeza, siguiéndole el jue-

242

go—. Pues este señor le escribía en abreviaturas a su mujer lo que quería comer. «CH», por ejemplo, era chancho. En fin, ella le conocía las mañas. Un día un amigo estaba de visita y él escribió una «G» en su tarjeta. El *brother* pensó que le pedía guaro. Como era muy temprano consultó con la esposa, quien apenas vio la «G», se puso a reír y le dijo: «No, niño, lo que quiere es güevo.» Escribía huevo con «g», el muy bruto —soltó la carcajada el pajarero.

Lucas tenía en su haber un capital de bromas que disiparon con eficiencia la desazón de Raphael. Lo que más le deleitó, sin embargo, fue escucharlo describir el procedimiento de su oficio de leedor del futuro.

—Las preguntas son siempre las mismas —dijo—. No sé si es que los seres humanos somos idiotas u obstinados, pero aparte de los muy buenos o los muy malos —que yo identifico a ojo de pájaro—, los promedio quieren saber lo básico: si comerán, cojerán, se enfermarán o morirán, ya sea ellos o su familia, incluyendo la señora o familia suplementaria. Yo agarro mis libros de poesía. Hago las preguntas que a mí se me ocurrirían si fuera zutano o mengano, abro un libro al azar y escojo el verso que creo mejor se aviene. Es un método infalible. Mi oficio me ha convencido de que la poesía tiene todas las respuestas. Les leo poesía a mis pericos, ¿sabés? Ésa es la otra parte. Ellos la entienden. Aciertan al escoger. Unos más que otros.

Era un día hermoso. Eran hermosos todos los días del trópico, recién pasada la estación lluviosa. La tierra aún guardaba la memoria de las lluvias arrasadoras y súbitas en su entraña húmeda. Los verdes de aquí, pensó Raphael, no eran los verdes de Nueva Inglaterra o Virginia, sino verdes más verdes, un verde rutilante, insinuante, casi vulgar en su manera de incitar los sentidos y despertar pieles de caballo o toro en la piel cotidiana. Dichosos los animales que podían andar desnudos en esas extensiones de paisaje cambiante. En altitudes, depresiones, curvas, la vegetación se revolcaba sin orden ni concierto, creciendo arbustos aquí, árboles allá, hierbas altas. Y el trasfondo del cielo azul, inquieto, de nubes monumentales desperezándose, haciéndose y deshaciéndose en el viento. Dichoso quien podía estar vivo y tener ojos para ver esta vibrante antítesis de la muerte, la paradoja del verdor ridiculizando las celebradas conquistas del hombre que sustituía esto por las ciudades abigarradas. Nueva York con los cintillos de cielo asomados sobre los edificios y el verdor cercado en un parque, un parque inmóvil, contenido, no como aquí que los árboles saltaban, las manchas de verdor como venados brincando, apareciendo sin que uno pudiera prevenirlas, Lucas que esquivaba anchas raíces brotando de la carretera.

Y de pronto, como aparecían también inadvertidas, repentinas, insólitas, las calamidades en esta parte del mundo, doblaron una curva —apenas unos metros faltaban para retornar a la vereda— y vieron el retén improvisado, el jeep, el SAM, cruzado en medio del camino, con los hombres, los soldados que no tenían uniforme, sino, tal vez, una camisa verde oliva sobre jeans o el pantalón verde oliva sobre la camiseta, o el cargador de las municiones simplemente cruzado en el pecho, o la boina verde, o las botas, como si del botín de un solo soldado se hubiesen apertrechado todos.

Lucas bajó la velocidad, frenó, lo miró diciéndole sin emitir sonido que no había razón de preocuparse, descendió dejando el motor encendido, acercándose a los soldados conciliador, bromista, preguntándoles que qué era aquello, por qué los detenían, él andaba con sus pericos adivinadores recogiendo las apuestas. Raphael miraba a los cuatro jóvenes, quizás recién salidos de la adolescencia, desafiantes con sus rifles al hombro, poderosos en sus atuendos de bandidos venidos a más. Empezó una discusión. Se llevaron a Lucas al otro lado del jeep. Muy pronto vendrían por él, pensó Raphael. Ya no era cuestión de no preocuparse sino examinar el terreno, iniciar el conteo, ver para qué lado podría correr. A través del jeep, de la trasera del vehículo, Lucas gesticulaba. En la jaula, los pericos armaban gran algarabía. Raphael puso la mano sobre la manigueta frente a él para tomar impulso y salir del vehículo. Colocó la mochila sobre el asiento del conductor. Lucas estaba en el suelo, lo habían hecho acostarse en el suelo para catearlo, lo tocaban con las puntas de los pies. Él se salió del vehículo, a punto de acercarse, interpelarlos, interceder en lo que fuera que hubiera que interceder, si es que en algo podía ser útil, cuando escuchó la detonación, el disparo, y echó a correr, incrédulo, en el día hecho trizas.

Los soldados intentaron detenerlo cuando se tiró sobre Lucas, pero se arrepintieron. Pensarían que parte del escarmiento sería que el otro hombre le diera vuelta al moribundo y mirara su cabeza ensangrentada, los ojos muy abiertos sobre cuyo cristalino cruzaban las nubes, el cielo azul hasta hacía poco manso e inofensivo, la boca con el hilillo de sangre abriendo lentamente el cauce delgado hacia el cuello. Aún respiraba. Milagrosamente, un fragmento de vida rehusaba dejar el cerebro destrozado. Raphael se inclinó sobre él. Se encontraron sus ojos, la chispa de humor del pajarero sin doblegarse ante la muerte. Quería decir algo. Raphael puso el oído sobre la boca que balbuceaba.

—Waslala, Waslala, encuentren Waslala.

—Sí, sí —repitió Raphael.

Los pericos no cesaban de gritar. Lucas balbuceó otra vez.

—Mis pájaros. Soltálos. Que se vayan.

Sucumbió el humor, al fin, ante el espanto. Los ojos se quedaron fijos, adoloridos y el soldado alzó a Raphael de un tirón en el brazo, haciéndole una llave, inmovilizándolo.

Todos los insultos que él pensó se le atragantaron en la garganta, atropellándose con la idiota idea de preguntarles por qué, ¿qué podía haber hecho Lucas para merecer ese ajusticiamiento sumario, de perro rabioso? Se sacudió el brazo. Otro de los hombres vino y le dio un puñetazo en el estómago. Empezaron a pegarle. Lo botarían al suelo y pronto alcanzaría a Lucas, seguirían camino, ahora con otro rumbo, pensó, y sin saber qué rayo los partiera, por qué.

—Al vehículo —ordenó uno de ellos—. Metanlo atrás.

Lo empujaron. Otro jeep apareció en el horizonte.

—Rápido —repitió el hombre.

Raphael vio los faros a pleno día del jeep que se avecinaba, encendiéndose y apagándose. Refuerzos, pensó, su propia ironía extrañamente cáustica.

La actividad de sus captores se interrumpió. El que le tenía el brazo retorcido contra la espalda aumentó la presión, forzándolo a contorsionarse ante el dolor.

El jeep frenó. Rechinó el caucho. Maclovio abrió la puerta y bajó.

CAPÍTULO 36

—Obviamente, no estamos en condiciones para tomarnos el cuartel por asalto —dijo Engracia.

Pidió agua. Tenía la piel de los labios reseca y agrietada.

Se arrecostó un momento fingiendo acomodar las almohadas. Cuando habló otra vez, su voz había cambiado de tono y sonaba gruesa, ronca.

—Se me ocurre que Josué podría irles a pedir una cita urgente, para esta noche, decirles que no puede esperar, que nos estamos muriendo y queremos negociar el traspaso del depósito. Una vez reunidos, los tomamos rehenes: o nos entregan a Melisandra o volamos el cuartel... cosa que haremos de todas formas, una vez que ella esté a salvo.

La penumbra de las cortinas corridas en la habitación de Engracia destacaba la fosforescencia en los cuerpos de los contaminados. Sanos y enfermos ocupaban los sofás y sillones del cuarto, mirándose unos a otros azorados, con expresiones que alternaban entre la incredulidad, la nostalgia y el desafío. Las piernas se movían, las manos tamborileaban sobre mesas y objetos. Los enfermos, a ratos, cerraban los ojos y se abandonaban a los espasmos de dolor.

Nadie que los viera reunidos —la giganta en la cama, el hombre con el brazo metálico en el diván, Josué, con su rostro de apóstol temprano, los otros cinco rebuscadores de basura sanos, el hotelero incómodo, empeñado en conservar la dignidad dentro del atuendo amarillo— habría pensado que conspiraban para liberar a Faguas de la plaga insaciable que la mantuviera sumida en los marasmos de guerras sin sentido, estragada, los vicios convertidos en profesiones y fuentes de trabajo.

Demacrados, con la piel en llagas, el pelo de las muchachas cayéndoseles a puñados, eran la imagen del deterioro, ánforas de las que la vida se escapaba a simple vista. ¡Ah! Pero la perspectiva de no morir allí, de que les fuera dada una muerte heroica, de no irse solos, como decían los muchachos, alumbraba sus ojos con una luz de esperanza, igual que si alguien les hubiese prometido que se curarían, y no sólo eso, sino que vivirían eternamente.

—¿Por qué irles a pedir cita? —intervino la Pitusa. Se les pondría sobreaviso. Mejor llegar en procesión, encendidos, repintados con la luz aquella y pedir hablar con ellos ya a la entrada del cuartel.

Pero los detendrían en los retenes, advirtió alguien.

—Miren, hay que pensar sicológicamente —dijo Engracia, levantando la cabeza del balde, después de vomitar—. A estas horas, los Espada se sienten como reyes: tienen a Melisandra, hay noticias de que también sitiaron la hacienda del poeta en el río, deben andar buscando a Raphael. Encima de todo eso, les mando a decir yo que quiero capitular... ¡Estarán felices! Nos recibirán con bombo y platillo. ¡Claro! No se imaginan que el bombo y el platillo lo suministraremos nosotros.

—Los catearán a la entrada —dijo Josué—. ¿Cómo disimularán el explosivo?

—De eso me encargo yo —dijo Morris, que mantenía los ojos cerrados.

—No hay más que hablar —dijo Engracia—. A trabajar todo el mundo, que con esta debilidad caraja avanzamos a paso de tortuga y sólo Dios sabe qué mal rato esté pasando Melisandra.

Morris escuchó el desalojo de la habitación, las sillas, los movimientos lentos de los que se marchaban. Le dolía la garganta. Temía no ser capaz de articular una sola frase sin que se le quebrara cuanto resto de fuerza había logrado acumular en las últimas horas. La idea de morir le aterrorizaba. No podía pensarlo sin que se le aflojaran los intestinos, a pesar de cuanto se conminara a sí mismo a ser valiente y racional. La ciencia en estas cosas era una desventaja. Mejor estaría si fuera ignorante, reflexionaba. Por lo mismo, quizás, ver la dignidad y el coraje de los muchachos y Engracia le resultaba devastador. Era como si no se dieran cuenta, pensaba, como si un acto mágico les permitiera sublimar toda la maldita experiencia y convertirla en una epopeya gentil y plena de redención. Le producían una ternura infinita y era de tal manera punzante la sensación que se percataba con dolor del mucho sentimiento que le habría quedado aún por experimentar en la vida.

CAPÍTULO 37

¿Quién sería peor?, se preguntó Raphael: Maclovio, descendiendo del jeep, pantalón limpio, camisa blanca, un sombrero de jipijapa en la cabeza como finquero amable de otro siglo, o sus captores de maldad transparente, sin dobleces, pura y simple fuerza bruta, imperturbables asesinos sin compasión.

Los soldados reconocieron el rostro del socio de sus jefes.

—¿Para dónde llevan a este hombre? —preguntó, autoritario.

—Al cuartel, jefe. Órdenes superiores.

—Y el hombre de los pericos.

—Pasó a mejor vida, jefe. Se nos quería hacer el inocente.

—Lo mataron como perro —dijo Raphael.

El soldado le atenazó el brazo. Él se contorsionó.

—¡Suéltenlo! —ordenó Maclovio—. ¡Pandilla de salvajes! ¡Quién les dijo que mataran a Lucas! ¿Qué no saben que de la muerte nadie se recupera? ¡Animales! Ahora mismo se regresan al cuartel. Ya me encargaré de que los sancionen. Me dejan al prisionero. Yo lo llevaré. ¿Les dieron acaso órdenes de que lo golpearan?

Con cada frase su tono ascendía varias octavas. Los hombres se encogían. Se disolverían, pensó Raphael, quedaría la ropa arrugada sobre el asfalto.

—¡Vos también te vas con ellos! —le ordenó Maclovio a su chofer—. ¡No estoy de humor para verle la cara a ninguno de ustedes, hijos de mala madre!

Los hombres subieron al jeep, arrancaron el motor, vadearon el cadáver de Lucas, que quedó expuesto, boca arriba, con los brazos ligeramente abiertos. Raphael se arrodilló a su lado, le cerró los ojos, le cruzó las manos sobre el pecho, le quitó un mechón de la frente, pasándole la mano por el pelo, repitiendo el gesto como si se hubiera quedado sin otro oficio en el mundo que ése, pasarle la mano por el pelo a Lucas, sobarlo como quien consuela a un niño que tiene pesadillas. Apenas había vivido unas cuantas horas a su lado pero éstas fueron suficientes para que, arrodillado, mirando su cara de arrugas incontables, pudiera sentirse como quien contempla un bello, irrepetible atardecer, tragado prematuramente por la noche. Acaso si había visto un segundo de aquel espectáculo que era Lucas. Ahora ya jamás sabría por qué el pajarero empezó a amar la poesía, a adivinar el futuro, o a quién debía su gusto por las bromas. El silencio de su cuerpo se lo tragaba todo.

Maclovio no se acercó. Se sentó sobre el guardafango del jeep con la cara entre las manos. Temía provocar la ira de Raphael, justificada por cierto, aunque no fuese él el responsable directo de que el pobre Lucas acabara así. No le gustaba el rumbo que tomaban los acontecimientos. Había tratado de disuadir a los Espada de su idea de capturar a Melisandra y usarla para comprar el silencio de Raphael. No era necesario utilizar ese tipo de coerción, sería más bien contraproducente, les dijo. «De-

jenme el periodista a mí», insistió, pero los Espada eran
tercos, ciegos y, año con año, el poder les hacía perder
las facultades, la destreza, y los tornaba más desalma-
dos, implacables y tozudos. Él tenía sus límites, que
ellos reincidían en tironear, como cuando quisieron
convencerlo de exportar a los huérfanos para el negocio
de las adopciones ilícitas o de vender sus órganos. Una
cosa eran las drogas que, después de todo, cada quién
decidía si usar o no, y otra traficar con niños. Hasta él
tenía su corazoncito y bastante le costaba conservarlo.
¡Pobre Lucas! No se merecía esto.

—Era mi amigo, también —dijo.

—Lo sé —respondió Raphael, levantándose al fin,
pasándose las manos por la cabeza—. Y ahora, ¿qué hacemos, Maclovio? ¿Qué pensás hacer conmigo?

—Vámonos —dijo Maclovio—. Te lo explicaré en
el camino.

—¿Quién me garantiza que no me entregarás a los
Espada?

—Si ésa fuera mi intención, habría dejado que te
llevaran los salvajes esos. No tenés por qué confiar en
mí, pero creo que no te quedan muchas alternativas.
Creeme que debemos irnos. Ayudame a subir a Lucas
detrás.

Cargaron el cadáver. Le envolvieron un trapo en la
cabeza.

Sentado en el compartimiento trasero del jeep, laxo,
Lucas parecía dormir. Llegarían a Cineria en tres horas,
a lo sumo, dijo Maclovio. Al oír la mención de Cineria,
Raphael recordó la filina, el propósito del viaje funesto.
Se encaminó al vehículo del pajarero a recoger la mo-
chila.

No fue sino hasta que sus ojos se toparon con la

jaula de los pericos que se percató de la procedencia del sonido infernal en el trasfondo de la reciente tragedia. Los pájaros graznaban incesantemente. El graznido era monótono y agudo, con un perturbador tono de lamento. Dio la vuelta al carrito.

Extraña mirada la de los pájaros, pensó, contemplándolos, preguntándose si sobrevivirían, respondiéndose afirmativamente. Pajaritos poetas, la poesía de Lucas sobreviviría con ellos, sonrió, sintiéndose de nuevo humano, aligerado de la amargura cáustica que lo consumía, como si Lucas le estuviera soplando al oído un secreto, diciéndole que la muerte era una broma.

Abrió la jaula. Maclovio se acercó. Lo observó en silencio, intuyendo de qué se trataba. Los periquitos seguían balanceándose en las perchas, sin entender la súbita libertad que se les ofrecía.

—L. J. —los animó Raphael. La voz se le cortó—. Los juimos, periquitos —dijo, las lágrimas enturbiándole la mirada.

Uno a uno se fueron asomando los pájaros al boquete. Alzó vuelo el primero y luego, como nadadores que se turnaran en el trampolín, fueron saliendo en fila, con una precisión que habría enorgullecido a su dueño, hasta formar una bandada verde, una hoja caída de algún árbol del cielo que, haciendo círculos, cerciorándose de no toparse con barrotes, se fue clamoreando hacia el horizonte.

CAPÍTULO 38

Viendo el cielo despejado desplegar los últimos tonos de azul, Engracia pensó que no se podía quejar: su última noche sería clara y estrellada. Por ser ésta la última, se adornaría. Para morir, quería verse hermosa. Acicalarse equivaldría a disfrazarse. Así no la reconocerían.

Se hizo llevar a su habitación un recipiente con el polvo letal, que Morris y los muchachos habían vuelto a desenterrar por la tarde, y, parsimoniosamente, se adornó el cuerpo desnudo con espirales, redondeles, círculos concéntricos. Se colocó después, en la ingle, para burlar el cateo, el delgado envoltorio con el potente explosivo conectado al detonador que activaría, llegada la hora, con sólo abrir la mano. Tuvo un fugaz momento de terror: su sexo volaría hecho pedazos, se dispersaría el oscuro testimonio de sus placeres, el surtidor del que fluyó vida, ya que no hijos. «¡Waslala!», suspiró. Moriría con la eterna nostalgia de Waslala.

Tomó la tela de brocado que cubría la rasgada tapicería del sofá y se envolvió con ella arreglándole los pliegues como toga. Frente al espejo, se arregló los cabellos, trenzándoselos como pudo, ceñidos a la cabeza. Después les untó, mechón tras mechón, el polvo brillante. Se maquilló los ojos, se pintó los labios y, cuando terminó de acicalarse y contempló su imagen de cuerpo entero, se le humedecieron los ojos. Se vio bella como una amazona mítica, como el imponente mascarón de proa de algún navío descarriado y fantasmagórico. Se sentó en el sillón, mareada por el esfuerzo, y bebió un vaso de agua fresca. Con la cabeza apoyada en el respaldar y los ojos cerrados escuchó el sonido del lago, las olas cortas y frecuentes picoteando la arena, el croar de las ranas alzándose en un vivaz crescendo, el filo de las palmeras acuchillando la brisa, los grillos incansables. Nada era tan bello como el crepúsculo.

—Si hay vida más allá de la muerte —dijo en voz alta—, más vale que pueda compararse si quiera pálidamente con ésta.

Como predijo Engracia, los Espada accedieron a la reunión fijándola para las nueve de la noche. A las ocho, los cinco muchachos, Engracia y Morris se acomodaron en el jeep, como un cardumen de peces fosforescentes. Josué y los demás, moviéndose torpemente en los trajes amarillos, los abrazaron. No hubo quien no llorara. Al fin salieron hacia Cineria.

Afortunadamente, pensó Morris, lo que estaba sucediendo tenía tal atmósfera de irrealidad que le resultaba imposible aceptar la idea de que ése era un viaje sin regreso. En medio de los llantos de despedida, le pareció que todos albergaban la misma convicción: algún milagro ocurriría. El jeep y sus pasajeros volverían a franquear la puerta de hierro y el tiempo misteriosamente volvería a ser el mismo de tres días atrás. Desaparecería esa sensación angustiosa de la mecha chisporroteando, las luces de todos ellos a punto de extinguirse en la oscuridad.

La aparición de Engracia contribuyó sobremanera a crear la atmósfera de portento. Verla en su magnificencia, desprovista del halo de soledad que sólo Morris, sin saber todavía cómo, logró traspasar y fue suficiente para persuadirlos de que un poder sobrenatural los acompañaba. Envuelta en brocados, con el cuerpo monumental refulgente pintado con astros, cometas, órbitas luminosas y su cara de rasgos amplios alzada y desafiante, Engracia personificaba el poder telúrico de una tormenta eléctrica y el oscuro misterio del vientre femenino. Lucía mayéstica y evocó en todos el dolor por la madre y la nostalgia por la amante.

Desde la oscuridad de su apretado rincón en el asiento trasero del jeep, Morris miró su pelo encendido, inmóvil a pesar del viento, y rezó porque fueran ciertas las leyendas del inframundo y encontrarse con ella en la eternidad.

CAPÍTULO 39

Melisandra se arrastró sentada en el suelo procurando hallar el sitio menos húmedo en la celda para tenderse boca abajo y ver si la presión sobre el estómago le aliviaba las náuseas. No cesaba de preguntarse si no habría sido menos humillante que el hombre la violara físicamente en vez de forzarla a oír su lujuria tan cercana que, aun encapuchada, creía haber experimentado el vapor de su aliento atravesando la áspera tela y formando alrededor de su cabeza una nube de imágenes groseras, prosaicas y de una simpleza patética. El sexo sin imaginación podía ser ridículo y, sin embargo, la evocación de esa fuerza primaria provocaba el surgimiento de respuestas atávicas, alienando la voluntad, la razón, la dignidad. Eso fue quizás lo más humillante, que el hombre supiera que ni el rechazo intelectual ni el asco evitarían que ella respirara más fuerte, que sintiera el instinto atravesándole las barreras por mucho que intentara disimularlo. Si él la hubiera forzado al combate cuerpo a cuerpo, a resistir como fiera su embestida de bestia enervada y cobarde, jamás habría experimentado ella la degradación, la abyecta, pegajosa, sucia complicidad en la que —aunque fuera fugazmente— él supo que la atrapó cuando ella empezó a gritarle que callara, que se fuera al diablo con su agua de mierda, pero que se callara de una buena vez.

—Te llegó lo que te estaba diciendo, ¿verdad? Y ahora te querés hacer la altanera cuando sos igual que todas. Todas son lo mismo. Se les sale el coño por todos lados. Puta, perdida —le gritó, dejándole caer el agua de un balde sobre la cabeza.

No sabía cuánto tiempo había transcurrido desde que se marchara. Apenas el hombre salió, ella intentó con desesperación humedecerse los labios con las gotas que le resbalaban por la cara, esforzándose frenética por sorber la que quedara impregnada en el trapo inmundo que la tenía sumida en la noche, una noche ya sin la penumbra de la ventana. Sería la tarde, pensó, tiritando, sintiendo un frío gélido. En tan corto tiempo, con tan pocos recursos, la habían logrado despojar de su calor, su fuerza, su vitalidad. Qué fácil reducir a guiñapos a las personas, pensó. Si no volvían hasta el día siguiente, quizás tendría tiempo de recuperarse, de pensarse otra vez Melisandra, reconstituirse. Pero lo más probable era que le trajeran otra vez el arroz y los frijoles para la cena y volvería el mismo o quizás otro a someterla a quién sabe qué insultos y vejámenes. El cuerpo, su instinto de sobrevivencia, era más fuerte que la conciencia. Después que el hombre se fue no pensó en nada más que en atrapar algo del agua que le chorreaba de la cabeza para mojarse los labios. La rabia, la vejación, tomaron segundo plano. Era una lección, después de todo, pensó. Ni Waslala en toda su gloria obviaría el hambre, el descuido, las plagas que segaban la vida en Faguas. Se echó a llorar. Cuando cesara el llanto, se recompondría. Era posible, pensó. Se podía conservar la dignidad en situaciones como ésa. Pero se requerían trucos para engañar al cuerpo y apaciguarlo. El llanto no duró mucho. No se podía llorar encapuchada. Recostó la cabeza contra la pared para que el agua salobre se deslizara hacia su boca y luego se quedó quieta, imaginando un sol inexistente. Llorar debilitaba. Se empezaba a llorar y se iniciaban las asociaciones, las lágrimas del presente avivaban las del pasado. ¿Cómo saldría de allí? ¿Dónde estaría Raphael? Esperaba que hubiera podido llegar con las hierbas aquellas donde Engracia y Morris.

Ya no tenía dudas de que se hallaba en el cuartel de los Espada. La textura, el tamaño de la celda era una indicación de que no se trataba de una prisión improvisada, sino de las célebres mazmorras del fortín. No lograba más que especular sobre las razones que tendrían los hermanos para capturarla y ponerla fuera de juego. ¿Se enterarían del accidente y decidirían aprovecharlo haciéndola pasar por otra de sus víctimas? ¿Sería ésta la forma en que aislarían a su abuelo, cayendo sobre la hacienda? ¿Habría relación con el viaje de Raphael a buscar las hierbas, la filina seguramente? ¿O era Waslala, la amenaza del hallazgo, lo que les preocupaba?

Notó que, tras un período de calma, retornaba la inquietud, el desasosiego. No podía contar los minutos, pero los sentía. Los carceleros no tardarían mucho en volver. Lo sabía porque tenía hambre.

Temía escuchar los pasos, la llave en la cerradura, la voz del hombre.

Ya no importaba qué razones tuviese Maclovio para ofrecerle ayuda para rescatar a Melisandra, pensó Raphael.

Más tarde se ocuparía de ellas, se detendría a considerar si lo hacía para comprar su silencio, o porque algún rescoldo de decencia le quedaba en el alma. Pero ahora el tiempo era demasiado precioso y tictaqueaba en su esternón, igual que si se hubiese tragado un gigantesco reloj que amenazara con ahogarlo, reventarle los tímpanos con su compás reiterado, con su urgencia. Al llegar a Cineria, enterado en el camino por Maclovio de lo acontecido a Melisandra, se dio tan sólo margen para llevarle la filina a Jaime. Por Jaime se enteró del descabellado, bien intencionado plan de Engracia, de cuyos detalles cuanto sacó en claro fue que era perentorio sacar del cuartel a Melisandra, antes de que santos y villanos volaran en pedazos. Eran las siete de la noche. Con suerte, contarían con un poco más de dos horas para entrar a la prisión, encontrarla y salir de allí. En una mochila, llevaban ropa para hacer pasar a Melisandra por un muchacho. No sería difícil.

La patrulla debía haber dado aviso de que él llegaría con el prisionero, dijo Maclovio. En el cuartel de los Espada, los estarían esperando. Los soldados no se extrañarían de que él personalmente lo condujera a las mazmorras. El plan podría funcionar siempre y cuando algún lugarteniente de los Espada no insistiera en que Maclovio llevara primero a Raphael ante los jefes.

Cruzaron fácilmente los retenes, a pesar de que se notaba la alerta decretada por la cercana visita de Engracia.

—Parece que estamos de suerte, ché —dijo el argentino—. ¿Podés creer que la giganta va a venir a conferenciar con los hermanos hoy por la noche? ¿Qué mosca le habrá picado? —musitó, mirando a Raphael, quien fingió igual sorpresa.

Aparcaron el jeep en el patio de armas del cuartel. Raphael vio la moto de Melisandra entre los pocos vehículos. Los esperaban, efectivamente. Dos soldados se aproximaron a relevar a Maclovio de la custodia del prisionero.

—Siento mucho pero no me van a quitar a mí este placer —dijo Maclovio, dándole un empujón a Raphael, cuyas manos atara con una soga—. Ustedes encárguense del muerto. De los vivos me encargo yo.

—Tenemos órdenes... —vaciló uno de ellos.

—Yo las cumpliré por ustedes —sentenció Maclovio y, alzando la voz, exagerando los gestos, añadió—. No se queden ahí parados. Ya me oyeron. ¡Bajen al muerto y me lavan el jeep antes de que apeste!

La atmósfera del cuartel era distinta, observó Raphael, fingiendo una pose sometida, viéndolo todo de reojo, como debían hacerlo los prisioneros. En la oscuridad, grupos de soldados fumaban y conversaban, pero su actitud era expectante, no displicente. Quedaba por ver si las circunstancias los favorecerían, pensó, mirando sus zapatos, percibiendo la sangre de Lucas. En unos cuantos días, el espejismo con que Faguas lo sedujera al inicio se había quebrado. Estúpido fue pensar que eran los prejuicios de su mundo los que coloreaban éste de horror. El horror estaba por todas partes.

—Vámonos —lo empujó Maclovio con violencia.

Raphael echó una postrera mirada a la noche, al cielo claro, estrellado. Pensó en Lucas, que perecería otra vez en la explosión.

CAPÍTULO 40

En el camino a Cineria, el vehículo de Engracia se topó con el de Jaime que, a toda velocidad, salía a interceptarlos para entregarles la filina.

No sabía qué efecto tendría, dijo, pero seguramente les aliviaría, les despejaría la mente para la reunión con los Espada. Le entregó las hojas a Engracia y los enteró de que Raphael, con la complicidad de Maclovio, intentaría sacar a Melisandra del cuartel antes de las nueve de la noche.

—Prolonguen la reunión —dijo, con el aliento entrecortado—. No pidan que les muestren a Melisandra sino hasta el último momento. Dejen los explosivos como último recurso. Quizás no sea necesario.

Engracia lo miró con afecto.

—Gracias, Jaime —dijo—. Pero si no regresamos de la reunión, asegurá que Melisandra y Raphael vuelvan al depósito a recoger unas cosas que les dejé con Josué. Quiero que se hagan cargo de mi loro. Deciles que no le den de comer frutas. No le gustan al condenado. Ya se acostumbró a comer masa.

Extrañas ocurrencias las de los seres humanos en

medio de los dramas, pensó Jaime, mirando alejarse el vehículo envuelto en una insólita luminosidad, como un frasco lleno de luciérnagas que una mano invisible, enorme, echara a rodar camino a Cineria. Era tan de Engracia preocuparse a esas horas por su loro. No volverían, se dijo. Lo vio en los ojos de Morris, de los muchachos. Quizás ya no querían volver; no querían que nada impidiera el sacrificio, la muerte florida.

A él no le quedaría más que esperar. Inclinó la cabeza sobre el volante, terriblemente apesadumbrado, exhausto, inútil, solo.

Engracia repartió las hojas de filina. Tanto oír hablar de la condenada droga y no probarla hasta ahora, dijo. Se pusieron a mascarla ansiosamente, concentrándose en el sabor amargo, la sensación pastosa, el adormecimiento de la lengua. Cuando aparcaron el jeep en una oscura calle a pocas cuadras del parque, experimentaban no sólo mejoría física, sino un estado de gracia espiritual que convertía el aire de la noche en una deliciosa sustancia liviana y benéfica que les aliviaba el ardor de las llagas. Luego de días de gestos torpes, se sintió ágil. La filina los había trocado en criaturas leves, afables, desalojadas de miedo, de terror, de dudas, listas para lanzarse en su procesión de fantasmas radiantes a través de Cineria.

Jeremías, el más joven de los muchachos, se acomodó su tambor a la cintura y abrió la marcha. Detrás, se colocó Engracia y, tras ella, Morris, la Pitusa con su flauta dulce, Catalino y los otros dos.

Era una noche prístina. Caminaron por las calles sin encontrar más que perros hurgando basura y algún que otro mendigo acomodado bajo los aleros sobre trapos sucios y cartones. Así eran, en la oscuridad, las calles de

Cineria: tensas, silentes. Las recorrieron sin ruido, dejándolas albergar quietas a quienes se agazapaban en las casas. Sólo al llegar a la paralela al parque y calcular que estarían cerca del primer retén, Engracia le indicó al tambor que tocara. Sonaron los primeros redobles, que la Pitusa acompañó con su flauta. La noche de pronto cambió de color. Se fue poblando de rostros. Por los boquetes de las bombas, las ventanas, las hendiduras de las puertas, se asomaron las caras atónitas a ver pasar aquel cortejo de seres de otro mundo que transformaba la noche en un líquido verde, resplandeciente, en el que brillaban cometas, soles, órbitas de otras constelaciones, inmersas en la música de marcha infantil que a ratos sonaba a melodía traviesa y a ratos tenía la punzante calidad de una protesta rasguñando una parte dormida del alma. Morris sentía que viajaban sobre los círculos concéntricos de un gong cuyas vibraciones sonoras sacudían potentes toda la ciudad. En pijamas, en pantuflas, vestidas, medio desnudos, cubriéndose los hombros con toallas para no agarrar frío, salían a las aceras los durmientes, las desveladas, persignándose algunos, cayendo de rodillas otras, alelados, atónitos los más.

En los retenes no hubo quien se atreviera a detenerlos ni acercárseles. Sólo mucho rato después, alguno se preguntó si la mujer enorme al frente del cortejo podría haber sido quizás Engracia. Cuando la procesión rutilante ascendió por el trecho final hacia el fortín, los seguía un cortejo de perros callejeros aullando y ladrando.

A la entrada del cuartel la aparición del grupo, cual punta de cometa con estela de aullidos, desconcertó y dispersó a los soldados, que echaron a correr en todas direcciones confrontados súbitamente con cuanto demonio y superstición los persiguiera en la vida. Los recién llegados se hallaron, contra todo pronóstico, solos en el patio de armas donde poco antes Maclovio y Raphael desaparecieran. Engracia se echó a reír por lo bajo. Tuvo que contener el impulso de reírse a carcajadas.

—Antonio y Damián Espada —gritó—. Aquí estamos. ¿Qué acaso nadie va a venir a recibirnos?

En la celda, Melisandra escuchó el resonar de pasos. ¿Serían dos, tres personas?, se preguntó. Cerró los ojos, apretó los dientes, enderezó la espalda. El truco sería la ausencia. No estar allí, no hablar. Ellos mismos le habían dado la medida de cuán espeluznante y frenético podía ser el silencio. Los observaría igual que la observaban a ella. Ya que no tenía la posibilidad de los ojos, lo haría con su porte y serenidad. Respiró hondo. Podía sentir la sangre temerosa palpitarle en las sienes. Los pasos se acercaban. Se apretó las palmas, las frotó una contra otra. Su lado fuerte confortando al que podía mandar su determinación al traste. ¡Qué largo podía ser el tiempo! ¿O sería que los pasos llevaban otra dirección? Escuchó voces. Maclovio. Su voz, el acento inconfundible. Era Maclovio, sin duda. Hablaba, ordenaba, convencía. Las palabras le llegaban confusas, pero oyó claramente la mención de otro prisionero. Ya estaban cerca. «Abra la puerta», decía, y el guarda que no. Eran órdenes estrictas. No podía desobedecerlas. El prisionero tendría que quedar en otra celda. Seguían discutiendo. Melisandra pensó que sus músculos no resistirían la tensión, se romperían. Cerró los ojos. Le dolía la cabeza, la sangre alojada en el cerebro, desatinada, presionándole las órbitas de los ojos. Los dientes le castañeteaban. Un golpe contra la puerta, el sonido de una garganta agarrotada queriendo gritar. «Las llaves», dijo la voz de Raphael, las llaves. Creyó equivocarse, pero la voz de Raphael la traspasó y envaró. Entendió por qué se decía que una voz podía tener el efecto de un relámpago. Se electrizó. Escuchó el sonido metálico de la puerta golpeando con violencia contra la pared. Golpes. Quizás no la veían. No se habían dirigido a ella. Se mantuvo quieta. Raphael tenía que sacarla de allí. De la sorpresa, la excitación de escucharlos, pasó al terror. ¿Y si no lo lograban? ¿Si después sus voces desaparecían? ¿Si otro portazo y quedaba sola?

—Desamarra a Melisandra, Maclovio. Cierra la puerta. No perdamos tiempo.

Ella sintió el jalón de la capucha. Le tomó unos segundos captar lo que sucedía. Maclovio le desataba las amarras de las manos y los pies. Raphael sostenía al guarda atenazándole la garganta con el brazo. El hombre se resistía, forcejeaba.

—Cambiate ropa —le dijo Maclovio, tirándole la mochila, tomando las amarras de ella para usarlas en los pies del guarda, luego de darle un puntapié en los testículos. El hombre gruñía de dolor, doblado en el suelo, inmovilizado. Raphael le amarró las manos al guarda. Con la capucha, lo amordazaron.

«¿Estás bien?», repetía una y otra vez Raphael, levantando fugazmente los ojos para verla y cerciorarse de la respuesta afirmativa de ella, que abría la mochila y se cambiaba. Se quitó los calzones mojados y se puso el pantalón, la camisa militar sobre la camiseta, la gorra. Todavía temblaba. Apenas podía abrocharse los botones. Salieron, cerraron la puerta tras ellos con llave. El pasillo era oscuro, húmedo. A largos intervalos colgaban bujías que proyectaban una luz macilenta y agigantaban sus sombras.

—Ahora a moverse con naturalidad —dijo Maclovio, resoplando.

Caminaron uno tras otro, deteniéndose antes de doblar la esquina del siguiente corredor, al final del cual se veía una escalera.

Oyeron la conmoción mientras subían las gradas de concreto. Varios soldados bajaron corriendo.

—No suban, no suban —les gritaron, mientras continuaban su carrera.

Con la espalda contra la pared, ellos los dejaron pasar y corrieron, a su vez, en dirección opuesta.

Al salir al patio de armas por una pequeña puerta al final del muro, alcanzaron a ver los seres iluminados, espectrales, que transponían la entrada principal del cuartel.

«¿Qué demonios es eso?», farfulló Maclovio. «Mejor que no te enteres», le dijo Raphael. Tenían que salir de allí cuanto antes, ir al hotel, donde Jaime. Allí estarían seguros. Corrieron al jeep de Maclovio. Después de la dispersión, los soldados reaparecían, pero aún duraba el desasosiego. Partieron entre miradas aleladas, sin que nadie los detuviera.

—Los Espada te cobrarán ésta —decía Raphael, mientras Maclovio cruzaba los retenes gracias a la violencia de gestos autoritarios y perentorios.

—Me la cobrarán, sin duda, pero mi vida está en tus manos, ché —dijo Maclovio a Raphael—. Si la Policía Anti-Drogas no destruye los plantíos, nuestra deuda queda saldada.

—No entiendo nada —dijo Melisandra, pasándose las manos por la cabeza, por la cara, sobándose las muñecas, la piel donde aún le ardían las amarras.

—Me lo imaginaba —masculló Raphael.

CAPÍTULO 41

Antonio y Damián Espada se esforzaban a ojos vistas por disimular su alteración ante lo que juzgaron una trampa de Engracia para ridiculizarlos: las tropas en desbandada por más tiempo del que podía ser tolerable y ellos forzados a salir a recibirla, a verse expuestos, de pronto y sin ninguna advertencia, a la noche transformada en un aquelarre de fuegos fatuos.

Engracia les gritó, cuando los vio aparecer en el patio de armas, que lo que veían se lo podía explicar si la hacían pasar dentro. A los Espada no les quedó otro remedio que acceder a riesgo de exhibirse como cobardes frente a sus hombres.

Pasaron a la oficina de Damián. La escenografía del recibimiento había sido dispuesta cuidadosamente. Frente al ala de avión del escritorio, se veía una mesa larga. Engracia notó las gruesas cortinas rojo vino que cubrían las paredes y daban a la estancia un ambiente de iglesia en Semana Santa. Se preguntó si así evitarían los Espada que se filtraran sus secretos. Los hermanos invitaron a los visitantes a sentarse a un lado de la mesa. Ellos ocuparían el otro, en compañía de sus asesores, hombres de confianza, y una línea de soldados, de pie, guardándoles las espaldas. Ambos hombres no cesaban de mirar a Engracia, cuyo porte real los impresionó a su pesar. Se movían como felinos pretendiendo atender imprecisos detalles, dándose tiempo para recuperar la arrogancia, el desplante, la superioridad con que se imaginaran la escena antes de que ella les mandara al traste sus ínfulas, emergiendo de la noche como una Diosa refulgente.

Alumbrada por luces de neón, la oficina con sus paredes altas de adobe, vigas expuestas en el techo y apenas una ventana, era fría y lúgubre. El ambiente hostil, la presencia de emociones oscuras y recelo, le hizo pensar a Morris en las reuniones de la mafia en garajes y almacenes deshabitados; los padrinos decidiendo la ejecución de sus secuaces.

Finalmente tomaron asiento. Sin preámbulos, Engracia les agradeció que accedieran a las pláticas a tan breve aviso. Bien pronto comprenderían que el asunto era de tal seriedad que no admitía demora.

—Lo que no entendemos es el espectáculo —dijo, sarcástico, Antonio—. No tenían que haber hecho semejante despliegue.

—Entiendo su recelo —respondió Engracia, sonriendo benignamente—. Pero lo que ustedes llaman espectáculo es parte del problema. Por otra parte, consideré importante darle solemnidad a esta ocasión y poner a la población sobreaviso de un hecho que puede afectar sus vidas. No es mi culpa que sus soldados se hayan desbandado.

Morris observaba la escena, alerta, a disgusto. La bendición de la filina al mitigar los dolores y afinarle los sentidos también le había avivado la paranoia. Miró las manos delgadas, las uñas largas de Antonio Espada y el porte comedido pero tenso y diabólico de Damián, acariciándose los bigotes.

—¿Cómo es que ese disfraz —señaló socarrón Antonio— es parte del problema? Ahorrémonos los preámbulos. Explíquenos de qué se trata este asunto.

Con voz pausada y, mientras buscaba dentro de su toga el delicado detonador que Morris fabricara, Engracia exageró las dimensiones del cargamento radioactivo que yacía enterrado en el patio del colegio y habló de sus consecuencias. Morris intervino para reforzar sus argumentos y describir, científicamente, los efectos letales para los seres humanos que se vieran, por una u otra razón, expuestos a ese nivel de radiación.

—Este polvo brillante, lo que usted llama nuestro disfraz, es cesio 137 —dijo Engracia—. Nos contaminamos inadvertidamente creyendo que se trataba de pintura fosforescente. Moriremos. Muy pronto —dijo—. Me imagino que les alegrará la noticia...

—Nuestras condolencias —intervino Damián, taimado—. No podemos alegrarnos por algo así.

—Queremos darle a nuestra muerte alguna utilidad —continuó Engracia, impertérrita— y he venido, como les anuncié, a proponerles un trato.

Les cedería enteramente el negocio de la basura a cambio de la libertad de Melisandra. Aunque ellos pudiesen pensar que, desaparecida ella, la concesión de la basura quedaría abierta al mejor postor, ella aún podía decidir que los comunitaristas administraran el depósito. Más les valía reconocer que las corporaciones extranjeras tomarían en cuenta sus recomendaciones y acceder a su petición.

—Tienen los días contados —se levantó Antonio

Espada—. Y, así y todo, piensan estar en condiciones de negociar —hablaba fingiendo cómicamente ponderar su propuesta—. El depósito a cambio de la muchacha. Mmmm. Quizás no sea mal negocio. ¿Qué pensás, Damián?

—¿Querrán verla, no? Comprobar que la tenemos, ¿no es así? —sonrió éste.

—Estará un poco sucia. No pudimos hospedarla apropiadamente, proveerla de un baño. Ustedes saben... este fortín es antiguo.

—La higiene no era preocupación de nuestros ancestros —añadió Antonio.

¡Malditos! No negociarían ni un carajo, pensó Engracia, liberando el mecanismo que permitiría activar posteriormente el explosivo. Pero a esas horas Melisandra estaría a salvo. Tenía que estarlo. Eran las nueve y media. Le sudaba la entrepierna.

—Tienen razón —se oyó decir—. Tendríamos que verla.

Morris agarró fuerte el brazo de la silla para contener el deseo de salir corriendo. Olía peligro. La expresión de los Espada era la de animales agazapados que calculaban la posición de la presa, el largo del zarpazo. Tenían su propio plan, pensó.

Dieron la orden de salir a buscar a Melisandra con un leve gesto. Varios soldados obedecieron. Antonio Espada encendió un cigarro cuyo aroma invadió la habitación.

—Es difícil de creer, ¿no, Antonio? —intervino Damián, modoso—. Difícil de creer que, enfrentada con la muerte, nuestra adversaria haya pensado heredarnos su negocio... ¡Ah! El romanticismo —sonrió—. Salvar a la muchacha. Ella no corre peligro. Es nuestra huésped.

—Ahora que vas a morir, quizás te interese saber que nos fuiste muy útil —dijo Antonio—. Las barcazas en que viene la basura han sido providenciales... Una de nuestras mejores rutas para sacar la filina.

Engracia acusó el golpe, enderezó la espalda, pero su replica fue interrumpida por los pasos apresurados del hombre que regresó corriendo y susurró, visiblemente agitado, la noticia de la desaparición de la prisionera. La hostilidad de la habitación se desató sin recato en un movimiento general de armas desenfundándose, hombres cercándolos.

—¡Grandísima hija de puta! —gritó Antonio, puesto de pie, dando un puñetazo sobre la mesa—. ¿Lo tenías todo planeado, no?

Las cortinas se movieron. Ocultaban más hombres armados que aparecieron y los encañonaron.

—Nosotros también teníamos nuestros planes —profirió Damián, la voz ronca de rabia, gesticulando órdenes, gestos agresivos a sus soldados, que empujaban a Morris, a Engracia—. Sabíamos que ustedes vendrían con ese cuento de la radiación, que tratarían de engañarnos con pintura fosforescente para emboscarnos. Estábamos preparados para defendernos, para eliminarlos de una buena vez. ¿Creyeron que ustedes podrían hacerlo primero? ¡¡¡Pues se equivocaron!!! Serán ejecutados ahora mismo. ¡Aquí nadie se da el lujo de conspirar contra nosotros impunemente!

A empujones, golpes, enterrándoles los cañones de los fusiles en las costillas, la espalda, impidiéndoles cualquier resistencia, los alinearon al fondo de la habitación, contra una pared sin cortinas. Con los ojos encendidos de rabia, los muchachos observaban a Morris y Engracia, sus cuerpos tirantes, impetuosos, sacudiéndose, prestos para saltar. Morris los vio y se esforzó por disimular su furor y transmitirles entereza sin poder ocultar la desolación de contemplar sus caras jóvenes. A su lado, Engracia, imperturbable, sonreía enigmática, sola, aparentando divertirse con el incidente. Morirían con inocencia, pensó. No serían ellos quienes cargarían con la culpa de atacar primero. Los Espada los liquidarían. Echó una última ojeada a sus muchachos. Habría querido decirles que era un fin noble, tranquilizarlos, asegurarles que cumplirían su misión. Morris, exaltado, sintiendo el terror en la flojera de sus intestinos, se repetía que no se había equivocado. Esto era lo que percibió, se decía, como si la confirmación de sus presagios pudiera distraerlo. Oyó los proyectiles entrar a las recámaras de los fusiles. Tomó la mano de Engracia. Estaba fría, sudada. Las detonaciones sonaron distantes. Sintió el impacto, las balas como manos ardientes empujándolo hacia el frente, a pegar contra la pared, a deslizarse sobre ella, sin dolor, sólo la debilidad, la piel dejando escapar la vida, el cuerpo como un balón desinflándose aceleradamente. A su lado, Engracia fijó en él sus ojos: la mirada brillante, vivaz, reiterándole lo inmortal que podía ser la muerte. Lo último que captó Morris fue la mano izquierda de ella aún cerrada.

CAPÍTULO 42

La explosión del fortín de los Espada perduró en la memoria de Cineria por varias generaciones. Ni Engracia ni Morris se lo propusieron así. Morris incluso preparó a regañadientes, con las lágrimas goteando sobre el brazo metálico, la cantidad precisa de explosivo para que su potencia y onda expansiva no hiciera volar más que lo estrictamente necesario, pero los Espada no guardaban las municiones, las armas, las bombas de sus múltiples guerras donde se decía las guardaban. Temerosos de la deslealtad que ellos mismos se encargaran de fomentar, las conservaban enterradas en los sótanos de la fortaleza en que vivían, conspiraban y transcurrían sus horas de ocio en compañía de sus familias.

No fue entonces una, sino una miríada de explosiones las que detonaron esa noche apocalíptica en Cineria. El cielo, volteado al revés, se tiñó de café, de tierra, como si un volcán, que aún no se supiera volcán, hubiese despertado eructando piedras, los cimientos, las fundaciones del antiguo fuerte, desplazándolos a cientos de metros a la redonda. El cielo se enrojeció con las llamaradas. Pedazos de todo lo imaginable llovieron sobre las cruces de las aceras, sobre las pintas, el parque, sobre las casas donde mujeres, hombres y niños se escondían debajo de las mesas para salvarse de aquel estallido ensordecedor detonando el arsenal de sabe Dios cuántas batallas.

Engracia no se equivocó en su presagio: Cineria nunca olvidaría esa noche. Incapaces de atribuir semejante apocalipsis a sus congéneres, sus habitantes llegaron a la conclusión de que los mismitos Fantasmas de Wiwilí, alzados de sus tumbas después de siglos de aguantarse la rabia y el oprobio, habían mandado a volar a moros y cristianos al carajo. Aquello era apenas una muestra del fin de Sodoma y Gomorra, dijeron los curas. Más valía que esta vez todos se propusieran seriamente enderezar los torcidos caminos de Faguas si es que no querían ir derecho y sin remedio al infierno.

La gente, desconcertada y sin rumbo, vagó por la ciudad no bien amaneció, descubriendo que, de la noche a la mañana, se habían quedado sin mandamás ni mandamenos; sin los Espada, sin Engracia, sin armas y sin chatarra porque bien pronto se corrió la voz de que algo había sucedido en el depósito de basura y que nadie debía acercarse allí al menos por un buen tiempo. Para colmo, el gobierno, con todo su gabinete de oportunistas y vividores, desapareció como tragado por la tierra, temiendo represalias o que se les acusara de haber sido los causantes de la debacle.

—En este desconcierto podemos reorganizar el país —dijo Melisandra.

Poco se habló en el hotel donde ella, Raphael, Maclovio, Jaime, Josué y los rebuscadores convergieran buscando refugio la noche de la conflagración. El duelo de las muertes predominó sobre las emociones acumuladas y los sumió a cada uno en el aire de la tristeza quie-

275

ta de los velorios. Melisandra cerraba los ojos para sacudirse, junto con la tristeza, la sensación de encierro que continuaba insidiosa en su sangre, como si, libre, aún continuara presa. Cerca de ella, consolándola, Raphael no podía dejar de evocar el rostro exangue de Lucas, el rumor del lago en el edificio de Engracia, las palmeras filosas acuchillando el viento. Una y otra vez imaginaba la escena. La oficina de los Espada. ¿En cuál de las dos se habrían reunido? Antonio Espada encendiendo un habano. El estampido. La muerte. Engracia reluciente. El brazo de Morris con sus complicados mecanismos saltando de su cuerpo, sus aparatos midiendo automáticamente la temperatura, la composición química del explosivo. Se pasó la noche en el ejercicio recurrente y disparatado de escribir mentalmente el encabezado de un artículo, cavilando sobre cómo explicar lo sucedido, describir a los protagonistas. Empezaba a ver a Brad como una figura de pesadilla. Se resistió a comunicarse con él hasta que amaneció. Mencionó la muerte de los Espada, de Engracia. No dijo nada sobre la filina, Lucas, el rescate de Melisandra.

—¿Documentaste la explosión?

—Sí —respondió.

—Te ves cansado —dijo Brad—. Mandame el material tan pronto puedas editarlo de forma coherente. Creo que esta información sí valdrá para el segmento de noticias de la noche.

Al día siguiente, a media mañana, la gente empezó a concentrarse en el parque. Las hojas de los árboles, removidas por un viento que apestaba a pólvora, dejaban caer una llovizna de residuos y cenizas sobre la multitud gris, sucia de hollín, con la piel y el cabello polvosos. Las miradas excitadas, saltando de aquí allá, denotaban la pérdida de la brújula con la que hasta entonces guiaran sus acciones. Melisandra, que pasó la mañana en medio de la niebla de humo que aún cubría la ciudad, transportando heridos al hospital con los muchachos del depósito y comprobando el desasosiego que se vivía en Cineria, se bajó del jeep al regresar al hotel y se dirigió a conversar con ellos. Mirándola confundirse entre la gente, el pelo rojo opaco, cafezusco, Raphael comparó la situación con lo que acontecía después de un desastre natural o una revolución: el andamiaje de la existencia, por muy defectuoso que fuera, se venía al suelo de súbito y había que ponerlo de nuevo en su sitio, hacer acuerdos, distribuir tareas, responsabilidades. Melisandra estaba como pez en el agua: contestaba preguntas, sugería, interrogaba a su vez, los retaba a usar su ingenio. Hablaba desde lo alto de una silla que alguien situara en el centro de la glorieta. Hacia ella se volvían todos los ojos.

Por alguna misteriosa razón la concurrencia aceptaba que los guiara, la obedecían. Quizás ella representaba Waslala ante ellos. Quizás inconscientemente la habían ungido para encontrar el camino perdido, la salvación.

Lo admirable para él era verla dirigir: convocó a las bandas a una reunión, indicó cómo organizar la vigilancia nocturna, organizó las cuadrillas para restablecer el suministro de agua potable, para montar un mercado donde realizar trueques sin intermedio de las apuestas. Todavía llevaba puesta la ropa de soldado con que Maclovio y él la sacaran del cuartel. Iba sucia de tierra, hollín y sangre.

Raphael envió el reportaje a Brad y se puso a documentar cuanto sucedía. Ya habría tiempo para ocuparse de la filina, pensó. Se trataba de rehacer un país. Ésa era verdaderamente la historia.

CAPÍTULO 43

¡Qué furia, qué rabia la consumía y a la vez qué euforia, qué embriaguez! Melisandra pensó en el poema de una de las mujeres de Waslala, que su abuelo le leyera allá en el estudio junto al río. No lo sabía de memoria, pero la idea recurría en su mente como el estribillo de una canción. Faguas era un pequeño país de plastilina donde todo estaba todavía por hacerse. «Yo vivo en el país que tiene los atardeceres más bellos del mundo», dijo en voz alta, recordando el primer verso.

Se miró las manos, las muñecas enrojecidas por la soga. Echó la cabeza para atrás, llenó de aire los pulmones. El baño era pequeño. Le recordó la celda. El agua de la ducha corría sobre su piel desnuda. Ella, de pie, la espalda contra los azulejos blancos y ocres, la dejaba correr, abstraída.

Debería estar cansada pero desde el estallido trabajaba sin detenerse, casi sin dormir. Sin embargo la energía no le faltaba. Parecía recargarse constantemente. Tanto qué hacer, pensó, bajo el agua, rememorando.

Al principio lo hizo porque no podía aquietar la furia, la sinrazón de lo acontecido. Recorrió las calles con

Josué en un afán de solidarizarse, ser útil. Sin percatarse empezó a disponer, a pedir consenso, ella la primera asombrada de que la escucharan con avidez, le pidieran consulta, hasta que se vio prácticamente a cargo de la situación: la ciudad de plastilina fue lentamente retornando al orden, las cuadrillas en los barrios limpiaron las calles, los alimentos —papas y verduras al menos— volvieron a ser accesibles, se repararon las tuberías del agua rotas, las pandillas se quedaron en calma luego de aceptar un alto al fuego, el hospital volvió a funcionar cuando se descubrió el sitio donde estaban almacenados los medicamentos que los Espada destinaban al mercado negro.

Al jabonarse el pelo, vio caer la espuma sucia sobre las baldosas. Sintió que el agua la aliviaba de capas y capas de lodo. Lo que ahora le tocaba decidir era el viaje a Waslala. No era el momento propicio para alejarse de allí. Sabía Dios lo que podía pasar. Desarticulada la estructura viciada con la que funcionara la ciudad bajo los Espada, la gente aparentaba no tener la menor idea de cómo empezar de nuevo sin recurrir al sistema que los sumiera en la desgracia. La presionaban para que saliera cuanto antes hacia Waslala, pensando que de allí vendrían todas las respuestas. El tema del viaje surgía en cada reunión. Cuándo partiría, le preguntaban. No se cansaban de repetir lo seguros que estaban de que ella sabría llegar. Por primera vez en su vida se preguntó si realmente Waslala podría resolver los dilemas que enfrentaban, la tarea que tenían por delante. Le parecía más urgente dedicarse a lo concreto. ¿Se ensoberbecería en tan corto tiempo pensándose indispensable?, se preguntó, secándose vigorosamente con la toalla, oliendo con deleite el calzón limpio, la camiseta, la ropa lavada con que se vistió presurosa. ¿Temía acaso ser desplazada, regresar y encontrar que ya no era necesaria? Soy estúpida, se dijo frente al espejo. ¡Qué más daba si era ella, otra u otro quien tomaba las riendas! Se alisó el pelo con las manos y salió a reunirse con Raphael, Jaime y Josué que la esperaban para dirigirse al depósito de Engracia, a recuperar la carta, el loro y revisar la fosa de concreto donde al fin se enterró el cesio.

Al bajar a la oficina del hotel, se encontró con la novedad de que Pedro había llegado de Las Luces a informar que don José y Mercedes estaban a salvo. Regresaría más tarde a darle los detalles, le dijo Jaime. Había salido a una diligencia urgente.

—Pero ¿qué contó? ¿Qué más dijo? —preguntó, ansiosa.

—Que tu abuelo se mostró tan abatido y desconsolado ante la muerte de Engracia que todos pensaron que debió haberle tenido más aprecio del que previamente dejara traslucir. Cuando los hombres de los Espada llegaron a la finca y les dieron a él y Mercedes la casa por cárcel se comportó con un desafío temerario, pero apenas se enteró de lo de Engracia perdió el ánimo y la pesadumbre lo invadió.

Jaime le dijo que la resistencia de Joaquín y los colonos había sido crucial, frustrando el intento de los soldados por sitiar la hacienda y pegarle fuego. Tras la noticia del fin de los hermanos, los hombres de los Espada se habían dispersado.

Melisandra tuvo que conformarse momentáneamente con aquella sucinta relación. Lo único afortunado de su breve estancia en prisión era no haberse enterado de lo sucedido en la hacienda. No quería ni pensar en la desesperación que la hubiera embargado ante su impotencia e imposibilidad de ayudarles.

Raphael interrumpió su labor infatigable de registrar con su cámara cuanto acontecía en la ciudad, para acompañar a Jaime, Josué y Melisandra al depósito de Engracia. La muchacha no entendía la obsesión de él por documentar todo. Ella prefería que ciertos recuerdos se disolvieran. No le gustaba la noción de conjurar las memorias a voluntad, de guardar cada cara, cada gesto. Prefería dejar a la memoria en libertad de rehacer los recuerdos, dulcificarlos o expurgarlos de la mente.

Tomaron el camino de tierra que bordeaba el lago. Melisandra recostó la cabeza sobre el hombro de Raphael, sintiendo que al fin de muchos días, las mitades contrarias de su naturaleza volvían a reintegrarse, que era capaz otra vez del tacto, la ternura, de cerrar los ojos y sentir el calor del sol, el sonido del agua; de recuperar el corazón que escondiera, sacarlo todavía timorato, miedoso, para que se asomara y viera las nubes que el viento deshilachaba. Recordó el asombro, la novedad con que arribó allí, sus ojos desacostumbrados a otra cosa que no fuera el verdor, ese verdor del río que era capaz de limarle al dolor sus aristas más filosas.

Cruzaron la cancela de hierro, el redondel donde el cura indiferente continuaba sosteniendo su catecismo. Melisandra experimentó la pena de los demás uniéndolos no sólo en el dolor sino en el alivio de no saberse solos. El edificio emanaba silencio. Cada pilar, cada pared, cada objeto estaba ahora despojado de la vida que alguna vez lo hiciera acogedor y cálido: la mesa desvencijada donde tenían lugar los trueques, los pasillos con sus rumeros de gavetas sin escritorios, un patín, una cuna maltrecha, la pelusa, los papeles abatidos por el viento, el incinerador al fondo con las palmeras, la ropa tendida en los alambres. Se veía todo triste. Tan triste.

Quizás siempre lo fuera, pensó. Quizás si hubiese carecido de la enorme humanidad de Engracia, el amor de Morris, la vitalidad de los muchachos, jamás hubiesen contemplado aquel edificio insólito con la nostalgia de quien mira un hogar devastado, cobijo que fue no sólo para seres humanos sino para esos objetos rechazados, tirados, abandonados, que aquí se habrían encontrado felices, revalorados sus cuerpos de aluminio, de hierro, sus corazones de cobre, de plástico, de vidrio. Súbitamente el paraíso terrenal de esas almas inanimadas se había quedado huérfano y desierto, sin más pasos que estos huecos, plañideros, dirigiéndose lentos, sin ganas, a las habitaciones de Engracia, que aparecieron sumidas en una antigüedad inusitada de polvo y telarañas en medio de las cuales se paseaba el loro lamentando su soledad como perro. En la penumbra, sólo un sobre blanco atrapaba la luz sobre la mesa esquinera.

—Me dijo que te quedaras con todas sus cosas. Pensaba que podrías necesitarlas —indicó Josué—. Y que le llevaras los libros que quisieras a tu abuelo —agregó, esforzándose porque no se le quebrara la voz.

Melisandra se sentó en el sofá con la carta en la mano. Miró afuera los haces de luz del mediodía, sin entender cómo era que allí dentro caía la tarde. Por primera vez en muchos días extrañó a su abuelo.

Los hombres salieron a ocuparse de cosas prácticas. Ella se quedó sola. ¿Qué significado tendría al fin cuanto había acontecido?, se preguntó. Rasgó el sobre. Le sorprendió la caligrafía clara, prolija:

Querida Melisandra:
¿Por qué no te hablé de esto mientras aún era posible que me miraras a los ojos y me hicieras pregun-

tas? No lo sé. Tras prohibírmelo a mí misma por largo tiempo, ha sido en estos días, mientras espero que todo acabe, que he vuelto a evocar Waslala. Es muy doloroso para mí y uno tiende a esquivar el dolor, escabullírsele con ingenio. Pero ya no tengo ese recurso, el dolor de mi cuerpo ha despertado los viejos dolores de mi alma. Te veo a vos y me veo a mí misma a tu edad: razón y corazón en pugna, persiguiendo sueños antiguos que misteriosamente sorbimos en el agua turbia del vientre de nuestras madres. ¿Qué seríamos los seres humanos si no soñáramos? ¿En qué mundo plano, mediocre, cínico viviríamos? La humanidad se ha construido persiguiendo sueños. Pero, a medida que el mundo se complica, se nos dice que la era de los sueños ha terminado. Hemos soñado bastante ya y es hora de que seamos prácticos y nos demos cuenta de que los sueños son peligrosos. Sí que lo son, Melisandra. Son tan peligrosos, como necesarios.

Yo servía el café en las reuniones donde tu abuelo y sus amigos poetas discutían día y noche la fundación de Waslala. No sé cuántos años tendría porque nunca he sabido mi edad, pero era muy joven, aunque ya me sentía mujer. Me tardaba mucho llevándoles el servicio, repartiendo las tazas, el azúcar, la leche. Mis manos siempre han sido torpes, demasiado grandes. Más de una vez, en mi afán de escucharlos, les derramaba el café hirviente sobre los pantalones, o se me caían los utensilios. Todos me regañaban menos tu abuelo. Me tomó cariño. Yo me enamoré de él sin redención. Lo miraba como cordero. Gracias a su complicidad, me permitieron que los escuchara, sentada en el suelo, en una esquina, mientras hablaban de ese mundo igualitario y grácil donde el amor, la cooperación y el bien común serían los pilares para erigir una felicidad que ni ellos ni yo habíamos jamás conocido.

Cuando se dio el golpe de estado y se acordó que era el momento de salir hacia Waslala, le rogué a tu

283

abuelo que me llevara. Creo que, para ese entonces, él me quería un poco. La preocupaba dejarme en esa vida de servidumbre, luego que yo vislumbrara los perfiles de otro tipo de existencia.

No tengo mucho tiempo y estoy cansada. Imagino que él te habrá contado algunos pormenores sobre la fundación de Waslala, pero, conociéndolo, estoy segura que omitió todo lo negativo y, por supuesto, cuanto sucedió entre nosotros.

Empezamos queriendo ser muy democráticos. Nombramos una directiva compuesta por los poetas, cada uno de los cuales supervisaba un área de la vida comunal. El poder, sin embargo, residía en una asamblea compuesta por todos los miembros de la comunidad mayores de dieciséis años. Todas las tardes nos reuníamos al caer el sol. Las reuniones eran interminables, pero amenas y estimulantes. Las cosas anduvieron muy bien por un tiempo, pero pronto nos dimos cuenta de que el funcionamiento de la comunidad requería muchas reglas y regulaciones. Cada quién entendía la responsabilidad a su manera. Cuando nos pusimos a definir los límites y las obligaciones, la asamblea se tornó en un pandemónium. ¿Qué clase de democracia podía existir, Melisandra, entre intereses tan disímiles? A muchos les interesaba resolver los problemas cotidianos de la comida, el vestido, el cuido de los niños, las viviendas; mientras para los poetas lo importante era la creación de nuevos hábitos de vida, nuevos valores, un nuevo lenguaje y nuevas formas de relación. Había que definir los medios de vida, les dijeron los de la asamblea, antes de preocuparse por definir la libertad.

Tu abuelo se deprimió bastante. En la tristeza me encontró. A él, que siempre se sintió deficiente en los aspectos prácticos de la vida, yo le brindé la oportunidad de sentirse competente y sabio a la vez. Juntos construimos la casa donde vivíamos, juntos pasábamos las noches, él leyéndome y yo escuchando y haciéndole preguntas. Admiraba lo que llamaba mi malicia. Él no sabía casi nada de la naturaleza humana. Las personas con las que él pensaba realizar su sueño no existían más que en su mente. Eran seres abstractos: hombres y mujeres profundamente buenos, profundamente nobles. Por estos seres ideales y el mundo en que algún día habitarían, los seres humanos imperfectos que lo rodeaban debían estar dispuestos a someterse a cualquier privación, cualquier limitación, cualquier sacrificio. Pero eso sólo lo comprendí después, Melisandra, mucho después incluso de que tu abuelo se marchara y que estas realidades se hicieran evidentes en el accionar de los demás.

La asamblea, como te decía, degeneró. Cada día alguien llegaba con nuevas ideas, proponiendo que se dejara de hacer lo que el día anterior se aprobara. La fraternidad por la que tanto nos empeñamos privó en medio de las críticas, pero los poetas se empezaron a sentir cada vez más arrinconados y atacados. La asamblea se convirtió en un pequeño monstruo, una dictadora arbitraria, impulsiva, inconsciente, fácilmente manipulable por las cabezas más calientes o los mejores oradores.

Al final, todos estuvimos de acuerdo en disolverla e iniciamos un nuevo intento con una propuesta inversa de simplicidad, donde los poetas fueron investidos de una autoridad casi total. Esto funcionó mejor por un tiempo. Se pudieron tranquilizar los debates y cada quién se dedicó a trabajar. No era lo ideal, pensamos, pero nos permitía concentrar la energía en otras tareas más urgentes. Durante este período tu abuelo y yo fuimos muy felices. Lo amé con todo el desaforo y energía de mi juventud y él me amó con la madurez y gentileza de sus años, hasta que la lealtad y el amor, también profundo, que sentía por tu abuela hizo que tomara la decisión de salir a buscarla cuando cesó el peligro y la represión en que estuviera sumida Faguas.

Estoy llegando al final de mis fuerzas y no sé si podré continuar escribiendo. Lamento no poder darte más detalles sobre Waslala, pero la encontrarás, estoy segura. Nunca creí en los intentos de regresar de tu abuelo. Creo que intentó llegar sin desearlo realmente. Creo que temía volver a encontrarme, volver a enfrentar la renuncia, la decisión que yo siempre respeté.

Llevate el loro que está en mi cuarto y penetrá a la selva desde Las Minas, por el camino que Pascual —un baqueano que debés buscar allí— te indicará. Seguí tus instintos, tus premoniciones. Escuchá atentamente tu corazón.

En Waslala encontrarás a tu madre y a tu padre. Ellos te explicarán cuanto quieras saber sobre nuestro experimento. Cualquiera sea tu juicio, no quisiera terminar sin darte el mío: Waslala fue lo más hermoso que me sucedió en la vida. No puedo imaginar qué hubiera sido de mí sin esa experiencia. Por Waslala conocí lo inefable que es tener fe, creer en las inmensas posibilidades del ser humano y participar en la realización de sueños impracticables, tiernos y descomunales. Quizás Waslala nunca llegue a ser el ideal que nos propusimos, es lo más probable, pero la vida me ha convencido de que la razón de ser de los ideales es mantener viva la aspiración, darle al ser humano el desafío, la esperanza que sólo puede existir si pensamos que somos capaces de cambiar nuestra realidad y alcanzar un mundo bienaventurado en donde ni Morris ni mis muchachos, ni yo ni tantos y tantos tengan que morir y vivir entre los desechos y los despojos. ¿Por qué no nos vamos a permitir la libertad de soñar esto, Melisandra? Aceptar que lo ideal es inalcanzable y no amerita nuestros esfuerzos quizás nos permita la cómoda impotencia de aceptar que no podemos cambiar las tristezas e injusticias de la vida, pero esto nos conduciría también a negar nuestra responsabilidad y a resignarnos a no poseer nunca la euforia de haber creído en nuestras aspiraciones más profundas y haberlas realizado, por muy efímero, limitado y falible que el esfuerzo haya sido. Más que nunca estoy convencida que en la capacidad de imaginar lo imposible estriba la grandeza, la única salvación de nuestra especie.

Mi única advertencia es la siguiente: no permitás que la idea, el sueño, se vuelva más importante que el bienestar del más humilde de los seres humanos. Ése es el dilema, el acertijo, el desafío que te dejo, que muero soñando algún día podamos resolver.

Buena suerte, Melisandra. Cuidame a mis muchachos, a tu abuelo, a Faguas.

ENGRACIA.

¡Engracia, Engracia, Engracia! ¡Ah, si su voz pudiera convocarla! Había sido tan corto el tiempo que la tuvo cerca y a ella le quedaban tantas preguntas, tanto deseo de abrazarla, de hablarle, de llorar con ella sueños perdidos y encontrados; la recurrente sensación de vivir algo más grande y misterioso de lo que se es capaz de enfrentar o comprender: la humanidad recorriendo en su pequeñez un designio ignoto, oscuro, donde lo único claro era la noción de poseer en lo más profundo, guardado contra toda razón y quizás esperanza, el anhelo de culminar la larga búsqueda de la felicidad perdida. Aquel deseo de salir en pos de ese propósito lejano, ese punto luminoso, distante, inalcanzable, reaparecía una y otra vez como un mandato de la sangre, insistente, tenaz, imperecedero, que convocaba a la humanidad a emprender el camino sin mapas, sin brújula. Tenía que ser posible llegar a ese lugar bienaventurado, se dijo. Si no, ¿cómo entender la insistencia del sueño reapareciendo generación tras generación a pesar de rechazos, fracasos, pura y simple práctica demostración de no ser más que un atávico, ciego y bello impulso?

El ansia de Waslala renació en su mente con sonido de tambor, de locura imperfecta y radiante. Imaginó a su abuelo y Engracia acomodados el uno en el otro, leyendo, argumentando. ¡Cómo no se percató antes de que se querían! ¡Cómo no lo intuyó en la manera en que él se refería a ella! Se limpió las lágrimas a manotazos, pero le brotaban como si la sangre entera se le volviera río, el río que reapareció ante sus ojos con sus manatíes, tiburones, bancos de sardinas, de pargos, de corvinas. A través del llanto ronco vislumbró islas, arrecifes, rápidos, el paisaje entero de su vida y sus ambigüedades: el amor y el resentimiento por el abandono de sus padres, el refugio de sus abuelos, de Joaquín, Raphael que se marcharía a su mundo, el sonido de las palmeras como cuchillos cortando el viento, Morris. ¡Engracia, Engracia, Engracia, la utopía, la madre reencontrada y perdida otra vez!

CAPÍTULO 44

Raphael leyó la carta más tarde. Recostado contra el espaldar de la cama en el hotel, la pierna derecha apoyada en el piso, se quedó en silencio, el brazo caído, laxo, sosteniendo la hoja blanca. Melisandra lo observó de reojo, sentada frente a la pequeña mesa, escribiéndole a su abuelo.

Cada día se les acumulaba más amor en los ojos, pensó. Cada noche se alimentaban voraces el uno del otro, se nutrían de lo que el pasar del tiempo les incorporaba en el alma o la carne. Ya había empezado a sentir la extraña sensación de que eran la misma cosa, como si su piel repentina e inexplicablemente ya no terminara en su piel sino que continuara en la de él: él y ella formando una cueva, una burbuja, un aire que los rodeaba y los hacía estar juntos aun cuando estuvieran separados.

—¿No te parece increíble —habló Raphael en voz baja—, no sólo lo que dice esta carta, sino lo que se puede adivinar en lo no dicho, lo que debe haber sido la vida de Engracia, de la que nada más vivimos un instante? Pensé lo mismo viendo a Lucas. Cada uno de nosotros muriéndose con sus experiencias, extinguiéndose sin poderlas comunicar. Todo lo que desaparece, se esfuma, se disuelve. Tal vez por eso me metí al periodismo, por esa angustia: el miedo a que el silencio se lo trague todo.

—Sí —musitó Melisandra—. Hay que hacer mucho ruido en este mundo para dejar al menos un eco. Si mi sonido se repite en otro ser humano, esa casualidad me salva, hace que la vida valga la pena.

—¿Qué encontraremos en Waslala? ¿Cuándo crees que podemos salir para allá? —preguntó él.

Salieron una semana después.

En el jeep de Jaime partieron temprano en la mañana en dirección a Timbú, Las Minas y Waslala, llevándose el loro de Engracia.

Melisandra tuvo la sensación de que el mundo empezaba a moverse en cámara lenta. Una multitud se concentró en el hotel para despedirlos. Mientras se alejaban, los rostros en la multitud eran como un círculo danzando vertiginosamente alrededor de su memoria. Sintió que hombres y mujeres despedían en ella a la portadora de sus esperanzas, una suerte de personaje mitológico a punto de iniciar en nombre de todos una jornada heroica llena de pruebas, acertijos y trampas. La explosión había sido interpretada por los habitantes de Faguas como una señal divina, una acción sobrenatural cuyo propósito final no era otro que el permitirle a ella descubrir Waslala. Se la pasaban especulando sobre qué sucedería cuando lograra llegar. Cada quién ofrecía su fantasía de paraíso terrenal y acallaba supersticiosamente la amarga posibilidad de que Waslala no existiera. Palabras, rostros, jornadas agotadoras desfilaron por la mente de Melisandra en una avalancha de imágenes que se le fueron acomodando en el pecho, mientras decía adiós levantando las manos.

Ahora podía relajarse, apoyar la cabeza en el respaldar del asiento, exhalar un suspiro de alivio y estar simplemente junto a Raphael en el último trecho de su viaje.

Maclovio se hallaba en Timbú. Enterada de las plantaciones de filina, Melisandra no se convencía aún de la necesidad de destruirlas. ¿Por qué le tocaría a Faguas, de quien nada bueno se esperaba, sentar un ejemplo de comportamiento civilizado y responsable? Necesitaban recursos, se justificó con Raphael.

Él evitó contradecirla. No estaba todavía seguro de si debía o no publicar el reportaje. Se tomaba su tiempo para pensarlo, se refugiaba en la sensación de que el tiempo reposado de Faguas admitía las faltas humanas, las vacilaciones, la necesidad de recapacitar. La mayoría de la gente en Cineria, por ejemplo, se guiaba por el reloj de la iglesia y, desde la explosión, éste sonaba errático, anunciando madrugadas en el crepúsculo.

CAPÍTULO 45

Lentamente caían sobre Timbú las sombras, como mujeres hacendosas ocupadas en cubrir con crespones negros el mobiliario de una casa solariega. Sentado en lo alto de la loma desde la que se divisaban las plantaciones de filina, Raphael contempló el ritual cotidiano, el paso del día a la noche.

Melisandra seguía en el hotel con Krista, Vera, Maclovio y los notables de Timbú, discutiendo lo que debía hacerse con la filina.

Esa tarde, cuando él y ella llegaron al pueblo, se sorprendieron de que los recibieran con tanta algazara: ondeando sus pañuelos, la gente los vitoreaba como si llegaran de completar alguna hazaña. Luego, afloraron las tensiones cuando empezó la discusión entre Melisandra y los pobladores y ella les preguntó qué pensaban hacer con la droga. No había consenso entre ellos. Entendían el dilema moral, pero en aras de principios que nunca los tuvieron en cuenta, no se reconciliaban con la idea de eliminar, prenderle fuego, a lo que hasta ahora fuera su forma de vida, su sustento.

Confiaban en Maclovio. Lo querían. De eso se percató Raphael rápidamente. Le agradecían que se hubiese interpuesto ante los Espada cuando éstos intentaron enriquecerse vendiendo niños sin padres para adopciones ilícitas. Sentían que el argentino les había ayudado a progresar, a salir de la miseria, a encontrar una fuente de trabajo estable.

Preocuparse por aquel pueblo a su manera era quizás lo único bueno que Maclovio había hecho en su vida, pensó Raphael. Y era más de lo que muchos ciudadanos honorables y cómodos de su ciudad tenían en su haber. Maclovio era un sobreviviente que, a fin de cuentas, uno terminaba comprendiendo, pero la simpatía personal que inspiraba no eliminaba el problema de las drogas. Ver el lado humano era una cosa, pero no se podía caer en la tentación de admitir lo inadmisible, justificar lo imperdonable. En el caso de la filina no había alternativa. Si en la reunión los habitantes de Timbú no acordaban quemar los plantíos, él enviaría su reportaje esa misma noche. Era su obligación. Miró la luna, la noche estrellada, las moles de las montañas oscuras en la distancia. El problema de fondo era que su disyuntiva ya no era únicamente la filina. Transmitir el reportaje era desapegarse de aquello, declarar la lealtad a su oficio sobre todas las cosas, tomar partido por la ética de quienes se pueden dar el lujo de defender sus verdades como las únicas admisibles. No enviarlo, por otro lado, equivaldría a cercenarse de lo suyo, lo que hasta ahora fuese su vida de corresponsal sagaz, aventurado. La pregunta era si estaba dispuesto a dejar a Melisandra, a dejar la historia que empezara a documentar, esa historia cada vez más rara y única de un grupo humano rehaciéndose, reinventando su existencia; una historia de construcción que era para él infinitamente más apasionante que contabilizar asesinatos o tratar de encontrarle sentido a la gratuidad de la violencia sin saber ya si uno trabajaba para ponerle freno o por la perversión de alimentar el morbo de la sangre. Escuchó los pasos sordos, el quebrarse de pequeñas ramas, el jadeo. Se volvió para ver a Melisandra definirse en las sombras, su cuerpo delgado, el pelo cobrizo bajo la luz pálida. Ella se acercó, se dejó caer a su lado, tendiéndose boca arriba.

—Van a recoger lo que Maclovio necesita para que no lo maten en Nueva York y luego quemarán las plantaciones —dijo con los ojos cerrados, apretándose el entrecejo con los dedos en un gesto de cansancio—. Ya está decidido.

Dos días más tarde, dejaron atrás Timbú, las madres holandesas con el pequeño Hans, Maclovio organizando la recolección de la última cosecha con la que pagar sus deudas y salvarse, las familias con las que hicieron amistad. Hubo más rostros despidiéndolos esperanzados y expectantes, manos llevándoles pequeñas ofrendas para el viaje: pan, queso, dulces, mapas, indicaciones precisas, masa de maíz para el loro que despreciaba las frutas con aire de ofendido.

A través de los campos de filina verde brillante, se internaron por el camino de grava rumbo a las montañas. Viendo las parcelas rutilantes meciéndose en el viento, ella interrogó a Raphael:

—¿Qué vas a hacer? De nada te servirá enviar el reportaje ahora. Cuando vengan los aviones, los campos estarán quemados. Será mejor que no vengan. No los queremos aquí.

Aún no sabía si enviaría el reportaje, le dijo él. Todavía lo estaba considerando. Tenía tiempo. Lo decidiría cuando regresaran de Waslala.

—¿Ya cuando estés por marcharte a tu país? —le preguntó ella.

Le propondría a su editor un reportaje sobre Faguas, dijo él. Así se quedaría más tiempo.

—Tal vez ya te contagiaste. Quizás no te vayas nunca —sonrió ella—, porque dudo que les interese ese reportaje. ¿A quién le importa lo que suceda en Faguas?

A él le importaba, respondió Raphael. No abrazó el periodismo para pasarse la vida hurgando los oscuros motivos de la violencia.

—¡Qué paradoja! —filosofó ella—, al final uno se da cuenta de que el progreso, el desarrollo, la civilización no conlleva las respuestas, sino que deviene en más preguntas. Es como si el mundo fuera una pequeña esfera en un juego de esos donde se entra a un laberinto de líneas negras y se va topando uno con las barras horizontales bloqueando la salida y hay que retroceder, volver a probar; sólo que, llegado a cierto punto, es imposible el retroceso. El juego tiene que volver a empezar desde cero. ¿Serían eso las guerras? ¿Serían el borrón y cuenta nueva necesarios para volver a empezar? ¿Quizás los lugares como Faguas, de tanto no avanzar, conservaban cierta inocencia, la inocencia de estar eternamente recomenzando...

Era una idea peregrina, dijo él. ¿Qué inocencia les quedaba? Ya comprobaría ella misma cuán difícil sería erradicar los malos hábitos, las argucias y trucos que la gente había cultivado para sobrevivir en medio de la anarquía y la miseria. La ignorancia no era lo mismo que la inocencia. Con frecuencia, la desesperación de la pobreza conducía a la duplicidad antes que a la honradez. Una vez que las personas se acostumbraban a no seguir ninguna regla, era difícil imponer el orden. Conocía esa experiencia de primera mano por su contacto con las pandillas. Sin la posibilidad de una vida cómoda y estable, la vida del soldado era para muchos una alternativa preferible a la mendicidad. Los Espada se habían aprovechado de eso. A falta de un poder real se recurría a los artificios del poder, se trocaba la impotencia en sadismo, dijo ella. Lo había experimentado en la cárcel. Amarrada, encapuchada y el soldado todopoderoso inclinado sobre ella, obligándola a escuchar el relato sórdido de una violación, no por imaginaria menos brutal.

—No me hablaste de eso —dijo Raphael crispado. La rabia inútil le produjo un mal sabor de boca.

—No he pensado en eso hasta ahora —susurró ella cruzando los brazos sobre el pecho, conteniendo el escalofrío que la sacudió.

Escasamente habían tenido tiempo de reaccionar al tropel de emociones apiladas en el desorden de los últimos días. Ahora simultáneamente se le venían encima.

Raphael detuvo el jeep para abrazarla bajo un árbol formidable cuyas ramas al anochecer tejían contra la oscuridad un encaje con estrellas.

—Grita. Llora —insistió.

Apretó contra sí el cuerpo de ella sacudido de frío. El loro, que los observaba con sus ojos estrábicos, empezó de pronto a imitar a los coyotes, aulló. El sonido insólito, el gesto del animal estirando el pescuezo los hizo reír. Imaginaron que quizás Engracia le aullaba a la luna. Con la risa entrecortada por un llanto que era más alivio que consternación, intercambiaron una mirada cómplice, bajaron del jeep y, tomados de la mano en la noche clara y solitaria, le aullaron a la luna. Si al principio lo hicieron para sacudirse del sentimiento trágico, paulatinamente empezaron a gritar más fuerte, con toda la fuerza de sus pulmones, descargando en los aullidos sus quejas, inconformidades y furias, hasta que el lamento inicial se transformó en desafío, una resonante afirmación de cuanto eran: criaturas vitales, conscientes, en un universo impredecible.

A pocas horas de marcha la vegetación aumentó en densidad anunciando que se internaban en el Norte del país, boscoso y húmedo. Los colosales troncos de los árboles, cubiertos de parásitas y de enormes hojas dentadas, le trajeron a Melisandra la memoria del río, sólo que aquí el agua en vez de fluir se evaporaba creando bancos de neblina que viajaban cual lánguidos fantasmas entre un árbol y otro cuando soplaba el viento. Ella sintió que se habían quedado solos en un mundo intocado, cuya soledad era interrumpida únicamente por el canto de los pájaros y la aparición de un ganado desorientado que aparecía y desaparecía buscando dueño.

Las montañas, ahora más cercanas, mostraban sus perfiles agudos entre la espesura. Waslala estaría allí, pensó Melisandra, entre los valles gemelos donde las brújulas enloquecían y donde únicamente el loro sabría el camino, si es que era cierto lo que le dijera Morris de que aquel loro era una brújula orgánica que jamás equivocaba los puntos cardinales. El pájaro, apoyado en el espaldar del asiento en medio de los dos, emitía de vez en cuando sonidos ora masculinos, ora femeninos, que semejaban las voces ultraterrenas de Engracia y Morris. Desde que iniciaron el camino entre las montañas, salió de su mutismo y luto de animal huérfano y se excitó a ojos vistas erizando el pelo y recuperando el habla. ¿Reconocería?, preguntó Melisandra, ¿tendría memoria? Pronto lo sabrían, respondió Raphael.

Llegaron a Las Minas al día siguiente, luego de pernoctar en el compartimento trasero del vehículo en el que despertaron de madrugada, el loro picoteando la cabeza húmeda de Melisandra.

El pueblo no contaba con calles pavimentadas. A pesar de estar enclavado en el verdor exuberante, tenía el aspecto de un polvoso villorrio del desierto. Altas torres y estructuras metálicas de las viejas minas de oro se alzaban al fondo sobre los cortes de montaña que albergaban los filones. De allí provenía el polvillo claro que daba al lugar su apariencia arenosa y desteñida.

No les tomó mucho tiempo ubicar a Hermann. Tenía su oficina en la parte trasera de la iglesia del pueblo, gracias a sus excelentes relaciones con el párroco. Lo encontraron sentado en la sacristía, tras un voluminoso escritorio, compartiendo espacio con las estatuillas de santos que aguardaban su turno de ser veneradas en el templo. Sobre la pared había además cuadros de viacrucis, y en un armario, casullas y parafernalia del culto.

Cuando entraron vieron una fila de hombres alineados frente a él; hombres rudos, asoleados, enjutos, que Hermann dispersó cortés luego de saludarlos a ellos efusivamente, e insistir en llevarlos de inmediato a su casa para que se pusieran cómodos y le relataran los últimos acontecimientos. No sabía qué sentir, comentó. Lo de Engracia y Morris lo tenía muy apesadumbrado, pero creía que la desaparición de los Espada era una bendición. Con su salacot, Hermann le recordó a Melisandra los benévolos y estudiosos expedicionarios europeos que llegaran a las Américas siglos atrás. Mientras se abrían camino lentamente en el jeep por las calles ocupadas indistintamente por peatones, carretas de bueyes, bicicletas y uno o dos SAMs, adultos y niños alzaban la mano para saludarlo. Hasta los perros se acercaban al vehículo y movían amigablemente la cola reconociéndolo. En otro tiempo, Las Minas había conocido la prosperidad, explicó Hermann. A principios del siglo XX, Faguas se encontraba entre los diez países con mayor producción de oro en el mundo.

—Pero de poco sirvió —aclaró—. Las compañías transnacionales invirtieron en la infraestructura, pero cuando se agotaron los filones se marcharon dejando a los mineros desempleados y enfermos... Tuberculosis, silicosis, malaria. Ahora los metales cósmicos están de moda, pero siempre hay compradores para el oro —añadió—. Los huiriseros que trabajan para mí encuentran pepitas en los ríos de esta zona. No sé si sabrán que Waslala significa «río de aguas doradas» en el idioma de las tribus Caribes. Según las leyendas de por aquí, el río existió pero un día se levantó, se transformó en una serpiente alada y salió volando. Es una de mis leyendas preferidas —sonrió.

La casa de Hermann formaba parte de un complejo residencial que en las épocas de esplendor de Las Minas había alojado los técnicos rubios de las compañías extranjeras. Las gráciles viviendas de madera, ubicadas en los terrenos altos, sobresalían entre las copas de los árboles como gigantescas linternas chinas. La que ocupaba Hermann era pequeña, con barandales labrados, techo de dos aguas y sostenida sobre pilotes. Construida sobre uno de los lotes más elevados flotaba roja y amarilla por encima de la vegetación. Al interior de la vivienda, cada cosa: manta multicolor, vasija, la colección de figurillas de barro, los libros, las fotografías de familia, estaba colocada con esmero femenino. El espacio cálido y sencillo no necesitaba más adorno que el que brindaba la selva a través de los amplios ventanales. La sala se prolongaba en una terraza desde la que se veía un mar de espuma vegetal escalando montañas hasta el horizonte.

—Ésta es tu Waslala, Hermann —comentó Melisandra admirando la belleza del sitio.

Más tarde, sentados los tres en la terraza, sorbiendo el jugo de naranja recién exprimido, dulce y espeso, hablaron largamente. Hermann inquirió detalles y ellos tomaron turnos para ponerlo al tanto de lo acontecido. Melisandra le mostró la carta de Engracia. Hermann la leyó y sacudió incrédulo la cabeza, mientras las lágrimas bajaban por sus mejillas hasta su barba entrecana.

—Sé perfectamente quién es Pascual —dijo tras un silencio en el que se percató por primera vez de la existencia del loro, que se paseaba entre los muebles—. Si me permiten, me puedo encargar de organizar el viaje, las provisiones, hasta me gustaría acompañarlos. Conozco bastante bien la selva y yo, por supuesto, también quisiera encontrar Waslala.

WASLALA

CAPÍTULO 46

En la selva oscura, templo de humedad, musgo, lí-
quenes, criaturas escurridizas, generaciones de hojas se
descomponían despidiendo un olor penetrante. Las es-
pesas copas de los árboles ocultaban el cielo. El sol apenas lograba filtrarse en haces delgados que aquí y allá
iluminaban el polvillo de polen, las simientes aéreas
acarreadas por las corrientes de aire. Los haces de luz se
descomponían en los colores del arco iris.

Los guerrilleros, que antes vivían años en la selva,
salían de allí con la piel tan transparente, contó Pascual,
que era posible verles el corazón a través de las costillas.
Llevaban varios días de camino a pie tras dejar pastan-
do en un claro los caballos que habían usado al inicio de
la jornada y que poco uso tenían en la espesura por la
que avanzaban siguiendo a Pascual. Éste juraba ir tras
una trocha que conocía de memoria, aunque no hubiese ninguna evidencia visible de su existencia. Melisandra, Raphael y Hermann se dejaban guiar alucinados
por el verdor y la bruma que se alzaba desde el suelo
húmedo. Avanzaban insensibles al peso de las mochilas
en la espalda y la fatiga de las piernas. El cansancio les

hacía ver en la neblina imágenes de sus sueños, sus pesadillas y sus remordimientos.

Melisandra creyó ver a su abuelo colgado de los árboles, sus ojos azules observándola traviesos desde el rostro del mono cara blanca, pequeño, frágil, que los siguió un buen trecho, lanzándoles pipas. Me dejaste, le reprochaba, hostigándola, señalándola entre todos. A mí también me dejaron, respondía ella. ¿Qué culpa tengo de querer conocer el lugar que ahora tendrá que devolverme con creces, no sólo lo que me quitó, sino el sentido de una pérdida anterior a mí? A Raphael lo perseguía su propia sombra, el otro muchacho que había sido: el que se sentía solo, diferente, rodeado de los privilegios del amor en un ambiente donde sus amigos repudiaban a los padres desde la adolescencia. Por un azar inescrutable, él llegó a poseer lo que a otros se les daba por derecho. Esto lo llevó a sentirse perennemente en deuda y a temer la gratuidad de sus dones. Viendo a Raphael ayudar a Melisandra en las pendientes o la mano de ella quitándole a él con un pañuelo el sudor de la frente, Hermann pensaba en sus viejos recuerdos de amor desleídos ya, gastados por el uso, confundidos con retazos de otros recuerdos en la memoria original. Le era difícil discernir si los deslumbres que recordaba tenían asidero en otra realidad que no fuera su hambre de remembranzas amables. Deseó que Raphael comprendiera que Melisandra le sería irreemplazable, que de allí en adelante no le quedaría más alternativa que ella o la implacable nostalgia por ella.

Por las noches, después de armar el campamento, se recuperaban de estas visiones mirando el reflejo de sus rostros alrededor del fuego, conversando animadamente hasta que se consumían las brasas. Pascual secaba constantemente sus ojos, que lagrimeaban sin parar. Era pequeño, moreno, fuerte, con el torso largo y las piernas muy cortas. En los breves lapsos en que sus pupilas no se encontraban anegadas, su mirada era dulce, con una quietud nacida, no del reposo, sino de un permanente estado de alerta que era su segunda naturaleza. Era parco para hablar, supersticioso. Decía que el lagrimeo incesante era consecuencia del hechizo de una mulata en la que había dilapidado entera la cuota de amor con que llegó al mundo. Un buen día ella se había cansado de él y se había marchado dejándole en los ojos un llanto eterno. El lloriqueo podría haber marcado el fin de su trabajo como baqueano, pero esta dificultad sólo avivó prodigiosamente su sentido de orientación, el olfato y el oído.

—La realidad se ve más clara a través de las lágrimas —decía.

Roncaba estrepitosamente, en contraste con sus compañeros de viaje, que mantenían la vigilia penando su desvelo y cuyos ojos relucientes, abiertos en la negrura de las noches sin estrellas o luna, parecían los de animales al acecho.

Melisandra se despertó una noche, agazapada contra Raphael, pensándolo su madre. La perspectiva cercana de encontrarla hacía que afloraran en ella emociones atávicas, vacíos, hambre de pecho y abrazo maternales. Sentía como nunca antes la ausencia materna, una punzante sensación física en el ombligo. Raphael la consoló.

—Lo sentirías de todas formas —le dijo—. Alguien nos creó y nos abandonó en este Universo. Todos somos seres sin padre ni madre. Viajeros hacia quién sabe dónde.

Al día siguiente vieron un jaguar. Muy cerca. Los dejó pasar. Los miró y se estuvo quieto.

Poco después, llegaron a un claro misterioso donde adivinaron cimientos en medio de pinos y cipreses. Pascual, excitado, aceleró la marcha. En lo que debió haber sido una plaza, se alzaba un insólito y gigantesco caballo de madera con un hueco en la panza. Podría haber sido la réplica del caballo de Troya, de no lucir los atavíos de un corcel de tiovivo: lazos en las crines y una desteñida montura celeste y dorada, pintada sobre el lomo. Raphael sacó su cámara de video y lo filmó desde todos los ángulos. Melisandra, Hermann y Pascual caminaron entre la maleza adivinando los muñones de muros y casas.

Era Wiwilí, repetía el baqueano. Se hallaban muy cerca de Waslala. Su intuición no le fallaba a pesar de los años transcurridos. Apenas era un adolescente cuando, en sus correrías de explorador, tropezó con Engracia allí mismo, confundiéndola con una giganta mitológica. Ella le calmó el susto y le convenció de ayudarla y guiarla de regreso. Narró la leyenda del sitio: la ciudad resistió 416 días, hasta que un estratega imitó a los aqueos y entró a Wiwilí en el caballo de madera. Fue en las primeras guerras, dijo. A los Fantasmas de Wiwilí se les atribuían desde entonces hazañas heroicas inexplicables, golpes de suerte en las batallas.

Comieron y decidieron pasar la noche junto al caballo. En su interior hallaron restos del paso de otros: una cuchara, las páginas de un libro. La humedad en Wiwilí diríase estancada en el pequeño valle que terminaba, al fondo, en una montaña de la que los separaba una planicie donde la vegetación era relativamente escasa hasta poco antes de las faldas del monte, donde volvía a alzarse en un muro de verdor. El calor pegajoso no se disipó con la oscuridad. Con la piel y la ropa mojadas, experimentaron el bochorno asfixiante y hostil más incómodo aún cuando aparecieron los insectos nocturnos que, atraídos por el sudor, descendieron sobre ellos, ignorando los líquidos repelentes, las luces y los sonidos que Raphael cargaba en su mochila. Pascual encendió un puro casero de olor acre y luego, anunciando que prefería dormir esa noche en la panza del caballo, se cubrió todo el cuerpo con una manta, la cara con su gorra y no tardó mucho en roncar plácidamente.

De allí en adelante avanzarían los cuatro en igual estado de ignorancia, les anunció durante la cena. No sabía qué descubrirían más allá. Contaba con una vara de aguador que esperaba los guiara, pero la búsqueda se convertiría ahora en un asunto de intuición y premoniciones.

Raphael y Hermann, apartándose los insectos a manotazos, esperaban, al lado de la hoguera, que el viento soplara milagrosamente. El calor de la selva había hecho estragos en ambos y esa noche pensaban dormir al aire libre y prescindir de la tienda de campaña. Sentada en el suelo, con la espalda recostada contra lo que fuera una pared, Melisandra no se animaba tampoco a irse a dormir y se esforzaba en apaciguar al loro, rascándole la cresta. Controlar al pájaro, en los últimos días de viaje, se había vuelto difícil. Ella se lo había puesto al hombro en las caminatas, pero desde que se acercaban a Wiwilí tuvo que llevarlo sobre el brazo, cubierto con la otra mano para que no se tirara al suelo con sus alas recortadas y fuera a extraviársele entre la maleza. Después de la cena, el loro se tranquilizó momentáneamente. Erizó las plumas, alzó la cresta amarilla.

Melisandra dormitaba, escuchando la voz de los hombres y más allá los ronquidos de Pascual. Tenía la cabeza apoyada contra un muro irregular sobre el que crecía una enredadera que emitía un olor ligeramente ácido, penetrante, que al principio le irritó, pero que paulatinamente aceptó como una emanación simple, vegetal. El sudor le chorreaba por la espalda, sentía el cuerpo empapado, pegado a la tierra aquella, al humus. ¿Quién habitaría alguna vez allí? ¿Qué pensamientos los ocuparían en una noche como ésa, clara y a la vez densa? Cerró los párpados. Sujetó al loro en su regazo y se quedó dormida.

Abrió los ojos sobresaltada. Le asombró la claridad, el cielo encendido asomándose entre los árboles al amanecer. Se movió lentamente. Le dolía el cuello. Cerró los ojos para volver a abrirlos y saber quién era, dónde estaba. Esta vez vio a Raphael envuelto en la cobija, tendido cerca de ella, Hermann a poca distancia. Se habrían dormido velándola, pensó. Lentamente, para no hacer ruido, enderezó la espalda, flexionó las piernas hasta sentarse con las manos en las rodillas. En dirección a las montañas, la luz tenía una claridad reverberante, extraña, como si el paisaje al otro lado estuviese sumergido en el agua. Se pasó las manos por las piernas. Algo le faltaba. No sabía qué, no podía definirlo. Oteó el horizonte de nuevo, la reverberación. «¡El loro!», dijo en voz alta. El loro no estaba ya en sus piernas, no se veía por ninguna parte. Se levantó ansiosa, se alisó la ropa, el pelo, recorrió con sus ojos el perímetro inmediato, se asomó dentro de la tienda, caminó mirando por todas partes. «¡Qué soledad!», musitó. ¡Qué mundo de silencio, deshabitado por su especie! País de monos, tucanes, jaguares, lagartijas, insectos, sonidos en lenguaje cifrado, ininteligible. No podían perder al loro justo ahora. Estaba a punto de despertar a los otros, reprochándose el descuido, alterada, cuando una bandada de pericos cruzó el cielo llenando el aire con tonos agudos. Le pareció ver hacia la montaña un movimiento verde, el salto inútil del loro queriendo alcanzar la bandada. Sin pensarlo dos veces, echó a correr.

A mitad de la carrera reconoció el instante en que su cuerpo se aligeró y sus piernas rotando rítmicas alcanzaron el impulso, la aceleración que convertía el correr en una deliciosa sensación de levedad. Cruzó la reverberación, que se disolvió como un espejismo al acercársele y siguió corriendo en dirección al árbol donde creyó ver el loro. Tendría que buscarlo dentro de la vegetación más densa, se dijo. Mientras ella corría para darle alcance, seguramente él habría llegado hasta allí.

Pascual les había advertido, al inicio del viaje, que la selva se repetía a sí misma hasta el infinito, por lo que era posible desorientarse en pocos metros. Se preguntó si sería ésa la razón por la que le parecía haber corrido más de lo que imaginó le tomaría alcanzar el pájaro; si podría haber dejado atrás el árbol que creía no haber perdido de vista, y que podía jurar era el mismo que continuaba viendo mientras corría, ahora jadeando por el esfuerzo. Después de un tiempo que no fue capaz de calcular, llegó por fin. Se detuvo, se apoyó en el tronco resollando, aspirando apenas, sintiendo que se asfixiaba, escuchando el bombeo sonoro de su corazón palpitarle en las sienes. Secó el sudor de su frente, la cara que le ardía. No bien respiró sin que le dolieran los pulmones, miró a todos lados buscando el loro, pero no reemprendió la marcha, deslizó la espalda por el tronco del genízaro y se sentó en las raíces que sobresalían del suelo. Tenía que descansar. Todavía resoplaba. El loro no podía andar muy lejos. Visualmente recorrió los alrededores. La rodeaba el verdor. Se sorprendió al percatarse de estar al pie de la montaña que se divisaba desde Wiwilí. Su respiración volvía a ser acompasada. La estremeció un escalofrío. Pensó que sería la evaporación del sudor. Súbitamente escuchó la voz del loro. «Norte, Norte», le oyó decir con claridad.

Se puso de pie, sobresaltada con una agitación que trascendía el mero hecho de avistar al pájaro. Fue acercándose al loro, que parecía esperarla en las ramas de un arbusto. Cruzó la distancia lentamente. Quería cerciorarse de que no imaginaba el aire transparente, límpido, templado, el viento fresco...

«¡Waslala!», susurró, volviendo la vista al verdor que la rodeaba, los intensos, rutilantes verdes que no eran ya los de la selva intocada, sino los de otro paisaje: un jardín sobre el que se podía apreciar el trabajo de seres humanos.

CAPÍTULO 47

Siguió al loro, que volaba a trechos cortos y caminaba otros, moviéndose de derecha a izquierda, torpe sobre sus patas, las garras largas enredándose en la vegetación.

Lo siguió en un estado a la vez vehemente y temeroso; acelerando sus pasos, pero también quedándose atrás dudosa, remolona.

Le temblaban las manos ante la idea de rasgar el velo. Temía que la realidad hiciese caer estrepitosamente los intrincados andamiajes de su imaginación.

El pájaro dejó el jardín y descendió por una pendiente, adentrándose en unos arbustos bajos que Melisandra se vio obligada a atravesar a rastras hasta salir a un pequeño cañón sobre el que corría un flaco arroyuelo deslizándose entre piedras lisas, redondas. Alguna vez fue río, pensó. El río dorado, quizás, el que salió volando. Caminó sobre el lecho, escuchando sus pasos sobre los pedruscos. El loro saltaba, repitiendo: «Norte, Norte.»

El corazón la asfixiaba como si otra vez hubiese corrido sin parar. El terreno ascendió y el cañón se trocó en un corredor, cerrado por la espesura, que circundaba la ladera de la montaña y en el que corría un viento fuerte y misterioso que no sólo soplaba en dos direcciones sino que hacía círculos y remolinos alrededor de ella sin tocarla. Pensó en la historia de su abuelo sobre la ropa que se secaba en un santiamén en el Corredor de los Vientos. Sonrió. Era como estar en el ojo de un huracán benigno y juguetón que, haciendo alarde de su potencia, no osara despeinarla. El viento impulsaba al loro permitiéndole usar sus alas recortadas y dispensándolo de la indignidad de moverse a saltos como gallina.

Saliendo de allí, Melisandra sintió de nuevo la presencia de la intervención humana: alrededor de árboles cuyas copas no veía, se apreciaba una profusión de bulbos, hojas de puntas rojas, aves del paraíso, helechos gigantes, anchas hojas dentadas enredadas en los troncos. Aunque la selva parecía conservar su majestuosa espontaneidad, se notaba la colaboración discreta y respetuosa de la mano humana dando pinceladas de color aquí y allá.

El Corredor de los Vientos terminaba en un ceibo monumental, el tronco cenizo alzándose erguido, rematado por una profusión de ramas retorcidas en gestos vigorosos. Dejando atrás el ceibo anduvieron aún buen rato rodeando la montaña que bajaba a la derecha en una cañada de donde emergían copas y ramajes despampanantes. Accedieron por fin a una vereda cortada en la pendiente izquierda de la montaña, hasta llegar a un claro. El horizonte se abrió ante ellos. Melisandra se detuvo. Se puso la mano en la boca. Sintió el golpe de su sangre acusando la sorpresa.

Frente a ella se extendía un apacible y pequeño valle frondoso en el que sobresalían colinas verdes que se hacían y deshacían como si la tierra hubiese querido dejar huella de un estremecimiento recorriendo su espalda. A la izquierda, contempló alelada los techos rojos sobresaliendo a través del follaje, cerca de una larga sucesión de molinos de viento ubicados al lado del arroyo donde el abuelo decía que había construido su casa.

Detuvo la prisa del loro, que quería continuar avanzando. Lo agarró entre sus manos, lo apretó.

—Esperate, lorito —susurró—, esperate. Se sentó sobre un tronco, abrazando al loro. Hundió la cabeza en el pecho. Luego respiró hondo, alzó la cara, se limpió los ojos y reemprendió el camino.

Calculó que debían ser las ocho de la mañana, las nueve quizás, de un día claro, hermoso. Había llegado a Waslala, se dijo, sintiéndose al fin curiosamente en paz, sin prisa.

CAPÍTULO 48

Esperaba ver a sus padres al entrar a Waslala. Esperaba que el aire mágico les hubiese prevenido de su llegada transmitiéndoles el olor de la hija aproximándose. No vio a nadie. Caminó aturdida entre veredas que serpenteaban en medio de setos fragantes, macizos de flores, arbustos, naranjos, limoneros, troncos sobre los que crecían descomunales plantas de pitahaya cargadas de frutos color púrpura intenso. Vio, al lado de la vereda principal recubierta de piedras de río, senderos saliendo en distintas direcciones, un canal hecho de largas tejas de barro cocido donde corría el agua. Contempló las casas que no seguían la disposición acostumbrada, sino que se acomodaban según lo permitían los árboles. Admiró las construcciones de madera sólida, alzadas sobre pilotes, con terrazas y gruesos pilares de roble y caoba maciza; los troncos centenarios naciéndoles a algunas en el centro, las habitaciones encajadas sobre árboles vecinos unidas por puentes, las pequeñas cabañas con formas geométricas caprichosas, esquinas insólitas, cuyos ángulos obedecían las necesidades del terreno.

¿Dónde se esconderían los pobladores?, se preguntó.

¿Sería una oculta voluntad vegetal la que contenía a las flores en sus lechos, los arbustos en los setos, las plantas foliadas, densas, sin subirse a las gradas de las casas, las enredaderas sin colarse por las ventanas? El loro, apaciguado, guardaba silencio sobre su hombro.

Se asomó a las casas. Los interiores tenían un velado aire de abandono y decrepitud. Gritó saludos. Nada. Tendría que haber alguien. «Mi madre», se repetía Melisandra, «mi padre». Alguien tendría que acudir a convencerla de la realidad de cuanto veía.

Abrió la puerta de una de las casas. Cedió sin dificultad. El marco dejó caer polvo. En el humillo de las partículas flotando en la luz, vio el interior, los muebles desvencijados; detrás de una puerta un nombre grabado: «Marcos».

Se sentó en una silla que crujió bajo su peso. Se meció.

Había imaginado las caras de esas gentes tantas veces. No sólo las de sus padres descifrándole la suya, sino las de los demás, la de ese Marcos, por ejemplo, las caras bienaventuradas donde se leería el futuro, lo que la humanidad llegaría a ser cuando se disipara el odio, la mezquindad. Por esas caras vivió ella hasta ese día con la obsesión de Waslala a cuestas, como una vestal en el templo luminoso de aquella idea redentora, preparándose secretamente, urdiendo el hilo que la llevaría hasta allí, sacándose del estómago como una araña la determinación para dejar el río, el abuelo, Joaquín, dejarse ella misma, su lado racional, práctico, para buscar el Santo Grial a través de selvas de caballeros muertos y cadáveres en la explosión. Había luchado por encontrar y aceptar la otra piel suya: su piel de heroína romántica, creyente, ardiente, fiel al deseo oscuro de buscar sin descanso por qué aquel sueño utópico recurría siempre, tenaz.

Se levantó. Recogió al loro que caminaba dejando la huella de sus garras sobre el polvo. El agua del canal la guiaría hasta el arroyo. Reconocería la casa. Quizás allí encontraría alguna clave. Salió. El aire olía a jazmines.

En el centro vio lo que sería la casa comunal. Octogonal, abierta. Mesas largas con bancos, la cocina de leña.

No le fue difícil dar con el arroyo que le describiera el abuelo. «Norte, Norte», volvió a repetir el loro con su voz aguda, gutural. Melisandra cruzó los brazos sobre el pecho, con frío. Caminó despacio contemplando el agua cristalina, los lirios blancos, los helechos. Waslala era ciertamente bella. La flanqueaban cuatro ceibos. Pensó en la melodía de una flauta. Así era. Bucólica y a la vez con un aire moderno, extraño, como si no estuviera allí sino en otra parte. Las construcciones de líneas geométricas, limpias, los espacios abiertos.

Divisó la casa de la que el viejo le hablara, la terraza sobre el agua. Apuró el paso. El loro saltó de su hombro y empezó a volar a saltos, excitado, haciendo ruido.

Sintió compasión del animal. Pensaría quizás que volvería a ver a Engracia.

La casa estaba habitada. No se veía a nadie, pero las señales eran inconfundibles: nada del aire dilapidado y decrépito. Los muebles rústicos cubiertos con mantas de colores, raídas algunas, pero limpias. La vivienda era minúscula, sobre las rústicas mesas había vasijas de barro irregulares con flores de las que viera por todas partes. Una cocina de leña emanaba calor en la esquina de la estancia que servía de sala, comedor, cocina y estudio.

Al fondo, la rústica escalera de madera comunicaría sin duda con el dormitorio, el baño. Sobre una mesa se veían libros y montones de papeles sueltos, cuidadosamente arreglados, con una piedra pesada del río puesta encima del montón. Melisandra entró sin pensar en tocar y anunciarse. Transpuso el umbral, la puerta abierta. Silencio. «¡Hola!», llamó, sin obtener respuesta.

Se acercó al escritorio. Vio los pliegos, las mariposas ensartadas con alfileres, los escarabajos secos puestos en línea sobre un anaquel, la foto de su abuela, amarillenta, pegada con una tachuela a la pared. Estaba temblando. Tomó una de las mantas y se cubrió los hombros. Pasó la mano por los muebles como si éstos pudieran explicarle el misterio.

No supo cuánto tiempo estuvo allí sentada, inmóvil, esperando.

Habría dormitado porque cuando despertó vio frente a ella a una mujer que la observaba con unos ojos idénticos a los suyos.

CAPÍTULO 49

El murmullo del arroyo sonaba a estruendo. El rostro iba cayendo en su conciencia a pedazos. Se unían las imágenes veladas, el retrato desleído recobraba color. Melisandra se quedó quieta, contemplándola fascinada. Era ella misma. Ella frente al espejo varias décadas más tarde. La mujer inmóvil sin habla.

—Hola, Melisandra —dijo al fin la voz ronca.

—Hola —respondió ella.

La mujer se inclinó. Se arrodilló al lado de la silla. Fue una lenta aproximación, no para abandonarse la una en brazos de la otra, sino para olerse, husmearse, reconocerse, en una ceremonia tensa, de felinas, en la que la madre con su ternura, sin decir palabra, se abrió paso, mirándola fijamente, tocándola, diciendo al fin, una y otra vez, «Melisandra. Sabía que algún día vendrías, Melisandra». Ella se dejó querer. En algún momento el cuerpo aflojó la resistencia y abrazó a la mujer. Puso la cabeza sobre su hombro y cerró los ojos.

Cuando quiso corresponder sus caricias, decirle madre, mamá, se le desataron las carencias, el bramido de pena salió de sus entrañas. En vez de palabras, emitió el sonido de sus tristezas, el terror de las noches agotada de llamarla, su rechazo a brazos ajenos tratando de sustituirla, el llanto rabioso e impotente, el vacío innombrable de su absoluta incapacidad de comprender, y el dolor del desgarro primario que nunca hasta entonces reconoció en el trasfondo de cuanto la atormentara.

La madre, llorando quedamente, la consoló, la meció entre sus brazos, le susurró, canturreó canciones de cuna. Así por largo rato.

—¿Dónde está mi papá? —preguntó Melisandra más tarde, en el sofá, sorbiendo el café que la madre le sirviera.

—Murió hace casi cuatro meses. Estaba muy cansado, muy enfermo. Le hubiera gustado tanto verte; pero es mejor así. Él ya no era él, aunque aun así lo echo de menos.

Se levantó. Le mostró fotos amarillentas de su padre joven. Melisandra notó las manos de ella: rugosas, fuertes, iguales a las de la abuela. La madre no preguntaba por el abuelo y a ella las preguntas se le atropellaban en la boca. Calma, se dijo. Habría tiempo. Estaba cansada. La madre también. Se movía con una pesadez que Melisandra estaba segura no le era natural. Notó sus hombros anchos. Eran iguales, pero distintas. Por la ventana, advirtió el crepúsculo.

—¿Dónde están los demás? —preguntó—. ¿Cómo es que no hay nadie más que vos en Waslala?

Con tiempo le explicaría todo, le dijo. Se quedaría con ella al menos esa noche, ¿verdad? Ya era tarde, pronto oscurecería y la selva se cerraría sobre sí misma. Movía ollas en la cocina, prendía leña. Melisandra se levantó. Iría al río a echarse agua en la cara, le dijo. Cuando salió de la casa, sintió otra vez el viento fresco que soplaba dando vueltas, levantando hojas del suelo, meciendo las ramas de los árboles. En el cielo rosa y púrpura, se veían las primeras estrellas. Llegó al borde del arroyo, se arrodilló sobre las piedras y metió las manos en el agua. Vio las líneas de sus manos en sus palmas blancas, casi fosforescentes. Escrito estaba allí que encontraría a su madre. Lo supo todo el tiempo, su corazón más sabio que su mente. Lo duro era comprobar, a estas alturas, que el hallazgo de su madre no resolvía nada. Para ella, su madre siempre estaría ausente. Los lazos no se podían remendar. No sentía resentimiento, ni reproche. Eran seres aparte desde que les cercenaran el cordón umbilical. Pero quería entenderla. Era necesario que la entendiera para quedar libre del dolor que la unía a ella.

Se lavó la cara y regresó a la casa. La oscuridad descendía en olas vertiginosas, una marea comiéndose la luz a bocanadas. Dentro olía a cilantro.

Cenaron frugalmente: mojarras, papas, en vasijas de barro cocido. Frutas. Le sorprendió verla encender luces. Luz eléctrica en Waslala. La proveían los molinos y el sol, explicó la madre. Habían hecho funcionar increíbles inventos allí.

Pero las materias primas, los objetos. ¿De dónde venían? Engracia, le explicó la madre. Ella los suplía. Una de las razones por las que se marchó fue ésa. Sin su ayuda, la comunidad habría fracasado al no poder agenciarse de ciertas cosas básicas. Lo demás lo suplió el ingenio.

—Pero ¿dónde están los que la hicieron posible? ¿Qué se hizo de toda la gente? —insistía Melisandra.

—Háblame de tus abuelos —respondió la madre, levantándose a poner agua para café.

«Tiene miedo», pensó Melisandra.

—El abuelo está bien. La abuela murió.

—Qué cosas —dijo la madre, quedándose quieta, lo imaginaba. Imaginaba que ella moriría antes que él—. Entonces ¿te hiciste cargo de la hacienda? —inquirió.

—Sí.

Quería saber de Mercedes, del río. Melisandra le contó mientras le daba masa de maíz al loro, que se movía por la casa como si la conociera.

—Ése es el loro de Engracia, ¿verdad? ¿Cómo está? Dame razón de ella.

—Pero vos no la conociste. No pudiste haberla conocido.

—Era como si la conociera —aseguró.

Por un tiempo hasta se escribieron cartas. Sabía mucho de Engracia. Lo suficiente para profesarle profundo afecto.

Melisandra sorbió el café. Fue difícil hablarle a su madre de Engracia sin que se le entrecortara la voz.

—¡Ah! Melisandra —suspiró ella—. De qué maneras insondables actúa la vida, pero a pocos se les da el morir para renacer. Me duele mucho lo de Engracia, pero la entiendo y no puedo estar en desacuerdo.

Por Engracia estaba allí, señaló Melisandra. Sin ella, sin Pascual, sin el loro, nunca hubiera llegado. Pero necesitaba saber, insistió. Tendría que regresar. La estaban esperando.

Tanta gente esperaba la iluminación que vendría de Waslala. ¿Cómo volver y decirles que estaba desierta? Al menos tendría que explicarles.

Se levantó con los brazos cruzados sobre el pecho. La madre le echó otra manta sobre los hombros. Fue a poner más leña en la cocina. Así calentaba la casa. Rellenó las tazas de café. Le indicó que tomaran asiento en el sofá.

No necesitaba hablarle de las razones que hicieron salir a su padre y a ella en búsqueda de Waslala, empezó diciendo. Las conocía. Pero igual que ella se había visto envuelta durante su viaje en eventos inesperados, ellos terminaron involucrándose en la guerra de entonces —exhaló una bocanada de humo del purito que enrolló con hojas secas y que soltaba un olor rancio, pero extrañamente reconfortante—. Estuvieron a punto de suspender la búsqueda, continuó, pensando que podrían ejercer influencia y mediar entre diferentes bandos para poner fin a las hostilidades y convencerlos de resolver las disputas sin conflicto bélico. Su afán de dialogar los hacía ir de unos a otros y no tomar partido por ninguno. Finalmente, los acusaron de doble traición. Un buen día los emboscaron. La violaron a ella. Su padre, en defensa propia, mató a dos hombres. (La madre bajó los ojos cuando habló de la violación, pero su tono no se alteró.) Cuando llegaron a Waslala, no sólo huían de sus perseguidores sino de sí mismos. La comunidad los recibió y los instaló en esa casa. Con el apoyo y solidaridad de los demás pudieron reconciliarse con su vergüenza, su rabia y su impotencia, dejar atrás lo pasado e iniciar la vida como si ésta hubiera comenzado el día que cruzaron el Corredor de los Vientos. Al poco tiempo de estar allí, sin embargo, ella se dio cuenta de que estaba embarazada. Nunca supieron, dijo, la exacta paternidad de los gemelos; pero los niños nacieron y se dispusieron a quererlos. Poco después comprendieron que no se parecían a ninguno de los dos porque habían nacido con la carita peculiar de quienes viven para siempre en un mundo infantil y desvalido.

—Fueron tan dulces —dijo la madre, con la voz apagada, melancólica.

Murieron el uno al poco tiempo del otro, en la adolescencia, suspiró. Su padre y ella los cuidaron hasta el último día.

—No los podíamos dejar, Melisandra. Y no queríamos sacarlos de Waslala, donde eran felices.

Se levantó luego de un rato de silencio. Tocó la cabeza de la hija que, aturdida, miraba con los ojos fijos las láminas donde colgaban de un alfiler las mariposas muertas, limpiándose las lágrimas de las mejillas. Le ofreció agua, tomó agua a su vez y, recomponiéndose, continuó su relato.

—En Waslala se profesaba la noción de haber sido elegidos para una misión que trascendía lo individual, para experimentar un modo de vida que, de ser adoptado por los demás, no sólo cambiaría la faz de Faguas, sino la faz de la Tierra. Sin embargo, la puesta en práctica de conceptos abstractos que se sustentaban en una firme creencia en la bondad humana demostró estar llena de obstáculos. Los poetas sostenían que así tenía que ser al inicio, que no nos desanimáramos. Afirmaban que lo ideal, al tornarse concreto, inevitablemente sería imperfecto, porque quienes lo ponían en práctica eran seres humanos criados con valores discordantes. Nuestro papel era sembrar la semilla, pero serían las nuevas generaciones las que superarían los tropiezos. Dentro de esta lógica y tras una serie de intentos organizativos fallidos, se decidió reconocer el principio de autoridad que inicialmente intentamos abolir. A esto se debió que un grupo de familias abandonaran Waslala, pero para quienes quedamos el sistema funcionó. Fue una tregua que se prolongó hasta que los poetas, uno a uno y de forma misteriosa, empezaron a morir. Nunca supimos a ciencia cierta qué les pasó. Se sumieron en un estado de profunda melancolía, se marchitaron. Podemos suponer que aunque aceptaran intelectualmente lo inevitable de los errores iniciales, las mezquindades y las rencillas les estragaron el corazón. Hubo quienes opinaron que los desgastó el ejercicio del poder, cuya esencia despreciaban. Para mí, lo que les dio el golpe de gracia fue la constatación de que nadie podía reproducirse en Waslala.

—¿Cómo...? —se envaró Melisandra.

—Un misterio, mi hija. Se reproducían los animales, pero ninguna mujer quedaba embarazada. Como te explicaría tu abuelo, Waslala existe en un interregno, una ranura en el tiempo, un espacio indeterminado. Esa distorsión del espacio-tiempo es la única explicación que pudimos darle al fenómeno. Resolvimos parcialmente el problema enviando a las parejas por temporadas a la comunidad campesina de la que te habrá hablado mi papá. Ya embarazadas retornaban las mujeres y aquí daban a luz, pero aquel arreglo dejaba mucho que desear. Siempre existía la posibilidad de que no encontraran el camino de regreso. Algunos nunca volvían.

—¿O sea que quienes poblaran Waslala, en cierta forma tendrían que renunciar a la reproducción biológica, a la más primaria, más elemental noción de propiedad?

—No lo he pensado nunca en esos términos —respondió la madre con una media sonrisa— pero podríamos decir que sí, así era.

—Continuá... —pidió Melisandra. Se levantó. Se paseó de un lado a otro.

—Lo cierto es que después que murió el último poeta, la comunidad quedó a la deriva y de no haber sido por los visitantes, seguramente hubiese fenecido. Entrar a Waslala no es tan difícil como parece. De vez en cuando venía gente que lograba cruzar el Corredor de los Vientos. Al principio, estas visitas tuvieron efectos perniciosos. Las noticias que traían los recién llegados, la vida que relataban, por dura, difícil y absurda que pudiera parecerle a muchos, dejaba en otros el sabor de una realidad más estimulante que la bucólica igualdad de nuestros días. Nos dimos cuenta, sin embargo —enrolló otro purito—, de la siguiente paradoja: Waslala ya no era solamente el vacilante experimento que habíamos construido. Era una leyenda, un punto de referencia, una esperanza. Aun antes de que se comprobara su eficacia, se había convertido en un paradigma. Cumplía la función de un sueño capaz de movilizar los deseos y las aspiraciones de quienes ansiaban un destino colectivo más acorde con las mejores potencialidades humanas. Comprendimos entonces que la fantasía había adquirido tanto valor como la realidad.

»Esta realización tuvo efectos sorprendentes que nos redimieron de las dificultades y nos salvaron de una disolución que nadie deseaba. No sé quién sugirió, en una de nuestras asambleas, que alimentáramos la fantasía de Waslala. Quizás ésa era nuestra misión, se dijo, hacer existir la quimera. La idea nos cautivó. Nos propusimos crear la ilusión de un lugar cuya belleza, armonía y perfección quedaran grabadas de forma indeleble en aquellos que, en los caprichos del tiempo y sus ranuras, lograran encontrar el paso por el Corredor de los Vientos. Se decidió que a estas personas se les dejaría pernoctar y luego se les llevaría al otro lado, en medio de un sueño profundo inducido por un cocimiento de flores. Darle vida a la fantasía nos ocupó los días y la imaginación.

»Para empezar, trabajamos los jardines y el paisaje de manera que las impresiones visuales fueran absolutamente memorables. Waslala se convirtió así en un sitio de flores, de enredaderas de rosas trepadoras, buganvilias incandescentes, calles con pérgolas enredadas de jazmines, balcones de donde se desgajaban las campánulas, los heliotropos y huelenoches, veredas de anturios apretados y lirios, macizos de claveles y camelias. Cada casa era un espectáculo; la profusión de flores hacía que el viento oliera a memorias cálidas, a ternura o embriaguez y que uno pudiera cerrar los ojos y remontarse en la evolución hasta épocas vegetales cuando el sólo toque de la luz bastaba para alegrar la piel. Luego cubrimos de musgo y césped la tierra, reprodujimos helechos gigantescos, podamos los árboles centenarios para que sus ramas se entremezclaran artísticamente entre sí. Del arroyo proveímos a Waslala de canales ocultos y fuentes, de manera que el susurro del agua se oía en todas partes y aliviaba las angustias.

»Levantamos después, con madera de cedro, una cabaña amplia e iluminada donde alojar a los visitantes, remozamos las viviendas, el área de cocina y juegos comunales, la escuela, la clínica y nos dedicamos con empeño al proyecto de terminar los espacios donde se enseñaban las artes y donde se creaba, con los materiales a los que teníamos acceso, cerámica policroma, esculturas, pintura en corteza de árbol.

»Con los libros de todos montamos la biblioteca. Acomodamos los estantes en las ramas de un árbol de guanacaste al que le construimos, entre la copa y el tronco, un techo de palmas apretadas que no dejaba pasar el agua. Hicimos las paredes de paneles que se abrían y cerraban, de manera que en la biblioteca la iluminación era siempre brillante pero nunca ofendía los ojos. Allí instalamos también los talleres literarios donde se leía a los poetas y se conversaba sobre filosofía... Lo que has visto ahora es sólo una sombra de lo que Waslala fue.

La madre se detuvo para tomar aliento. Le brillaban los ojos, pero la euforia de su remembranza guardaba también un profundo tono de nostalgia.

¡Cómo se parecía a la abuela!, pensó Melisandra; tenía sus mismos gestos, su misma rotunda seguridad en los movimientos.

Escuchándola hablar sintió por ella honda ternura.

—¿Por qué se fueron? —musitó suavemente, apoyada a la pared.

—La construcción del sueño nos dio la cohesión necesaria para que los obstáculos entre nosotros se superaran. Pudimos finalmente ejercer el consenso y prescindir de líderes. En los casos de disputa, recurríamos a la autoridad de los más viejos. No sé lo que pasó afuera —dijo— pero cuando empezábamos a comprobar el éxito alcanzado en propagar la leyenda, dejaron de arribar los visitantes. Nos quedamos sin la posibilidad de cumplir el propósito por el que tanto nos esforzamos. Entramos en crisis. Primero fueron las parejas que salían para concebir las que no regresaron. El éxodo del resto fue lento y doloroso, hasta que sólo tu padre, yo y los más ancianos persistimos.

—Pero eso no explica por qué se fueron... —insistió suavemente Melisandra, sentándose de nuevo.

—No lo sé, Melisandra. La verdad es que no lo sé —la madre se recostó contra el sofá y con los ojos cerrados siguió hablando—. En repetidas oportunidades, se cuestionó en nuestras reuniones el propósito de mantener un sueño que ya nadie buscaba, que a nadie parecía interesar.

—Fueron los Espada —masculló Melisandra—. Los Espada se encargaron de confundir a todo el que buscaba Waslala.

—Debíamos haber tenido más claridad en cuanto a la noción de conservar el ideal por el ideal mismo. Confiar en su eventual utilidad —la madre se puso de pie. Rellenó de agua los vasos. Recuperó la energía—. Los que se fueron insistían en el vínculo con la realidad. Dejaron de creer en la validez de nuestro aislamiento. No los censuro. A muchos les animaban sentimientos generosos. Querían encontrar un propósito que trascendiera su propia realización... No comprendieron.

—He pensado eso yo misma —comentó Melisandra.

—Es que nos hemos acostumbrado a considerar el desarrollo en términos de contradicciones, de verdades excluyentes. Si lo ideal no es alcanzable, se descarta. Se le atribuyen ilusiones perniciosas. Se le cubre de burla, o, en el mejor de los casos, escepticismo. ¿Qué pasa si se altera esa perspectiva? ¿Si lo ideal y lo real se consideran valores necesarios en una dinámica infinita de encuentros y desencuentros? ¿Si se piensa que es imprescindible que exista el uno para el movimiento ascendente del otro? ¿Por qué descartar lo ideal, Melisandra? ¿Por qué descalificar el valor que tienen los sueños? Es en la búsqueda de sueños que la humanidad se ha construido. En la tensión perenne entre lo que puede ser y lo que es estriba el crecimiento. La razón por la que yo sigo aquí es porque pienso que Waslala, como mito, como aspiración, justifica su existencia. Es más, considero que es imperativo que exista, que vuelva a ser, que continúe generando leyendas. Lo más grande de Waslala es que fuimos capaces de imaginarla, que fue la fantasía lo que, a la postre, la hizo funcionar. Hay quienes, aunque nos quedemos solos, tenemos que seguir manteniendo las Waslalas de la imaginación. Imaginar la realidad sigue siendo tan importante como construirla.

—La gente nunca olvidó Waslala —le sonrió Melisandra, conmovida—. Te hará feliz saber que no cejaron en su insistencia de que emprendiera el viaje. Me esperan. Esperan que les lleve noticias de aquí. Curioso, verdad, que hombres y mujeres tengamos esa nostalgia antigua por los lugares mágicos, perfectos... a pesar de todo —añadió—, a pesar de la larga historia de fracasos.

La madre se acercó.

—Es la memoria, Melisandra. Siempre pensamos que la memoria debe de referirse al pasado, pero es mi convicción que hay también una memoria, un memorial del futuro; que también albergamos el recuerdo de lo que puede llegar a ser. Hombres y mujeres nos hemos forjado en la búsqueda de ese recuerdo escurridizo. Por eso hay una necesidad insaciable de lugares como Waslala. Por eso tu padre y yo permanecimos aquí esperando el día en que Waslala se repoblaría, creyendo contra viento y marea que ese día tendría que llegar. Quizás haya llegado. Quizás ése sea tu llamado, tu herencia.

—¿Y los que me esperan? ¿Qué crees que debo decirles a los que me esperan?

—Waslala existe. El ideal existe. Fueron sus sueños los que hicieron realidad la existencia de Waslala. Sus aspiraciones la mantuvieron y mantendrán viva. Pero Faguas tendrá que ser Faguas; encontrar su propio camino. Lo real y lo ideal tendrán que iluminarse mutuamente; uno ir en pos del otro hasta que un día se alcancen.

»Vamos a dormir, muchachita —dijo, besándole la cabeza, mirando por la ventana—, ya está amaneciendo.

Melisandra se iba quedando dormida, reconfortada por el calor de su madre, cuando de pronto se sentó en la cama.

—¿Qué pasó, hija? ¿Por qué te sobresaltás?

—Ya sé —dijo—. Ya sé quiénes podrían repoblar Waslala.

—Mañana me lo decís —sonrió la madre—. Ahora hay que dormir.

CAPÍTULO 50

Era mediodía cuando Melisandra despertó. Tendría que haber dormido bien —la criatura al fin junto al pecho de la madre, el calor de la mujer fuerte, admirable, por cuyos sueños y pasión indeclinable se sentía ya orgullosa, aunque el orgullo no pudiera borrar la ausencia—; pero había dormido sólo unas horas, el resto del tiempo lo pasó en un duermevela, a ratos contemplando el rostro de ella —la repetición del suyo: la madurez hermosa, el pelo rojizo vuelto rubio por la abundancia de canas— y el resto del tiempo urdiendo, tejiendo, imaginando escenarios, posibilidades infinitas.

La lógica era sencilla y no descubrió en su interior nada que la contradijera: la razón de ser de Waslala era ser Waslala, la utopía, el lugar que no era, que no podía ser el tiempo y el espacio habitual, sino otra cosa, el laboratorio, quizás, la luz tal vez, el ideal constantemente en movimiento, poblado, abandonado y vuelto a repoblar; creído, descreído y vuelto a creer. Había quienes tenían la función de soñar, de hacer los memoriales del futuro, y otros a quienes simplemente les tocaba la realidad, batallar con los propios demonios, ser uno más entre las criaturas volubles, vulnerables, falibles, por quienes y a pesar de quienes los sueños existían; héroes inadecuados cuyo mayor heroísmo consistía en arriesgarse una y otra vez, intentarlo, aun a riesgo de que el sueño fuese efímero y terminara en otro desencuentro, porque de qué otra manera se podía vivir.

—¡Melisandra! —la llamó su madre desde el piso de abajo.

Se vistió. Sobre la mesa del comedor la esperaba el desayuno. Huevos, tortillas, café. Vio a su madre junto al arroyo cortando lirios. De buen humor, se sentó a la mesa.

—Te desperté porque tenemos mucho que hacer —dijo la madre, entrando.

Le dio un beso rápido en la mejilla y se ocupó en cambiar las flores de los floreros.

«Mi lado práctico», pensó Melisandra sonriéndose.

Recorrieron Waslala de extremo a extremo, la madre y la hija gozándose en el mutuo descubrimiento, relatándose los grandes momentos de sus vidas, comparando sus semejanzas, riéndose de manías compartidas, sus debilidades, sus fuerzas, los cuentos alegres y tristes del abuelo, la muerte de la abuela, trazos, pinceladas para rellenar los vacíos, las preguntas que ambas se hicieran en su soledad de mujeres. Melisandra le habló de Raphael.

—No lo dejés ir. Decidilo vos. Los hombres no saben tomar ese tipo de decisiones.

Melisandra sonrió. Miró los jardines.

—Tendrás quien te ayude aquí... —inquirió.

—Vienen los campesinos de la comunidad vecina tres veces a la semana. Trabajamos juntos, me traen encargos cuando bajan a Las Minas.

—¿Así que ellos entran y salen sin dificultad?

—El paso se ha cerrado por épocas. No sabemos por qué, pero usualmente cruzan hasta aquí sin problemas.

No era difícil, le repitió. Era un secreto bien guardado, pero Waslala no era inaccesible. Era asunto de no desmemoriarse, de recordar las señales, esperar cierta cualidad del aire, cierta reverberación.

—Como ver el fondo de la selva a través del agua —musitó Melisandra, pasando a describirle en detalle lo que ella experimentara. La madre fijando ciertas observaciones clave. La reverberación se desplazaba, advirtió, no aparecía en el mismo lugar cada vez, pero sí en un perímetro predecible.

Andando hacia las afueras, se acercaron a la zona de las manufacturas: galerones de madera, algunos cerrados, otros abiertos.

La autosuficiencia fue la meta de la economía en Waslala, explicó la madre. Con un listado de bienes imprescindibles se aprestaron a ingeniárselas para no depender del exterior más que para ciertos componentes que servirían de base a maquinaria tosca, pero efectiva. Los inventores gozaban de gran aprecio en la comunidad. Uno de ellos era un mecánico de autos que allí pudo dar rienda suelta a su creatividad.

—Fue el último de los ancianos que murió. Lo extraño casi tanto como a tu padre. Era un gran conversador... Han sido muy solitarios estos meses...

La conversación, siguió diciendo la madre, apartando su tristeza como insecto enojoso, era el arte que quizás floreció con más ímpetu en Waslala. Se divertían inmensamente escuchándose los unos a los otros. Los sábados había baile. Al tiempo libre se le daba gran importancia porque trabajaban de sol a sol.

—Cada quién tenía asignada una responsabilidad y aunque los bienes eran comunitarios, establecimos un sistema de premios. El que producía más de lo que necesitaba podía escoger entre conservarlo o intercambiarlo.

La madre le mostró huertos, granjas, el sistema de molinos de viento para la irrigación, el motor con energía solar que proveía la electricidad, la sección industrial con presas para obtener de los árboles papel, telas, láminas para las construcciones; los hornos con sofisticados mecanismos imposibles de reproducir con los que lograron trabajar metales, convertir el oro del lecho del río en utensilios; hacer vidrio de la arena. Métodos absolutamente primitivos, advirtió, una suerte de Edad Media iluminada, con alguna que otra tecnología multiplicando las posibilidades. Una variedad de objetos funcionaban mediante dínamos y cuerdas.

La llevó al cementerio, a las tumbas de los poetas, de sus hermanos, de otros habitantes de Waslala, cuyas historias le narró. Las caras difusas que Melisandra nunca vería tomaron vida.

Desde lo alto de la Colina de los Muertos, se veía el pequeño valle donde su madre le señaló la ubicación de las parcelas de árboles frutales, lo que fueran las áreas para milpas, pasto, el herbolario, el caucho. Cuando se repoblara Waslala, le dijo, se podría sacar otra vez la tierra de su modorra, reactivar cuanto había caído en desuso.

Melisandra le habló de Timbú, de la filina que quizás para entonces estaría incendiada. Los habitantes de Timbú podrían repoblar Waslala, le dijo. No tenían hijos y su decisión de no reproducirse, de amar a quien estuviese necesitado de amor, sin sentido de posesión, los hacía contar con una cualidad nueva, un valor que quizás en Waslala florecería más allá de lo que hasta ahora imaginaran.

—Habrá que proponérselo. Pienso que les gustará la idea.

Caminaban de vuelta a la casa junto al arroyo. La madre miraba al suelo, pensativa.

—Pero vos, Melisandra —habló luego de un prolongado silencio—. ¿No querrás quedarte en Waslala? Podríamos hacer tantas cosas juntas... —la miró ansiosa.

—Claro que volveré, mamá —«Al fin», pensó, «al fin pude llamarla madre», y continuó—. Volveré a visitarte, pero no puedo quedarme. Vos misma lo dijiste ayer... dijiste algo que me gustó sobre la tensión entre lo que puede ser y lo que es. Yo quiero lo que puede ser. Cineria, el río, Las Luces, ese nuestro otro mundo en ciernes, informe. Nunca me sentí más feliz, a pesar de la tragedia que nos circundaba, que durante los días en Cineria, después de la explosión. Percibí mi utilidad, mi contribución, el sentido que esto daría a mi vida. No podría quedarme aquí sabiendo lo que sucede allá.

Llegaban a la casa. El atardecer, puntual, derramaba su luz crepuscular.

La madre la tomó de la mano, la llevó a la habitación. De una caja de madera, guardada debajo de su cama, empezó a sacar libros y papeles escritos en una letra clara, menuda, apretada sobre la página.

—Aquí tenés, Melisandra, los anales de Waslala. Los poetas, tu padre y yo los escribimos. Aquí hay un recuento pormenorizado de qué hicimos, cómo lo hicimos. Nuestros errores, nuestros aciertos, lo que fue esta experiencia. Hay planos de lo que construimos; hay cuentos, poemas, novelas, ensayos escritos aquí, dibujos... Son tuyos, de Faguas.

CAPÍTULO 51

Al día siguiente, su madre la acompañó hasta el Corredor de los Vientos. Caminaron las dos en el aire liviano y templado. Le daba pena dejarla, pensó Melisandra. Echaría de menos la profunda ternura que emanaba de ella, la mirada incansable con que la siguió desde la primera tarde, observando el más pequeño de sus gestos con avidez, almacenándolo como leña para un largo invierno. Podrían aparecer después interrogantes aún no formuladas sobre su madre, pero ella se iría ya sin las dudas que la asaltaban inesperadamente: aquel me quiere, no me quiere de niña dejada al pie de la infancia. No, ya no sufriría más desamor. Podrían no recomponerse las ausencias, los vacíos, pero ahora habría líquido para amortiguar el roce de éstos contra su corazón.

Miró a la mujer a su lado caminando firme, sin prisa. La miró con agradecimiento por no intentar darle explicaciones, ni hacer el menor intento porque la comprendiera. Por no decirle: «Hija, ésta es mi justificación, aquí me redimo, por esto me debes perdonar.» Estaba la mención de los gemelos. Dos veces habló de ellos. No se extendió. No argumentó el grado de su invalidez, el cuido que requerían, para justificarse frente a ella. No expuso por qué no salió a buscarla después de que murieran. Era Melisandra la que llenaba los espacios en blanco, la que la imaginaba ocupándose de los ancianos, del padre.

Su madre no se valió de pretextos, ni invocó cariños o consideración, no le enrostró el cuerpo, la respiración, el haberle dado posesión de la vida como argumento suficiente para que la hija reconociera los dones y la dispensara. Se comportó con absoluta dignidad, asumiendo sin parpadear la responsabilidad de sus actos, las consecuencias. Era ella, Melisandra, la que viéndola ahora no requería mucha imaginación para calibrar el desgarramiento, el dolor, el precio que debía haber pagado por sus opciones.

La madre la dejaba libre para el amor o el resentimiento.

La respetaba no como hija, sino como mujer que respeta a otra mujer y reconoce la futilidad del consuelo, la inevitable soledad de la especie. Porque sería ella sola, a fin de cuentas, Melisandra, quien juzgaría aquello. Y sucedería más tarde, cuando contemplara a la madre en el silencio interior, cuando pudiera confrontar esa imagen con su dolor y su amor.

—Confío en vos, hija —le dijo al despedirse—. Confío Waslala a tu sabiduría, a tu imaginación.

Se la encomendó enfática, solemne, como quien, al momento de morir, delega en el ser más amado, más cercano, la culminación de una sagrada y esencial empresa de redención.

—Decile a tu abuelo que lo quiero y lo extraño. Contale que su yerno murió en paz.

Melisandra atravesó la reverberación. Sintió el calor húmedo otra vez. No se volvió sino hasta que anduvo varios pasos. Cuando lo hizo, se vio frente a un paisaje irreconocible. Tuvo un momento de angustia, de querer volver y comprobar que podía encontrar el camino de nuevo, pero se contuvo. Lo encontraría, pensó. No podía dudar de que lo encontraría. Reemprendió la marcha. El loro se desprendió de su hombro volando a saltos. De pronto se posó sobre la rama de un árbol bajo y empezó a aullar como lobo. Ella sonrió entre las lágrimas. «Cuánto llanto», pensó, «cuánto he llorado en estos días». La voz de Raphael se escuchó distante, angustiada, gritando su nombre. Melisandra echó a correr.

EPÍLOGO

Raphael filmó y transmitió para muchas televisiones del mundo el mitin multitudinario en el que Melisandra, subida en una tarima improvisada en medio del patio del basurero de Engracia, les anunció a todos que Waslala existía. Allí tenía los libros para probarlo, dijo: los anales de Waslala.

Ni él, ni quienes presenciaron el inusitado espectáculo, olvidarían la escena: la muchacha alumbrada por viejos faros de barco y de estadio, hablando apasionadamente de ese lugar ignoto y feliz, mientras a su alrededor se apilaban en desorden los desechos de las grandes urbes, cuanto el ser humano había creado buscando siempre la elusiva y efímera felicidad.

Visitantes de todo el mundo empezaron a llegar a Faguas y se internaron en sus paisajes en búsqueda de Waslala. Maclovio, siempre industrioso, se las ingenió para hacer un floreciente negocio: objetos olvidados y viejos, empacados en cajas pintadas por los sobrevivientes muchachos de Engracia, se vendían en Nueva York, Londres y Beijing como «recuerdos de Waslala»: la basura, acicalada, retornaba a su lugar de origen.

Una a una las familias de Timbú cruzaron el Corredor de los Vientos.

Melisandra y Raphael se quedaron en Cineria.

Don José sigue haciéndose viejo en el río. Mercedes y Joaquín administran la hacienda.

Todos los personajes de esta historia, igual que nosotros, de vez en cuando encuentran Waslala. Y la vuelven a perder.

FIN

Septiembre de 1990 - Diciembre de 1997
Revisiones y epílogo: 2005

DOS NOTAS DE LA AUTORA

Los personajes de toda novela son una simbiosis de realidad e imaginación. En esta novela en particular, hay dos personajes: don José y su esposa, doña María, que están basados en dos seres extraordinarios que vivieron sus vidas al lado del río San Juan en Nicaragua: José Coronel Urtecho y María Kautz.

Él fue no sólo uno de los más grandes poetas que ha producido Nicaragua, sino un mago de la palabra; gran conversador, pero sobre todo un maestro de generaciones de escritores nicaragüenses, quienes tenemos con él una deuda impagable. Su esposa, María, efectivamente manejó la finca *Las Brisas* y fue su jefa indiscutible, mientras su marido se dedicaba al oficio de la literatura.

Los dos murieron, él unos pocos años después que ella, y yacen en una sencilla tumba cerca del río.

Empecé esta novela después que ella muriera. Don José, el Poeta Coronel, como le llamamos en Nicaragua, alcanzó a leer los primeros capítulos.

Para mí ambos viven y seguirán viviendo.

En este libro he querido recordarlos.

El episodio de la contaminación por radioactividad en el basurero de Engracia está basado en un suceso real que tuvo lugar en la ciudad brasileña de Goiania, en septiembre de 1987, cuando dos rebuscadores de basura encontraron un tubo de metal; «lo vendieron a un negociante de chatarra, que lo abrió a martillazos con la esperanza de vender el envase de plomo. En su interior, encontró un fabuloso polvo azul que brillaba en la oscuridad. Fascinado con la novedad, regaló vasitos llenos del polvo a sus amigos y parientes. En el cumpleaños de una de ellas, una niña de seis años, pusieron el polvo sobre la mesa del comedor y apagaron las luces» (James Brooke. *The New York Times*. «Tourism Springs from Toxic Waste», 3 de mayo de 1995, A6).

«Quien se frota la piel, brilla de noche. Todo el barrio es una lámpara. El pobrerío, súbitamente rico de luz, está de fiesta», dice Eduardo Galeano describiendo el acontecimiento en su libro *Palabras que quieren olvidar el olvido.*

El polvo azul era cesio 137, un material radiactivo. Se contaminaron 129 personas; 20 fueron hospitalizadas con quemaduras, vómitos y otros efectos de la radiación. Siete murieron. Entre ellos, la niña del cumpleaños, Leide, quien poco antes de morir emitía tanta radiación que los médicos tenían miedo de manipular su sangre u orina.

Fue el peor accidente nuclear de las Américas. Sucedió un año después de Chernobyl, pero como dice Eduardo: «Chernobyl resuena cada día en los oídos del mundo. De Goiania nunca más se supo. América Latina es noticia condenada al olvido.»

Impreso en el mes de junio de 2006
en Talleres BROSMAC, S. L.
Polígono Industrial Arroyomolinos, 1
Calle C, 31
28932 Móstoles (Madrid)